クライブ・カッスラー
&ジャスティン・スコット／著
土屋 晃／訳

大破壊(上)

The Wrecker

扶桑社ミステリー
1388

THE WRECKER (Vol.1)
by Clive Cussler & Justin Scott

Japanese translation published
by arrangement with Peter Lampack Agency, Inc.
350 Fifth Avenue, Suite 5300, New York, NY 10118 USA
through Tuttle-Mori Agency, Inc., Tokyo

Map and interior illustrations by Richard Dahlquist

大破壊（上）

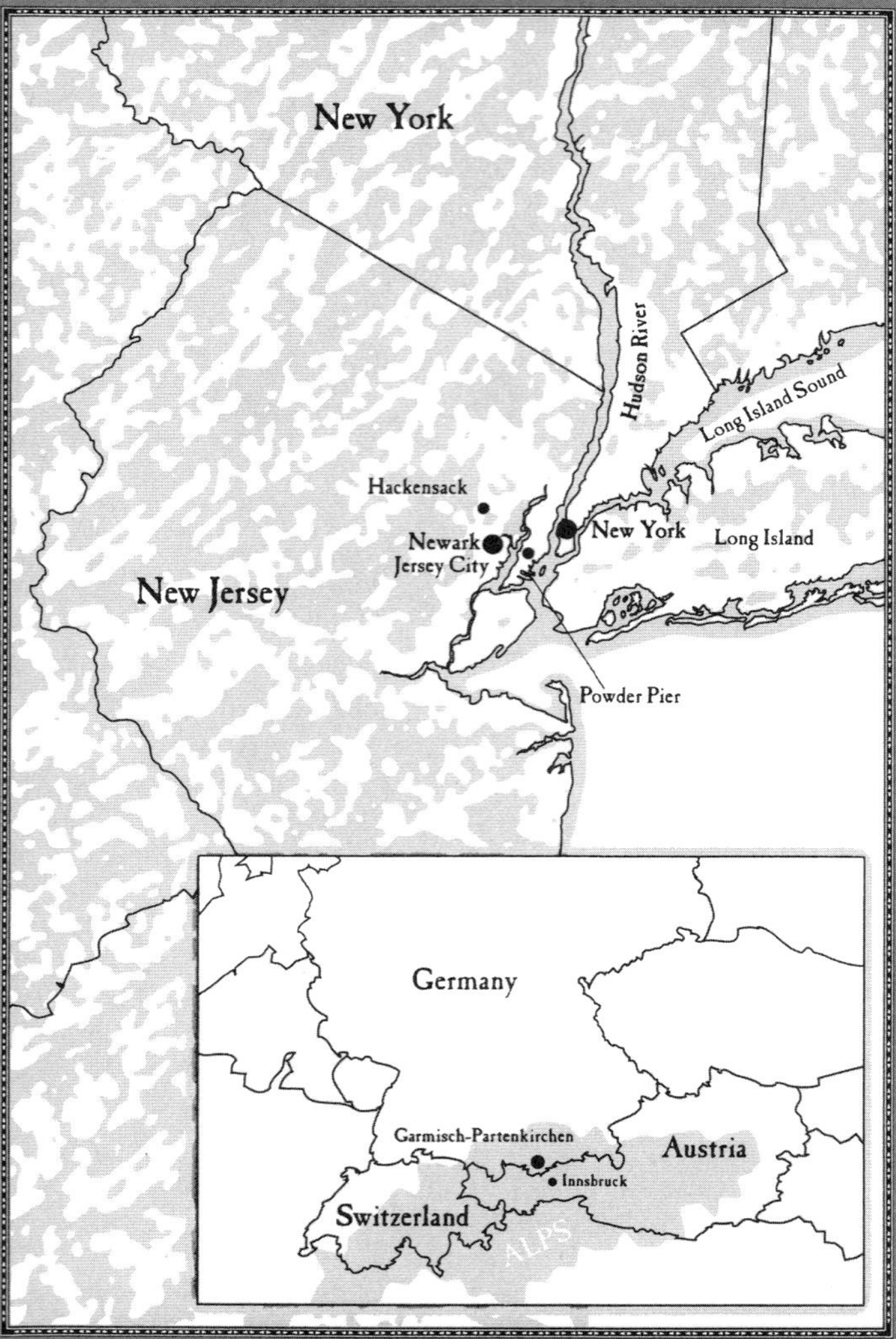
New York
Hudson River
Long Island Sound
Hackensack
Newark
Jersey City
New York
Long Island
New Jersey
Powder Pier
Germany
Garmisch-Partenkirchen
Austria
Innsbruck
Switzerland
ALPS

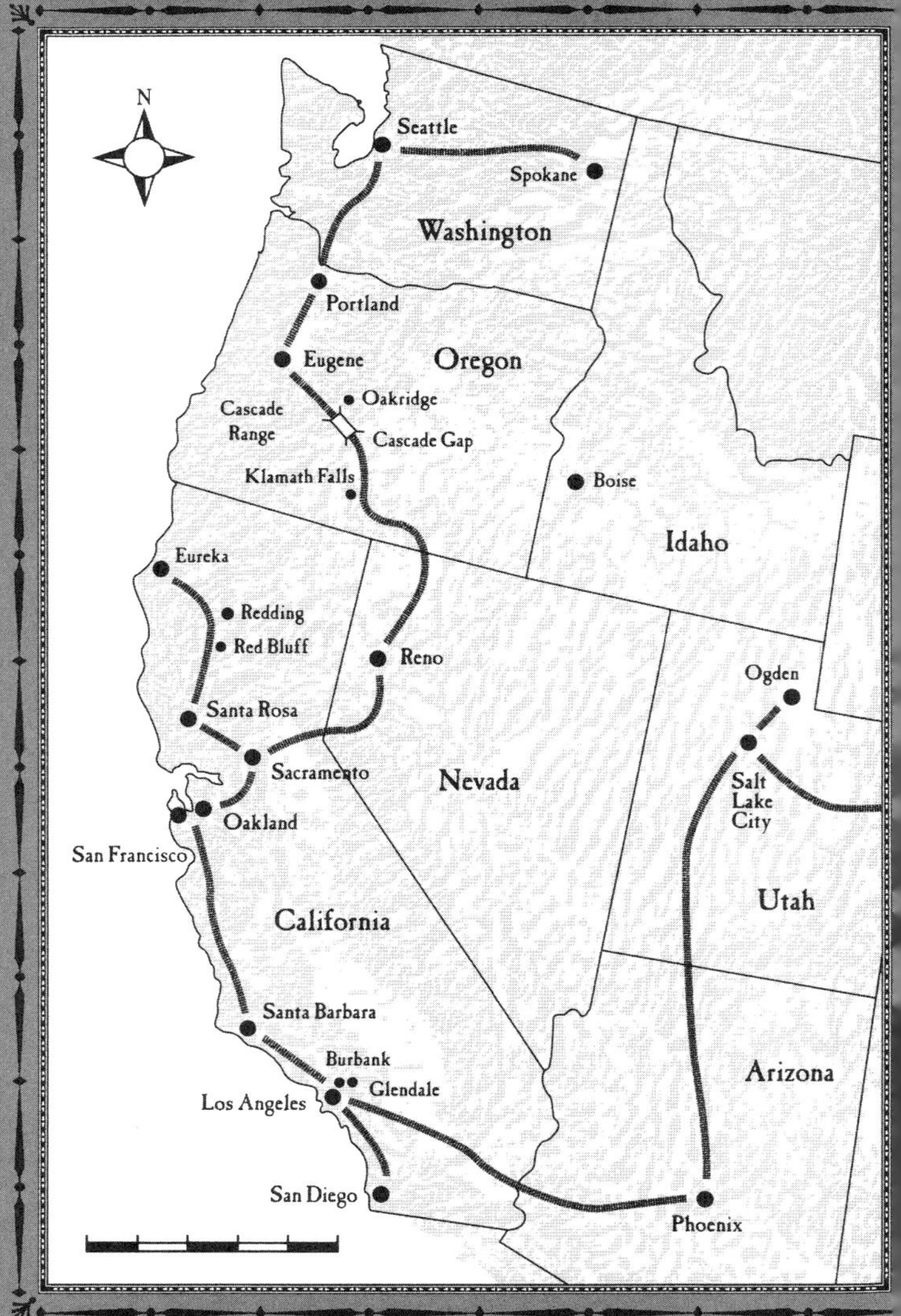
N
Seattle
Spokane
Washington
Portland
Eugene
Oregon
Oakridge
Cascade
Range
Cascade Gap
Klamath Falls
Boise
Idaho
Eureka
Redding
Red Bluff
Reno
Ogden
Santa Rosa
Sacramento
Nevada
Salt
Lake
City
Oakland
San Francisco
Utah
California
Santa Barbara
Burbank
Glendale
Los Angeles
Arizona
San Diego
Phoenix

登場人物

アイザック・ベル ――――― ヴァン・ドーン探偵社捜査員
ジョセフ・ヴァン・ドーン ―― 同社代表
オズグッド・ヘネシー ―――― サザン・パシフィック鉄道社長
リリアン・ヘネシー ――――― オズグッドの娘。個人秘書
カムデン夫人 ―――――――― リリアンの家庭教師
マリオン・モーガン ――――― 《サンフランシスコ・インクワイアラー》の編集助手。ベルの恋人
チャールズ・キンケイド ――― 上院議員
プレストン・ホワイトウェイ―― 《サンフランシスコ・インクワイアラー》社主
アーチー・アボット ――――― ヴァン・ドーン探偵社捜査員
ジェイムズ・ダッシュウッド―― 同社捜査員
ウォリー・キズリー――――― 同社捜査員
マック・フルトン ―――――― 同社捜査員
ウォルト・ハットフィールド ―― 同社捜査員
フランクリン・モワリー ――― 設計技師
エリック・ソアレス―――――― モワリーの助手
フィリップ・ダウ――――――― 殺し屋

未完の任務

猛吹雪をついて

一九三四年十二月十二日
ガルミッシュ－パルテンキルヒェン

雪線《せっせん》の上方に目をやると、ドイツ・アルプスが古代の肉食獣よろしく空に歯を立てていた。吹きさらしの頂を暗雲がかすめると、鋸刃《のこば》に似た岩が、眠りから覚めて動きだしたように見える。ゲレンデに面したホテルのバルコニーでは、歳のわりには屈強そうな男がふたり、はやる気持ちを抑えながらそのさまをうかがっていた。

山岳ガイド、ハンス・グランザウの風雪にさらされた顔は、山の頂さながらにごつごつしていた。その頭には冬の山行《さんこう》に関する六十年の経験が詰まっている。彼は前夜から、風は東に変わると断言していた。シベリア生まれの厳しい寒気が地中海の湿った空気を巻きこんで大雪を降らせると。

ハンスが雪になると請けあった相手は、ブロンドの髪と口ひげに白いものが混じる長身のアメリカ人だった。ツイードのノーフォークスーツに暖かそうな中折れ帽とブランフォード・カレッジの盾がついたイェール大学のマフラー。いかにもアルプスでウィンタースポーツを楽しむ裕福な旅行者といった風情だが、十マイル先、険しい渓谷の対岸にぽつんとたたずむ城を見つめるまなざしには、蒼《あお》い氷河にも似た静けさがあった。

千年の長きにわたってひなびた渓谷を見おろしてきたその城は、いまの季節には大半が雪に埋もれ、山々の影に隠れてしまう。そこから急斜面を延々下ったところに村があった。アメリカ人はその村に向かってゆっくり移動する煙柱に目を向けた。距離があるので煙の出どころは見えないが、それが機関車で、そこに国境を越えてインスブルックへ通じる鉄路があることはわかっていた。振りだしにもどったな、と彼は厳かに回想した。事件は二十七年まえ、山中に敷かれた鉄路のそばではじまった。そして今夜、事件に幕が引かれることになる。どんなかたちにしろ、山中に敷かれた鉄路のそばで。

「ほんとうに登るのか?」とガイドが訊《たず》ねた。「きつい斜面ばかりだぞ。風がサーベルみたいに叩《たた》きつけてくる」

「おやじさん同様、鍛えてある」

ハンスの不安をとりのぞくために、彼はアメリカの陸軍が山岳戦の技術に磨きをかける目的で兵士を非公式に送りこんでいるノルウェーのスキー部隊とともに、ひと月野営してきたことを説明した。

「知らなかったね、米軍がノルウェーで訓練を積んでいたとは」ドイツ人の声によそよそしさがにじんだ。

アメリカ人が頰笑《ほほえ》むと、青い目にかすかな菫《すみれ》色がひろがった。「また別の戦争を解決しにくるときのためにね」

ハンスの顔に曖昧《あいまい》な笑いがもどった。このガイドが第一次世界大戦下の一九一四年から一九一八年にかけて、ドイツ皇帝ヴィルヘルム二世が組織した精鋭山岳部隊、誇り高きアルペン軍団に所属していたことはアメリカ人も承知していた。とはいえ、すこしまえに政権につき、ヨーロッパの新たな火種になりつつある国家社会主義ドイツ労働者党《ナチス》の支持者ではなさそうだった。

アメリカ人はあたりを見まわし、人がいないことを確かめた。黒いドレスに白いエプロンを着けた年配のメイドが、バルコニーの扉の内側で、廊下の絨毯《じゆうたん》に掃除機をかけていた。メイドが遠ざかるのを待って、アメリカ人はその大きな手で二十スイスフラン金貨がぎっしり詰まった革袋をつかみ、ガイドの手に滑りこませた。

「全額前払いしておく。私がついていけなくなったら、そのままひとりで家にもどる――それが契約だ。スキーを取ってきてくれ。ロープトウの下で会おう」

アメリカ人は豪奢《ごうしや》な羽目板張りの自室へ急いだ。毛足の長い絨毯やさかんに音をたてて燃える暖炉の火のせいで、窓の外がひときわ寒そうに見える。防水性の高いギャバジンのズボンに穿《は》き換え、その裾《すそ》を分厚い羊毛の靴下にたくしこみ、編み上げブーツを履き、薄手の羊毛セーター二枚と革の防風ベストを着て、尻《しり》まで隠れるギャバジンの上着を羽織った。上着のジッパーはしめずにおいた。

ドアがノックされ、ジェフリー・デニスがはいってきた。ベルリン支局がよこした人当たりのいい若手捜査員で、観光客が買うチロリアンハットをかぶっている。聡明《そうめい》で熱意のある真面目な男だが、野外活動向きではなかった。

「まだ雪は降りだしていませんか？」

「全員に開始を伝えてくれ」と年上の男は言った。「一時間もすれば、顔の前にかざした自分の手も見えなくなる」

デニスは小さなナップザックを手渡した。「あなたとその……〝荷物〟に関する書類です。列車は真夜中に国境を越えてオーストリアにはいります。インスブルックでお会いしましょう。旅券の期限は明日までになっています」

年長者は窓の外に目を向け、遠い城を眺めた。「妻は？」

「パリで息災にされています。〈ジョルジュサンク・ホテル〉で」

「伝言は？」

デニスは封筒を差し出した。

「読んでくれ」

デニスは感情をこめずに読みあげた。「このうえなくすばらしい二十五回めの記念日をありがとう、ダーリン」

年上の男の安堵《あんど》は傍目《はため》にも明らかだった。それは一昨日、妻が目交ぜしながらとりきめた暗号だった。誰かに見られて仕事で来ているのかと訊《き》かれたときの用心に、二度めのハネムーンという、ロマンティックな隠れ蓑《みの》を用意してくれたのである。遠方にいる妻に危険がおよぶおそれはない。もはや隠れ蓑も不要だった。嵐は激しさを増しつつあった。男は封筒を受け取り、暖炉の火に近づけた。そして旅券、査証、入国許可証を注意深く確かめた。

「携帯用か？」

それは小さく軽い拳銃だった。デニスは言った。「ドイツの警官が隠し持っている新型の自動拳銃です。旧型のほうが馴染むということなら、軍用リヴォルヴァーを用意しますが」

男はいま一度、寒々とした渓谷の先にある城に向けた碧眼《へきがん》をデニスに移した。それから一度も手もとを見ることなく弾倉を抜き、薬室が空であることを確かめると用心鉄《がね》を開き、銃身から伸縮ばねと遊底を取りはずしてワルサーＰＰＫを分解した。その間わずか十二秒。さらに、デニスの顔を見据えたまま十秒で組み立てなおした。

「使えそうだ」

デニスは眼前の人物の偉大さをしみじみ理解すると、こらえきれずに子どもじみた質問を口にした。「そこまでになるのに、どれくらい練習するものですか？」

年上の男は険しかった顔に驚くほど柔和な笑みを浮かべ、意地の悪さもユーモアも交えることなく答えた。「ジェフ、夜、雨のなかで、他人に狙《ねら》われながら練習すれば、すぐにでも身につくさ」

ロープトウの下まで行くと、ゲレンデ最上部の稜線がほとんど見えないほどの降りになっていた。背後にそびえる岩山にいたってはまるで目視できない。嵐が接近するなか、安全を慮《おもんぱか》るガイドが閉山を決めるまえに一本でも多く滑っておこうと、スキーヤーは競うようにロープに手を伸ばしていた。ハンスが用意した新品のスキーは、木製の板に金属のエッジが固定された最新のモデルだった。「風が強くなってきたな」エッジの説明を終えたハンスが言った。「上はアイスバーンだ」

ふたりは開放したビンディングに靴を突っ込んで踵《かかと》まわりを固定すると、手袋を着けてストックを持ち、人が減りつつあるロープトウへ向かった。にぎやかな音をさせてロープの駆動ドラムをまわしているのはトラクターのエンジンである。持ち手をつかんでロープに引かれ、なめらかに斜面を登るふたりの姿は、ささやかな冒険に目がない、初老にさしかかった裕福なアメリカ人と、彼が着換えてディナーを楽しむことになっているホテルまで、安全裡《あんぜんり》に送り届けるための知識と経験をそなえた個人指導員という、高級リゾートならではの光景そのものだった。

尾根の上には強い風が舞い、突風がひっきりなしに雪を巻きあげていた。斜面の上で滑降の順番待ちをするスキーヤーたちの視界はたちまち真っ白になるが、つぎの瞬間には斜面の底にあるドールハウスのようなホテルはもちろんのこと、その先にそびえる高い山々まで見霽《みはる》かせるようになる。アメリカ人とハンスはストックをあやつり、人々の群れを離れて尾根づたいを進んだ。やがて誰にも見咎《とが》められないところまで来ると、いきなり尾根に背を向け、裏側の斜面を滑りはじめた。

まっさらの粉雪に二組のスキーが真新しいシュプールを描いていった。ほどなくスキーヤーの声とロープトウのエンジン音は聞こえなくなった。金属のエッジが乾いた雪面を切る音をのぞけば、自分の息づかいと心音しか聴こえない。ハンスの先導で斜面を一マイルほど下ると、むきだしの岩に囲まれた待避所へはいった。ハンスはそこから急ごしらえの軽い橇《そり》を引っぱりだした。

橇はトネリコ、ブナノキ、帆布でつくったニール・ロバートソン型の担架を改造したものだった。負傷した水兵の搬送用に設計されたその担架は、船内の狭い急階段で怪我人がずり落ちることのないよう、帆布にくるんで固定できるようになっている。そこにスキーを縛りつけ、ハンスの腰に巻きつけたロープで牽引《けんいん》する仕組みだった。ロープは滑降時にブレーキとして使う長いストックにも巻きつけてある。ハンスとアメリカ人はゆるやかになった斜面をさらに一マイル滑り降りた。急な登りの手前で、スキーにはアザラシの皮が装着された。逆毛を滑り止めとして使うためである。

　雪はいよいよ激しさを増していた。ハンスが金貨にふさわしい技量を発揮するのはここからだった。アメリカ人もハンス同様、方位磁石を読むことはできる。しかし、たとえ磁石があっても、知らぬ間にコースをはずれ、行く手を風に阻まれれば、おそるべき急勾配《きゅうこうばい》の連続で方向感覚を失うおそれがある。子どものころからこのあたりの山を滑ってきたハンス・グランザウは、斜面の傾き具合で自分の位置を正確に把握し、その傾斜が形づくる風を予測することができた。

　何マイルか登り、滑降し、また登る。何度も立ちどまり、休息をとり、アザラシの毛にこびりついた氷をはがす。ある尾根の上で不意に雪がやんだとき、空はほぼ暗くなっていた。最後の谷のむこうに、窓にひとつだけ明かりが灯る城が見えた。「橇をもらおう」とアメリカ人が言った。「ここからは自分で曳《ひ》く」

　ドイツ人ガイドはその声に鋼《はがね》の決意を感じた。議論の余地はなかった。橇にくくりつけたロープを預け、幸運を祈りながらアメリカ人の手を握ると、暗がりのなかで方向転換をして、はるか下界の村へ帰っていった。

　アメリカ人は窓明かりをめざして出発した。

プロレタリアートの大砲

列車を追うグレイウルフ

1

一九〇七年九月二十一日
オレゴン州カスケード山脈

　ぎざついたトンネルの入口で、夜勤の労働者の群れに目を光らせていた鉄道警官は心中、いったいサザン・パシフィック鉄道は、片脚を引きずる隻眼《せきがん》の坑夫からどれほどの労働力を搾りとる気なのかと考えていた。その老いぼれがかぶる羅紗《ラシャ》のスローチハットの鍔《つば》はサーカスの道化の帽子のようにくたびれていて、ハンマーは重すぎて担げないのか、手袋の先に垂れさがっている。どことなく胡散臭《うさんくさ》いのだ。

　左党の警官は安酒で顔がむくみ、目が頬《ほお》に埋もれて迷子になっている。ただし、その目は節穴ではない。すっかり落ちぶれ、アメリカで最底辺の警察組織にいることがにわかに信じ難いほど希望に満ち、生きいきとして、いまも警戒を怠っていなかった。

警官が男を吟味しようと一歩踏み出したそのとき、頑健な青年――農村の新入りが、老いぼれのハンマーを代わりに運びはじめた。その親切な行為は足を曳《ひ》いたり眼帯をつけたりするのと相まって、最前の男を無害な年寄りに見せかける計略だった。外見は偽りなのである。

その先にある山腹には、ふたつの坑が並んで口を開いていた。線路を通す本坑とやや小ぶりの導坑だった。掘削ルートを探るときにあけた導坑は、換気や排水にも利用される。出入りする人間や車を落石から守るため、いずれの坑も材木で補強されていた。

重い足取りで坑から出てきた昼勤の作業員が、疲労困憊《こんぱい》の体で宿舎へもどる列車に向かっていく。枕木《まくらぎ》を積んだ貨車の横で機関車が蒸気を吐き出し、十頭立てのラバが曳く荷車や簡易軌道用のトロッコが土埃《つちぼこり》を巻きあげていた。この工事現場は、起伏が激しく迂回《うかい》の多い鉄路でサンフランシスコから二日を要する僻地《へきち》だが、世間から隔絶されているわけでもない。

トンネルの入口まで来ている電信線はウォール街とつながっていた。三千マイル離れたニューヨークを震撼《しんかん》させた金融恐慌という由々しき知らせをもたらしたのは、この電信線だった。鉄道会社の従業員に給与を支払う東部の銀行家は戦々恐々とした。双方の要求が対立して、電信線に火花が散ったことを老坑夫は知っていた。サンフランシスコと北部を結ぶ高速軌道である〈カスケード短縮路〉の建設を急ぐか。あるいは中止にするか。

坑夫はトンネルの直前で立ちどまり、良いほうの目で山を仰いだ。カスケード山脈の背が夕日に赤く染まっていた。彼は暗いトンネルに呑《の》まれ、岩の奥深くに埋もれるまえに、世界を記憶にとどめんとするかのように景色を望んだ。後ろにつづく作業員に背を押され、眼帯に手をあてるそぶりは、不覚にも灼《や》けつくような喪失の瞬間を思いだしたというふうでもある。だが、眼帯にふれたのはそこに小さな穴をあけるためで、第二の目は第一の目以上にはっきり見えていた。なまくらぞろいの鉄道警察にあって、ひときわ才長《さいた》けた例の警官が、いまなお不審の視線を向けてきている。

老坑夫は胆《きも》がすわっていた。何ものにも動じることがない度胸と不敵を装い、疑惑を封じこめてしまうふてぶてしさがあった。彼は自分を押しのけた作業員には見向きもせず、山を貫く新たな鉄道という光景に魅入られたように、トンネルに目を凝らした。

事実、彼はその企てに感銘をおぼえていた。この厖大《ぼうだい》な労働を生んだ事業は、足もとの単純な構造物に集約されている。砕石《バラスト》の上にしっかり据えられた枕木と、そこに四フィート八・五インチの幅で固定される鋼製の二本のレール。その組み合わせが強靭《きょうじん》な基盤をつくり、重さ百トンの機関車による分速一マイルの走行を可能にする。二千七百本の枕木と三百五十二本のレール、二・七トンの犬釘《いぬくぎ》が使われる一マイルぶんの作業をくりかえすことで、凹凸がほとんどなく、滑らかでどこまでもつづく鋼のハイウェイが造り出されていった。線路はほぼ垂直に切り立った斜面に挟まれた谷底を縫い、深い谷には恐怖に総毛立つような鉄橋を、山腹の崖《がけ》にはトンネルを設けて延伸されてきた。

しかし、近代工学の粋と忍耐強い工程管理とが生み出した奇跡も、この山脈を前にするとちっぽけなもの、もっと言えば滑稽《こっけい》なものでしかない。そしてその脆《もろ》さというものを、坑夫は誰よりも理解していた。

彼は警官を見た。警官の注意はすでによそへ移っていた。

夜勤の作業員が掘りっぱなしの穴に吸いこまれていく。材木の柱に支えられ、果てのない拱路《きょうろ》の地面には水が流れていた。脚の悪い男はハンマーを持たせた大柄な青年とともに歩みを遅らせた。ふたりは百ヤードほど行った横穴付近で立ちどまると、アセチレンランプを消した。そのまま暗闇《くらやみ》にとどまり、遠ざかるほかの作業員とランプの光の揺らめきを見送った。その後、石くれだらけの横穴を手探りで二十フィートばかり進み、本坑に並走する導坑に達した。本坑にくらべて狭小で荒削りな導坑は、天井の低い箇所が方々にあった。ふたりは身をかがめて奥をめざし、人に見られるおそれがなくなるとランプを点けなおした。

いまや男は足を曳きつつも、ランプの光を側壁に躍らせながらかなりの速度で歩いていた。ふと立ちどまり、岩にできた割れ目を手でさすった。その姿を眺める青年が、似たように身体の不自由な連中が揺り椅子《いす》でくつろいでいるときに、こうして闘いつづける原動力はどこから来るのかと訝《いぶか》るのは初めてのことではない。だが、渡りの労働者の世界では、余計な詮索《せんさく》は怪我のもとであり、この疑問が口をついて出ることはなかったのである。

「ここを掘ってくれ」

老坑夫は自ら募った志願兵にたいして、信頼を印象づけることだけを明かしていた。ハンマーを持った農村出身の青年が知るのは、男がピュージェット湾の屋根葺《やねふ》き職人の協力者であり、かの地では労働組合がヒマラヤスギの屋根板をつくる産業を巻きこみ、ゼネストを呼びかけたものの、吸血鬼のごとき工場主が引き入れたスト破りによって粉砕されたというところまで。いかにも青二才の無政府主義者《アナーキスト》が聞きたがりそうな話だった。

青年の前任者は、眼帯の男をアイダホ州コーダレーンの鉱山戦争から逃れてきて、いずれシカゴの世界産業労働者組合の組織化に尽力する人物と信じていた。なぜ片目を失ったかというと、脚を負傷したのと同じ、コロラドシティでスト破りに殴られて。あるいは西部鉱山労働者連合の〝ビッグ・ビル〟・ヘイウッドを護衛していたときに。はたまた知事が召集した州兵に撃たれて。いずれにしても、より良き世界を求め、その実現のために闘う気概を持つ人物として申し分ない経歴だった。

大柄な若者は長さ三フィートの鏨《のみ》を取り出し、眼帯の男が指示した位置にあてがうと、花崗岩《かこうがん》にめりこませてハンマーを握りなおした。

「さあ、ケヴィン、急げ」

「こっちの坑を壊したせいで、本坑にいる連中が怪我するようなことはないよな？」

「おれの命にかけて誓うよ。連中とのあいだには厚さ二十フィートの花崗岩がある」

ケヴィンの人生は西部ではありふれた物語だった。農家の後継ぎとして生まれたが、一家は銀行に土地を奪われた。それからは銀鉱山で懸命に働いたが、組合支持を口にして首を飛ばされた。仕事探しで貨物列車にもぐりこめば鉄道警官に殴られ、賃上げを求めてはスト破りに斧《おの》の柄で叩《たた》かれた。ひどい痛みで、まともにものを考えられない日がつづいた。最悪なのはこの先、定職についてねぐらを確保するのはおろか、女と出会って家族をつくる希望すら見えない夜だった。そんなある晩、この無政府主義者が語る夢に魅了されたのである。

ダイナマイト、またの名を〝労働者階級《プロレタリアート》の大砲〟はより良き世界を実現する。

重いハンマーをふるって鏨を一フィートの深さまで叩きこむと、ケヴィンはひと息つき、道具について愚痴をこぼした。「まったくこの鋼のハンマーときたら。撥《は》ねすぎなんだ。昔ながらの鋳鉄製を寄越せって」

「弾みを利用するんだ」脚の悪い眼帯の男は手にしたハンマーをやすやすと振り、強い手首をきかせて鋼の鑿の頭を叩くと、撥ねかえる勢いを利してもう一度強打した。「こうやるんだ。ほら、やってみろ……そうだ。その調子だ」

岩に深さ三フィートの穴があいた。

「ダイナマイト」と老坑夫は言った。鉄道警官に目をつけられたときのために、まずいものはすべてケヴィンに運ばせていた。ケヴィンはくすんだ赤色の棒を三本、シャツの下から取り出した。それぞれに黒いインクでＶＵＬＣＡＮという製造者のブランドが印字されている。男はそれを一本ずつ穴に押しこんでいった。

「雷管」

「ほんとうに怪我人は出ないんだね？」

「約束する」

「お偉いさんを地獄へ吹っ飛ばすのは一向にかまわないけど、坑のなかの連中は仲間だ」

「連中は気づいていないにしてもな」と男は皮肉めかして言うと、ダイナマイトが確実に起爆するよう雷管を取り付けた。

「導火線」

ケヴィンは帽子の内側に隠していた導火線をほどいた。粉火薬つきの麻紐《あさひも》は一ヤード燃えるのに九十秒かかる。一フィートあたり三十秒の計算だ。安全な場所に待避する時間を五分とみて、男は十一フィートの導火線をつないだ。一フィートの余分は火薬のつき具合や湿度による変動を考慮してのものだった。

「火を点けてみるか？」

ケヴィンはクリスマスの朝を迎えた子どもさながら目を輝かせた。「いいのかい？」

「誰にも見られていないことを確かめる。いいか、脱出の時間は五分しかない。もたもたするな。点火したら逃げる――待て！　いまのはなんだ？」坑夫は誰かの足音を聞きつけたふりをして振り向き、ブーツに隠したナイフを抜きかけた。

すっかり騙《だま》されたケヴィンは、耳の後ろに手をあてた。聞こえるのは遠く本坑に響くドリルの音と、導坑を通して出し入れされる汚れた空気と清浄な空気の唸《うな》りだけだった。「なんだ？　何が聞こえたんだ？」

「ひとっ走りいって、見てこい！」

ケヴィンは走った。ランプの灯が粗い壁面に影を踊らせた。

坑夫は雷管から導火線を引きちぎり、暗闇に放り投げると、別の麻紐に取り換えた。見た目は同じでも、こちらは液化したトリニトロトルエン《TNT》を染みこませてある。きわめて速く燃えることから、多数の爆薬を同時に起爆するときに使われる。

男はしたたかで機敏だった。ケヴィンが無駄足からもどる気配がしたときには、もう一連の裏切り行為を完了させていた。が、目を上げたところで凍りついた。ケヴィンは両手を挙げ、その背後に鉄道警官がいた。トンネルの入口でこちらを見ていた警官だった。募る疑念のすえに、ウィスキーでふやけた顔を冷たい警戒の表情に変貌《へんぼう》させていた。手には固くリヴォルヴァーが握られている。

「手を挙げろ！」警官が命じた。「両手を挙げるんだ！」

警官は導火線と雷管に気づき、すぐにその意味を理解して銃を身体に引きつけた。明らかにその扱いを心得た戦士の動作だった。

老坑夫の手がおもむろに動いた。ただし、命令とは逆にブーツへ延び、長いナイフが引き抜かれた。

警官は頬笑んだ。そして音楽を奏でるような声音で、英語を独学で学んだ人間ならではの愛情をこめた言葉を紡いだ。

「気をつけろ、じいさん。うっかりナイフで決闘の場に出てきたんだろうが、いますぐそいつを捨てないと撃ち殺すことになるぞ」

坑夫は手首をさっと動かした。するとたたみこまれていた刃が伸び、ナイフは長さが三倍の細身の剣に姿を変えた。流麗なさばきで繰り出された剣は、このとき警官の喉《のど》を突いていた。警官は片手で喉を押さえながら発砲を試みた。坑夫はひねりながら剣を押しこみ、首から背中へ貫いて脊髄《せきずい》を切断した。リヴォルヴァーが音をたてて坑の床に落ちた。剣が引き抜かれると、警官は落とした銃の横に突っ伏した。

ケヴィンが喉を鳴らした。ショックと恐怖で丸くした目を、死んだ男、どこからともなく現われた剣、そしてふたたび死んだ男へと走らせた。「どうして――どうやって?」

坑夫は開閉ばねにふれて剣をたたみ、ブーツにもどした。「芝居の小道具と同じ原理だ」と彼は説明した。「いくらか改良はしてある。マッチはあるか?」

ケヴィンはふるえる両の手でポケットをまさぐり、保護材にくるまれた壜《びん》を取り出した。

「おれは人がいないか出口を見張る」と老坑夫は言った。「おれの合図を待て。いいか、五分だ。火を点けて、ちゃんと燃えるのを確かめたら死に物狂いで走れ! 五分だぞ」

安全な場所まで退避するのに五分。だが、それは瞬く間に十フィートを燃やすTNTでなければの話で、すでに導火線は粉火薬をまぶした麻紐からすり替えられている。

老坑夫は警官の死体をまたぎ、導坑の出口へ急いだ。近くに誰もいないのを確認すると鏨で大きな音を二回たてた。すると三回音が返ってきた。あたりに人影はない。

坑夫はウォルサムの公式鉄道時計を取り出した。一介の坑夫が持てるような代物ではない。車掌、運行管理者、機関士に法律で携行が義務づけられた十七石で剣引きのある懐中時計は、機関車の暑い運転室内で揺られようが、雪が吹きさらすハイシエラの高地駅のプラットフォームで凍てつこうが、週差は三十秒以内という保証つきだった。アラビア数字が刻まれた白い文字盤は、夕闇のなかでも読みとれる。ケヴィンは燃焼の遅い粉火薬の導火線を使い、安全な場所まで分単位の猶予があると思いこんでいるが、坑夫が注目しているのは内側にある秒針の目盛りなのだ。

ケヴィンが壜の蓋《ふた》をあけて硫黄マッチを取り出し、蓋を締めなおして導火線の脇にひざまずくのに五秒。緊張した指先でハンマーにマッチを擦りつけるのに三秒。明るい炎が燃えあがるのに一秒。その炎をＴＮＴが染みこんだ導火線に近づけて。

そよ風を思わせる空気の流れが、老坑夫の頰を撫《な》でた。

すると岩の奥からくぐもったダイナマイトの爆音が聞こえ、坑口から一陣の風が吐き出された。不穏な鳴動とともに再度風が噴出したのは、導坑が崩落した証しである。

つぎは本坑だった。

老坑夫は坑口を支える木材の陰に身を隠して待った。導坑から本坑にいる作業員までの距離は二十フィートでまちがいない。ただし、ダイナマイトを仕掛けたあたりの岩は堅固というには程遠く、岩壁にはやたら亀裂《きれつ》が走っていた。

大地に衝撃が走り、地震並みの揺れが起きた。

彼はようやく残忍な笑みを浮かべた。長靴の底から伝わる振動は、本坑にあふれる坑夫や発破《はっぱ》技師の悲鳴にもまして多くを物語っている。坑口から噴く煙に駆けつけてきた連中が発する怒号の比ではなく。

山中を数百フィートはいったあたりのトンネルの天井も崩落していた。通行中の土砂運搬列車を巻きこみ、貨車二十輛《りょう》に機関車、炭水車まで被害がおよぶように頃合いをはかったのである。乗務員に犠牲が出ようが気にならなかった。さっき手を下した鉄道警官同様、取るに足らない存在なのだ。崩れた岩壁の奥の闇に閉じこめられた負傷者たちにも同情はしなかった。死者の数がふえ、破壊や混乱の度合いが大きいほど収拾に手間取り、工事は遅れることになる。

男は眼帯をむしりとってポケットに押しこむと、くたびれたスローチハットを脱ぎ、坑夫のキャスケットらしく鍔を内側に折りこんでかぶりなおした。さらに、脚を不自由に見せかけるため、ズボンの下に巻いていたスカーフを手早く解き、丈夫な両脚で暗闇をあとにすると、あわてて逃げ出してきた作業員の集団に紛れこみ、枕木につまずき、レールに足をとられながら先を争うように走った。やがて彼らの足取りは、惨事に集まった野次馬に押しもどされて鈍っていった。

〝壊し屋〟の悪名も高いその男は、線路脇の溝に下りて歩きつづけた。入念に予習した逃走経路で、救急隊や鉄道警察をすんなりやりすごした。彼が避けて通った側線には、黒光りする機関車に牽《ひ》かれて個人所有の特別旅客列車が待機していた。巨大な機関車は控えめな蒸気音をさせて、照明と暖房に必要な動力をつくりだしている。カーテンが引かれた車窓という車窓は金色に輝き、冷たい外気に音楽が漂った。お仕着せに身を包んだ召使いたちが、晩餐《ばんさん》のテーブルをととのえる姿が見える。以前、若いケヴィンがトンネル掘りに向かう途中、坑夫が日給二ドルで労働を強いられているのに、〝ひと握りの特権階級〟は豪華列車で旅をするのかと激しく非難の矛先を向けたことがあった。

〝壊し屋〟は笑った。それはサザン・パシフィック鉄道の社長が個人で所有する列車だった。いずれ社長も自社のトンネルが崩落したことを知り、豪勢な車内は火事場のような騒ぎになる。今夜ばかりはケヴィンの言った〝ひと握りの特権階級〟も、あまり特権を享受しないほうが身のためだ。

新たに敷かれた線路を一マイルほど行くと、まぶしい電灯に照らされて、作業員宿舎、資材倉庫、機械工作場、発電小屋、資材運搬用の貨車で混みあう複数の側線、そして転車台つきの機関庫からなる工事現場があった。そこから下った深い谷間の、敷設工事の最前線にともる石油ランプの灯が見えるあたりでは、前進をつづける工事基地を追って天幕や廃車となった貨車で商売するにわかづくりのダンスホール、酒場、売春宿がかりそめの町をつくっている。

それらの移動の速度も著しく鈍ることになる。

トンネルから崩落した岩を取りのぞくのに数日。工事再開にそなえて崩れやすくなった岩を柱で支《か》い、修復するのに少なくとも一週間。鉄道にたいするここまで徹底した破壊工作は、かつてない最高の出来ばえだった。この一件を〝壊し屋〟に結びつけられる証人は唯一ケヴィンだけで、仮に残された遺体の身元が判明しても、この青年が渡りの仲間内で過激な発言をくりかえす短気な男と知れれば、うっかり自分をあの世へ送ってしまったという結論が出るだろう。

2

一九〇七年のアメリカで、〝特別列車〟は比類なき富と権力の象徴だった。ニューポートにコテージを持ち、パーク・アヴェニューのタウンハウスやハドソン川を臨む地所を所有する富豪は、個人の車輌《しゃりょう》を旅客列車に連結させて御殿のような住まいを往き来していた。だが真の大立者——つまり鉄道会社の経営者ともなると、仕立てた個人列車を自前の機関車に牽《ひ》かせ、心の赴くままに大陸を周遊した。わけてもスピードと豪華さで他の追随を許さなかったのが、サザン・パシフィック鉄道の社長、オズグッド・ヘネシーの特別列車である。

光沢のある朱色に塗装されたヘネシーの列車は、炭水車に積んだ石炭さながらに黒い〈ボールドウィン・ロコモティヴ・ワークス〉製、パシフィック4‐6‐2型という強力な機関車に牽引《けんいん》される。長さ八十フィート、幅十フィートの客車は、死別して久しい妻にちなみナンシー一号、ナンシー二号と名づけられていた。プルマン社がヘネシーの注文どおりに製造した鋼製の車体に、ヨーロッパの家具職人が装飾を施した。

ナンシー一号にはヘネシーのオフィスとサロンのほか、大理石の浴槽と真鍮《しんちゅう》のベッド、彼が出向くすべての町につながる電話つきの居室が、ナンシー二号には最新式の厨房《ちゅうぼう》と一カ月ぶんの食料を備蓄できる貯蔵庫、食堂、使用人室があった。荷物車にはヘネシーの愛娘リリアンが所有する自動車、パッカード・グレイウルフを積む空間が確保されている。また〈カスケード短縮路〉の建設に携わる技師や銀行家、弁護士のために食堂車と豪華なプルマン式寝台車数輛も用意されていた。

ひとたび本線に出れば、ヘネシーの列車は線路の状況に合わせて機関車を交換しながら、半日でサンフランシスコ、三日でシカゴ、四日でニューヨークまで社長を送り届ける。国内の全鉄道を支配下に置くという、ヘネシーの生涯をかけた野望にその速度が追いつかないときは、トーマス・エジソンが特許権をもつ電磁誘導方式の〝縦振り電鍵《でんけん》つき電信機〟の出番となり、走行中の列車と線路沿いに敷設された電信線のあいだをメッセージが飛び交うことになる。

意外にもヘネシー本人は貧相な老人で、矮躯《わいく》で頭も禿《は》げあがっていた。フェレットを思わせる用心深そうな黒い目が、嘘《うそ》をつこうという気を削《そ》ぎ、誤った希望を打ち砕く冷たい視線を投げつけてくる。その心根は、やわな商売敵に言わせれば飢えたドクトカゲそのものだった。トンネル崩落から数時間後、シャツ姿のヘネシーが電信技手に向かって猛烈な早口でメッセージを口述していると、そこに晩餐《ばんさん》の最初の招待客が案内されてきた。

如才なく洗練された物腰のチャールズ・キンケイド上院議員は、夜会用の服を間然するところなく着こなしていた。長身ではっとするほどの男前。髪も口ひげもみごとに調《ととの》えられている。その茶色の瞳《ひとみ》からはなんの思惑も――そもそも何かを考えているのかどうかもうかがい知れない。ただし、甘い笑顔はお手のものだった。

ヘネシーの挨拶《あいさつ》には政治家にたいする軽蔑《けいべつ》が見え隠れしていた。

「よもやご存じとは思うが、キンケイド、事故が起きた。しかも破壊工作だ」

「なんと！　それは確かですか？」

「まちがいない。〈ヴァン・ドーン探偵社〉に電報を打ったところだ」

「賢明な選択です！　こう言ってはなんだが、田舎の保安官に破壊工作の捜査は無理ですよ――仮にこの辺境に保安官がいたとしても。鉄道警察の連中にもいささか荷が重いでしょう」薄汚い制服を着た悪党ども、と言いかけたキンケイドは、この鉄道会社に奉仕する者として、生殺与奪の権を握る相手にたいする言葉をつつしんだ。「〈ヴァン・ドーン〉のモットーは何でしたか？」キンケイドは媚《こ》びるように言った。「〈われわれはあきらめない、けっして！〉。坑内の事後処理については、私が指揮にあたるのが適任かと思うのですが」

ヘネシーは見下したように顔をしかめた。この洒落者《しゃれもの》はオスマン帝国のバグダッド鉄道の建設計画に携わっていた当時、赤十字の看護婦と宣教師をトルコの捕虜収容所から救出した立役者とされ、新聞紙上で〝英雄技師〟ともてはやされた。ヘネシーはその英雄仕立ての報道を話半分で受け取った。ところが、キンケイドはまやかしの名声を利用して汚職はびこる議会の指名を受け、〝大富豪クラブ〟の合衆国上院で鉄道の〝利益〟を代表する立場を手に入れた。キンケイドが鉄道株にまつわる賄賂《わいろ》で私腹を肥やしていることを、ヘネシーは誰よりもよく承知している。

「三名が即死」ヘネシーは唸《うな》るように言った。「十五名が閉じこめられている。もはや技師は要らん。要るのは葬儀屋だ」そう言うと、彼は電信技手を振りかえった。「〈ヴァン・ドーン〉からの返信は？」

「まだです。ついいましがた――」

「ジョー・ヴァン・ドーンは全米のすべての都市に捜査員を置いている。もれなく電報を送れ！」

ヘネシーの娘のリリアンが、私室から急ぎ足でやってきた。キンケイドは目を瞠《みは》り、ますます頬《ほお》をゆるめた。列車が停まっているのはカスケード山脈深くの埃《ほこり》っぽい側線だというのに、リリアンはニューヨークの最高級ダイニングルームでも目を惹《ひ》くほどめかしこんでいた。白いシフォンのイヴニングドレスはウエストが細くくびれ、絹でつくられたバラの花が大きく開いた胸もとをかろうじて隠している。優美な首にはダイアモンドをあしらった真珠のチョーカー、髪を金色の雲のように高く結いあげ、広い額に巻き毛の房を垂らしていた。まばゆいイアリングに嵌《は》めこまれたペルッツィ・ブリリアントカットのダイアモンドのせいで、その顔にいやがおうにも注意が向く。彼女の派手な身なりは、それだけ多くのものを持っているということなのだ、とキンケイドは皮肉まじりに思った。

リリアン・ヘネシーにははっとするほどの美貌《びぼう》に、すこぶるつきの若さと莫大《ばくだい》な富がそなわっている。ふさわしい相手は国王か。ホワイトハウスを視野にとらえた上院議員か。厄介なのは、驚くほど澄んだ青い瞳に宿る激しい光だった。手なずけるのが容易でないことがそれと知れる。娘を一向に飼い馴らせなかった父親が腹心の秘書に据えたことが、リリアンの旺盛《おうせい》な自立心をさらに煽《あお》ったのである。

「お父さま」とリリアンは言った。「たったいま、テレグラフォンで主任技師と話したわ。導坑の反対側からはいって、本坑へ道をつけられるだろうって。いま救助隊が掘り進んでる。電報は送ったし、着換えて食事にしましょう」

「作業員が閉じこめられてるのに、食事などできん」

「断食しても助けにはならないわ」リリアンはキンケイドに向きなおり、「こんにちは、チャールズ」と素気なく言った。「カムデン夫人がサロンでお待ちかねよ。カクテルでもいただきながら、父の支度を待ちましょう」

グラスが空くころになっても、ヘネシーは現われなかった。カムデン夫人は肉感的な女性で齢は四十、ぴったりした緑色の絹のドレスに、昔ながらのヨーロピアン・スタイルにカットされたダイアモンドを着けていた。「わたくしが迎えにいきます」夫人はそう言ってヘネシーのオフィスへ行った。いずこも同じで、自分が送受信したメッセージは口外しないと誓約させられている電信技手には目もくれず、柔らかな手をヘネシーの骨張った肩に置いて声をかけた。「みなさん、お腹を空かせてらっしゃるわ」夫人は唇を開き、魅力的な笑みをつくった。「食事にしましょう。ヴァン・ドーンさんからのお返事はじき届くでしょう」

カムデン夫人がそれを言い終わらないうちに、機関車が前進の合図である汽笛を二度鳴らし、列車はなめらかに動きだした。

「どちらへ行くの？」夫人はまたの出発に驚くでもなく訊《たず》ねた。

「サクラメント、シアトル、それにスポーケン」

3

ジョゼフ・ヴァン・ドーンが、ヘネシーヴィルにあるグレート・ノーザン鉄道の操車場でオズグッド・ヘネシーをつかまえたのは、トンネル爆破から四日後のことだった。ワシントン州スポーケンの郊外、アイダホ州境近くにできたばかりの町には、切りたての材木やクレオソート、石炭が燃える匂《にお》いが立ちこめていた。すでに〝北西部のミネアポリス〟と呼ばれているこの町の設立が、北部の大陸横断鉄道を買収し、サザン・パシフィック鉄道の路線使用料を倍にしようというヘネシーの計画の一環であることはヴァン・ドーンも承知していた。

名高い〈ヴァン・ドーン探偵社〉の創設者は、大きな柄を立派な服に包んだ禿頭《とくとう》の四十男で、暗黒街の顔役というよりは出張中の裕福な実業家といった風情だった。人好きのする感じで、鼻はローマ人の彫刻のように高く、隙《すき》のない笑顔はかすかにアイルランド人の憂愁をたたえる。紅いもみあげがさらに紅い顎《あご》ひげとつながっている。ヘネシーの個人列車へ向かうヴァン・ドーンは、蓄音機から流れるラグタイムを耳にして安堵のあまりうなずいた。その陽気で心くすぐるメロディがスコット・ジョプリンの新曲《サーチライト・ラグ》であり、近くにヘネシーの娘のリリアンがいることがわかったからである。偏屈で知られるサザン・パシフィック鉄道の社長も、娘がそばにいると多少は馭《ぎょ》しやすくなるのだ。

プラットフォームで、ヴァン・ドーンは客車内からただならぬ気配を感じて足を止めた。そこへスポーケン市長を突き飛ばしながら、ヘネシーが姿を見せた。「私の列車から出ていけ！　ヘネシーヴィルがあんたの市に併合されることはない。うちの操車場をスポーケンの課税台帳に載せるような真似はさせん！」

ヘネシーはヴァン・ドーンに向かって吐き棄てた。「のんびりしたもんだ」

ヴァン・ドーンはヘネシーのぞんざいな物言いに温厚な笑みで応えた。紅いひげの奥に丈夫な白い歯をのぞかせ、いよいよ愛想よく小男の手を包みこんだ。「こちらはシカゴにいて、そちらは神出鬼没だ。お元気そうでなにより、オズグッド、いささか機嫌を損じているにせよ。麗しのリリアンは？」ヴァン・ドーンはヘネシーの案内で客車に乗りこみながら訊《たず》ねた。

「いまもって、貨車一台ぶんのイタリア人よりも手に負えん」

「おや、おでましだ！　これはすっかりレディになられて、最後に会ったのはたしか――」

「ニューヨーク以来です。父の依頼で、わたしをポーター夫人の学校に連れもどそうとした」

「いや」ヴァン・ドーンは異を唱えた。「度を越した婦人参政権運動のはてに、ボストンの刑務所からあなたを保釈させたのが最後でしょう」

「リリアン！」とヘネシーが言った。「この会議の記録をタイプして、〈ヴァン・ドーン探偵社〉との契約書に添付してくれ」

リリアンの薄い青の瞳《ひとみ》からいたずらっ子のような光が消え、たちまち職務一筋の真剣なまなざしに変わった。「契約書は署名を待つばかりよ、お父さま」

「ジョー、今回の攻撃のことは知っているな」

「了解はしています」ヴァン・ドーンは言葉を濁した。「サザン・パシフィックが建設中のカスケード越えの高速軌道でおぞましい事故が続発して、作業員ばかりか罪のない乗客数名も犠牲になったという」

「全部が事故であるわけがない」ヘネシーはすかさず言いかえした。「この鉄道を破壊しようとむきになってるやつの仕業だ。あんたたちを雇うのは無政府主義者でも、外国人でも、ストライキを打つ連中でもいい、破壊工作をやった張本人たちをとっつかまえてもらうためだ。撃とうが首を吊《つ》るそうがかまわん、とにかくやめさせるんだ」

「電報を受け取った直後から、うちの最優秀の捜査員に事件をあたらせています。おっしゃるとおりの状況なら、その男を主任捜査員にしましょうか」

「だめだ！」とヘネシーは言った。「指揮はあんたに執ってもらいたい、ジョー。じきじきに」

「アイザック・ベルは当方きっての捜査員です。あの歳ごろの自分に、あれほどの才能があったらと思うくらいでね」

ヘネシーはヴァン・ドーンの話をさえぎった。「ジョー、はっきり言っておく。破壊工作の標的になったトンネルはここから北へわずか三百八十マイルだが、実際、機関車に牽《ひ》かせると、同じ線路を引きかえしたり登坂にスイッチバックを使ったりで七百マイルは走らなければならん。短縮路を使えば丸一日の節約になる。短縮路の開通と鉄道業界の未来を思えば、これを一介の使用人に任せるわけにはいかない」

ヘネシーが我を通す人間であることはヴァン・ドーンも心得ていた。なにしろ、ヴァンダービルト准将やJ・P・モルガンといった好敵手をなぎ倒し、州際通商委員会や連邦議会を出し抜き、反トラストを推進するセオドア・ルーズヴェルト大統領を睨《にら》み倒して大西洋から太平洋まで大陸横断路を建設した男なのだ。それだけに、車掌の闖入《ちんにゅう》はヴァン・ドーンにとってもっけの幸いだった。戸口にたたずむ車掌長は、光り輝く真鍮《しんちゅう》のボタンとサザン・パシフィックの赤に縁どられた紺色の制服を、一分の隙なく身に着けている。

「お邪魔をして申しわけありません。列車に乗りこもうとした流れ者を捕まえました」

「わざわざ報告しにくるような話か？　私の仕事は鉄道の運行だ。保安官に引き渡せ」

「身元はヴァン・ドーンさまが保証してくださると申しまして」

ヘネシーの個室車輛《しゃりょう》に、頑健な鉄道警官二名にともなわれて長身の男がはいってきた。いかにも仕事探しで貨物列車にもぐりこむ流れ者らしい、むさ苦しいなりをしている。デニムの上着とズボンは埃《ほこり》にまみれ、ブーツは擦り切れ、カウボーイ風のステットソン帽は雨にあたって見る影もない。

リリアン・ヘネシーは、まず男の目が菫《すみれ》色を帯びたブルーであることに気づいた。そのまなざしがサロンを鋭く見渡し、隅々までつぶさに観察していた。同様のすばやさで、オズグッド・ヘネシー、ヴァン・ドーン、そしてリリアンの顔に、まるで胸の内を見透かすような視線を投げた。リリアンは勇敢に相手を見つめかえしたが、いつしかすっかり魅了されていた。

ゆうに六フィートはある長身痩軀《そうく》はサラブレッドを思わせた。上唇を隠す口ひげと頰《ほお》に残る無精ひげは、豊かな髪と同じ金色。両手をゆったりと体側に垂らし、指は長く優美だった。きりっと引き締まった顎と口から、リリアンは男が三十前後で、しかもただならぬ自信をみなぎらせていると察した。

警官はすぐ脇にいながら身体にはふれていない。男から目を離してみると、警官のひとりが血のついたハンカチを鼻に押しあてている。もうひとりは目を腫《は》らし、痣《あざ》をこしらえていた。

ジョゼフ・ヴァン・ドーンはあえて気障《きざ》な笑みを浮かべた。「オズグッド、アイザック・ベルを紹介させてください。私の名代《みょうだい》として捜査の指揮を執る男です」

「おはようございます」とアイザック・ベルは言った。握手を求めて前に出ると、警官たちもそれにつづこうとした。

ヘネシーは一喝した。「下がれ！」

ハンカチで鼻を押さえていた男が、戸口へ追い立てられながら車掌にささやきかけた。

「失礼ですが」と車掌が言った。「ふたりが所持品を返してほしいと申しております」

アイザック・ベルはポケットから革を巻いた鉛の棍棒《こんぼう》を引っぱりだした。「名前は？」

「ビリー」ひとりが面白くなさそうに答えた。ベルは棍棒を投げわたし、冷たく言った。「ビリー、今度、相手が何もしないと言ってきたら、それを信じることだ」

ベルは目に痣をつくった男に向きなおった。「きみは？」

「エド」

ベルはリヴォルヴァーを取り出し、銃把《じゅうは》を向けて差し出した。そして弾薬五発を男の手に落として言った。「使い方を知らない武器は抜かないこと」

「知ってるつもりだ」とエドはこぼした。長身の探偵には、男のばつの悪そうな様子が気になった。

「鉄道に来るまえはカウボーイだったのかね？」

「ええ、仕事が必要で」

ベルの目の青さがやわらぎ、口もとが人懐っこい笑みにゆるんだ。彼はベルトの内側の隠しポケットから金貨を一枚抜いた。「さあ、エド。ビーフステーキで一杯やって、その目を治すんだ」

警官たちはこくりとうなずいた。「ありがとう、ベルさん」

ベルは興味津々で見守っていたサザン・パシフィック鉄道の社長に注意をもどした。

「ヘネシーさん、入浴と着換えをすませしだい、報告をしてさしあげます」

「きみの鞄《かばん》はポーターに預けてある」とジョゼフ・ヴァン・ドーンはにこやかに言った。

三十分後にもどってきた探偵はひげを調え、流れ者の服は、肌寒い秋にふさわしい目の詰んだ英国製ウールで仕立てた、シルヴァーグレイの三つ揃いのサックスーツに変わっていた。薄青のシャツと暗い菫色のネクタイが本人の瞳の色を引き立てている。

アイザック・ベルは捜査をはじめるにあたり、指揮権は傲慢《ごうまん》な鉄道会社の社長ではなく、あくまで自分にあることをはっきりさせるのが肝要と考えていた。そこでまずは優しげに頰笑むリリアン・ヘネシーに目礼し、つぎに黙って入室したきり革張りの肘《ひじ》掛《か》け椅子《いす》に腰をおろした、黒っぽい目の肉感的な女性に礼儀正しく頭を下げ、最後にオズグッド・ヘネシーと相対した。

「私は一連の事故が破壊工作だと確信はしていません」

「何を言うか！　西部のいたるところでストは起きてる。いまやウォール街も恐慌状態で、過激派や煽動者《せんどうしゃ》が騒ぎだしているぞ」

「たしかに」とベルは答えた。「サンフランシスコの路面電車の乗務員や〈ウェスタン・ユニオン〉の電信技手のストライキで、労働組合が勢いづいているのは事実です。たとえアイダホのステューネンバーグ州知事暗殺容疑で、西部鉱山労働者連合の指導者たちを州都ボイシの法廷に立たせたところで――私からみれば、警察の捜査のずさんさを考えると、なんとも信用しかねる話ですが――知事邸の正門にダイナマイトを仕掛ける卑劣な過激派はいなくなりはしない。マッキンリー大統領の暗殺犯がわが国唯一の無政府主義者というわけでもない。しかし――」

　アイザック・ベルはそこで言葉を切り、ヘネシーを見つめる目に力をこめた。「私は〈ヴァン・ドーン〉の捜査員として、殺人犯や強盗を捕まえるために全国を駆けまわっています。大方の人間が一生かかって利用する急行、特急、フライヤーをひと月で乗りこなします」

「きみの旅と、私の鉄道を狙《ねら》った攻撃になんの関係がある？」

「鉄道事故は日常の一部と化しています。昨年、サザン・パシフィック鉄道が負傷者に支払った治療費はざっと二百万ドル。一九〇七年が終わるまでに、衝突事故は一万件に、脱線事故は八千件に達し、死者は五千人を超えるでしょう。頻繁に鉄道を利用する人間として、列車と列車の間隔が目視できそうなほど縮まると、事故が他人事とは思えなくなる」

　オズグッド・ヘネシーはほとばしる怒りに顔を赭《あか》らめた。「鉄道を諸悪の根源と考える改革派諸氏には、こう言うことにしている。サザン・パシフィック鉄道は十万人の雇用を産み、年間一億人の乗客と三億トンの貨物を粛々と運んでいる！」

「私はたまさか鉄道好きですが」ベルは穏やかに言った。「車輪を線路にかませる小さな鋼製のフランジ、その一インチが生死を分けるという鉄道員の言葉は誇張でもなんでもない」

ヘネシーはテーブルを激しく叩《たた》いた。「この人殺しの過激派どもは、憎しみで目が見えなくなっている！　鉄道のスピードというものが、すべての生きる男女にとって、神からの贈り物であることがわからんのか？　アメリカはでかい！　諍《いさか》いの絶えないヨーロッパよりでかい。幅は分割された中国より広い。鉄道はわが国をひとつにする。わが列車がなければ、どうやって移動するんだ？　駅馬車か？　作物はどうやって運ぶ？　雄牛か？　ラバか？　わが機関車はたった一台で、大平原を横断した幌馬車《ほろばしゃ》を全部合わせたより多くの荷を牽く――ベル君、きみはトーマス・フライヤーを知っているか？」

「もちろん。トーマス・フライヤー・モデル35は、バッファローのトーマス社が製造した四気筒、六十馬力の自動車です。来年のニューヨーク－パリ大陸間レースでは、トーマスが勝利をおさめてくれるものと期待しています」

「彼らはなぜ、自動車に列車の名前をつけたか？」ヘネシーは声を張りあげた。「スピードだ！　〝フライヤー〟はスピードで名を馳《は》せた一流の列車だ！　それに――」

「スピードは偉大です」ベルは言葉をはさんだ。「なぜなら……」

ヘネシーが個室車のこの一角をオフィスとして使っているのは、磨き抜かれた板張りの天井から図面が何枚も吊るされていることで明らかだった。亜麻色の髪をした長身の探偵は、真鍮の札を確かめてその一枚を引きおろした。それはカリフォルニア、オレゴン、ネヴァダ、アイダホ、ワシントンの各州に敷設された鉄道の路線図だった。

ベルはカリフォルニア北部からネヴァダ州境にひろがる山々を指さした。

「いまから六十年まえ、ドナー隊といわれる開拓者の一団がこの山脈を幌馬車で越えようとしました。目的地はサンフランシスコでしたが、彼らが選んだシエラネヴァダの道が、早くから降りだした雪に埋もれてしまう。ドナー隊は冬のあいだ身動きがとれなくなった。食糧も底をついた。餓死を免れた者は、生き延びるために屍肉《しにく》を食べたそうです」

「人食い開拓民が、わが鉄道といったい何の関係がある?」

アイザック・ベルはにっこりした。「いまやあなたの鉄道のおかげで、ドナー峠で飢え死にしかけても、わずか四時間でサンフランシスコの高級レストランまで行けます」

その険しい形相が、渋面とも笑顔とも区別のつきにくいオズグッド・ヘネシーだったが、とうとうジョゼフ・ヴァン・ドーンにたいして敗北を認めた。「きみの勝ちだ、ジョー。つづけたまえ、ベル君。きみの話を」

ベルは先ほどの地図を指した。「この三週間にレディング、ローズヴィル、ダンスミュアで不可解な脱線が、そしてヴァン・ドーン氏を呼ぶきっかけとなったトンネルの崩落が起きています」

「私が知らないことを話す気はないのか」とヘネシーが嚙《か》みついた。「線路工夫四名と機関士一名が命を落とし、作業員十名が腕や脚の骨を折って休職中だ。工事には八日の遅れが出ている」

「鉄道警官一名も、導坑で圧死しています」

「ああ、そうだった。忘れていた。うちで雇った警官だ」

「名前はクラーク。アロイシアス・クラーク。仲間からはウィッシュと呼ばれていた」

「彼のことはわれわれも知ってます」とジョゼフ・ヴァン・ドーンが説明をくわえた。「わが社で働いていたことがあって。優秀な捜査員だった。問題はあったものの」

ベルは両人の顔をまじまじと見て、西部における最大級の賛辞をためらわず口にした。「ウィッシュ・クラークはともに川を渡れる男でした」

それからヘネシーに向かって、「ここへ来る途中、渡りの労働者のたまり場に寄りました。シスキュー線のクレセントシティの郊外です」ベルはカリフォルニア州北部の海岸を地図で示した。「そこで〝壊し屋〟という過激派だか無政府主義者だかの噂《うわさ》を耳にしました」

「過激派！　言ったとおりだ！」

「誰も正体をよく知らないまま、その男を恐れている。男の大義に賛同した者たちが、つぎつぎに姿を消しているんです。ここまでの調査から、トンネルの一件には〝壊し屋〟が募った共犯者がいた可能性が出ています。若い活動家で坑夫のケヴィン・バトラーが、クレセントシティから南行きの貨物列車に飛び乗る姿が目撃されています」

「ユリーカ行きだ！」ヘネシーが言葉をはさんだ。「サンタローザからレディング、ウィードときて、カスケード短縮路。私が言ってきたとおりじゃないか。過激派、外国人、無政府主義者。その活動家は自白したのか？」

「ケヴィン・バトラーが自白するとしたら、相手は悪魔ということになる。彼の遺体も導坑で見つかりました。クラークの遺体のそばで。しかしながら経歴を見るかぎり、あの手の破壊工作を単独で実行できるとは思えません。つまり〝壊し屋〟なる人物はいまも生きているということです」

隣室から電信機のキー音が聞こえてきた。リリアン・ヘネシーが耳をそばだてた。音が止まり、技手が書きとめたメッセージを手に駆けこんできた。ベルが見ていると、リリアンはメモを読むまでもなく父親に告げた。「発信地はレディング。ウィードの北で衝突事故発生。作業員を乗せた列車が信号を見落とし、資材運搬中の後発列車がその区間に列車がいることを知らずに進入して追突。列車は車掌車にめりこみ、乗務員二名が死亡」

ヘネシーは顔を紅潮させて立ちあがった。「これが破壊工作じゃないって？　信号の見落としとは怪しいもんだ。どっちの列車もカスケード短縮路に向かっていた。工事はさらに遅れる」

ジョゼフ・ヴァン・ドーンが激昂《げきこう》する社長をなだめようと前に出た。

ベルはリリアンに近づいた。

「モールス信号がわかるんですか？」とベルは低声で訊《き》いた。

「鋭いのね、ベルさん。子どものころから父と旅をしてきたおかげです。父は片時も電鍵《でんけん》のそばを離れないので」

ベルはこの若い女性にたいする認識を改めることにした。リリアンは甘やかされて育ったわがまま娘というだけではなさそうだった。あるいは、父親の取り巻きに関する貴重な情報源になるかもしれない。「先ほどはいっていらしたあのご婦人は？」

「エマ・カムデンは家族ぐるみの友人です。フランス語とドイツ語の手ほどきをしてくださり、わたしのおこないを正そうと、それはもう必死で」リリアンはそこで長い睫毛《まつげ》を揺らして薄青の瞳を瞬かせると、こう付け足した。「ピアノのことですけど」

エマ・カムデンはぴったりした品のいいラウンドネックのドレスを着て、喉《のど》もとを品のあるブローチで飾っていた。すらりとした若いリリアンとは対照的に豊満な身体つきで、目の色はほとんど黒に近い焦げ茶、フレンチロールに結いあげた艶《つや》やかな髪は暗い栗色で、赤みを帯びた輝きを放っていた。

「家庭で教育を受けたのは、お父上の仕事を手伝うために？」

「東部にある花嫁学校をいくつも追い出されたものだから、父が教育係としてカムデン夫人を雇ったんです」

ベルは微笑した。「お父上の個人秘書をされながら、フランス語とドイツ語とピアノに時間を割けるものですか？」

「もはや教師を超えていますから」

「それでもカムデン夫人はこうして……？」

リリアンは澄まして答えた。「あなたに見る目がおありなら、探偵さん、父が〝家族ぐるみの友人〟をいたく気に入っていることにはお気づきかと思うの」

ヘネシーが、ベルとリリアンの会話を聞きとがめた。「どうした？」

「ヘネシー夫人がたいへんお美しかったという話をうかがっていたところです」

「リリアンは私の家系の顔立ちは受け継がなかった。で、きみは探偵としていくら貰《もら》ってるんだ、ベル君？」

「規定の最高額です」

「ならば世間知らずの若い娘の父親として、きみが着ているその贅沢《ぜいたく》な服は誰が買いあたえたものか、訊かずにはおれないことをご理解いただけるな？」

「祖父のアイザイア・ベルです」

オズグッド・ヘネシーは目を丸くした。ベルがミダス王の子と答えたとしても、そこまで驚かなかったにちがいない。「祖父がアイザイア・ベル？　ということは、父親がボストンの〈アメリカン・ステイツ銀行〉頭取、エベネザー・ベルか？　あの銀行家の？」

「父は銀行家、私は探偵です」

「私の父は生涯、銀行家には会わずじまいだった。線路工夫として犬釘《いぬくぎ》を打っていた。きみがいま話してる相手はしがない鉄道員だぞ。私も父と同じように、レールを釘で留めるところからはじめた。弁当箱を持ち歩き、一日十時間働いて制動手、機関士、車掌、電信技手、運行管理者——と、線路から駅、本社へと出世した」

「要するに父は」とリリアンが言った。「炎天下で釘を打つ身から、パラソルの下で式典用の金の釘を打つまでに成りあがったんです」

「小娘が茶化すんじゃない」ヘネシーは天井から別の図面を引きおろした。それは青焼きで、石材と鋼材を組み合わせた二本の高い橋脚を用い、深い峡谷に渡される片持ち橋梁《きょうりょう》に関する技術計画を詳細に記したものだった。

「これがわれわれがめざすカスケード・キャニオン橋だ。ミシシッピ以西で最高の鉄道橋にしようと、わが国屈指の技師フランクリン・モワリーに隠退を思いとどまらせた。モワリーの仕事はおおむね完了している。時間の節約で延伸に先駆け、ネヴァダの砂漠からくねくね登る木材運搬用の廃線軌道に工事用列車を走らせ、すでに造ってある」ヘネシーは地図を示した。「これが――十三番トンネルが開通すれば、橋がわれわれを出迎えてくれる。スピードだ、ベル君、すべてはスピードにかかってる」

「期限が迫っているのですか？」とベルは訊いた。

ヘネシーはジョゼフ・ヴァン・ドーンをきっと睨みつけた。「ジョー、きみのところの探偵は、うちの弁護士と同じ程度に秘密を守れるかね？」

「それ以上に」とヴァン・ドーンは答えた。

「期限はある」ヘネシーは認めた。

「銀行が決めた期限ですか？」

「決めたのはあの悪魔どもじゃない。母なる自然だ。じきに冬将軍がやってくる。カスケードに冬が訪れると、工事は春までおあずけだ。これまで、鉄道業界で絶大な信用を築いてきたこの私だが、冬の到来をまえに短縮路とキャニオン橋をつながないことには、その信用すら尽きてしまう。ここだけの話、この延伸工事が足止めを食えば、私がカスケード短縮路を完成させるチャンスは、最初の吹雪の翌日にも消滅する」

ジョゼフ・ヴァン・ドーンが言った。「落ち着いて、オズグッド。われわれが止めてみせますから」

ヘネシーの動揺はおさまらなかった。青焼きに脅しをかけるように揺さぶった。

「この破壊工作で計画が頓挫《とんざ》すれば、あらためてカスケード短縮路の建設に取り組む者は、この先二十年は現われんだろう。こいつは西部の発展を妨げる最後のハードルで、それを飛び越える気概をもちつづけているのは私だけなんだ」

鉄道を愛するこの老翁の心情に、アイザック・ベルは一片の疑いも抱かなかった。それればかりか、〝壊し屋〟によってさらに死者、負傷者の数がふえるのではという思いに胸の内の怒りを新たにしていた。罪なき人々が害されてはならないのだ。だがこの瞬間、ベルの心を大きく占めていたのは、こちらに向けられたナイフの前に、事もなげに立ちはだかったウィッシュ・クラークの姿だった。ベルは言った。「〝壊し屋〟を止めるとお約束します」

値踏みする視線を長々と投げてきたヘネシーが、やおら肘掛け椅子に腰をおろした。

「安心したぞ、ベル君、きわめて有能な人材が手にはいった」

ヘネシーは愛娘に同意を求めようとして、リリアンが有力者を知己にもつ裕福な探偵のことを、つぎの誕生日にねだろうという最新のレースカーのように眺めているのに気づいた。「それで?」ヘネシーは訊いた。「ベル夫人はいるのかね?」

ベルもまた、このうら若き美女に品定めされていると感じていた。それはまんざらでもなく、悪い気はしなかったが真に受けることはなかった。理由は想像に難くない。リリアンにとって、ベルは父親にやりこめられなかった最初の男なのである。が、リリアンの魅力と、いきなり花婿候補として父親が向けてきた関心のなかで、当の紳士は時宜を得て自らの意思を表明した。

「許嫁《いいなずけ》がいます」とベルは答えた。

「許嫁が？　どこに？」

「サンフランシスコで暮らしています」

「あの地震を生き延びたのか？」

「家を失いましてね」ベルは言葉を濁した。地震で唐突な幕切れとなった初めての夜の記憶はいまも生々しく残っていた。激しい揺れにベッドは部屋の端から端まで飛ばされ、マリオンのピアノは建物の前壁を破って通りに落下した。

「マリオンは孤児たちの世話をするため、サンフランシスコにとどまりました。いまは落ち着きをとりもどして、新聞社に勤めています」

「婚礼の日取りは決まっているのかね？」とヘネシーが訊いた。

「近いうちに」

リリアン・ヘネシーは、この〝近いうちに〟を挑戦ととらえたようだった。「わたしたち、サンフランシスコからずいぶん離れているけれど」

「一千マイル」とベルは言った。「シスキュー山脈を越えるには、急勾配《きゅうこうばい》とスイッチバックの連続で、道中の大半は低速走行がつづく――だからこそそのカスケード短縮路で、完成すれば丸一日の節約になります」話題を年ごろの娘から破壊工作へと巧みに移すと、彼は言い添えた。「それで思いだしたのですが、無料乗車券があると助かります」

「もっといいものを用意しよう！」ヘネシーはそう言って勢いよく立ちあがった。「無料乗車票は発行する——全国、どこでも自由に乗り降りできるものをだ。それから、きみが特別列車を仕立てられるように、私の手書きの許可証を渡しておく。きみはただいまから本鉄道の人間だ」

「いいえ。私は〈ヴァン・ドーン〉の人間です。ですが、特典は大いに活用させていただきます」

「あなたはヘネシーさんから翼を授かったのよ」とカムデン夫人が言った。

「飛んでいく先がわかっていればいいけれど……」麗しのリリアンが微笑した。「飛んでいく相手でも」

またも電鍵が音をたてはじめたのを機に、ベルはジョゼフ・ヴァン・ドーンに合図を送り、ふたりは静かに客車からプラットフォームに降りた。操車場を吹き抜ける冷たい北風が、煤煙《ばいえん》を巻きあげていった。「多数の人員が必要になります」

「きみが望む者を呼ぼう。誰がいい？」

アイザック・ベルが挙げていく名前に、ヴァン・ドーンはうなずきながら聞き入った。それがすむとベルは言った。「本部はサクラメントに置かせていただきたい」

「サンフランシスコを推すものと思っていたが」

「個人的な事情からすれば、そうしたいところです。婚約者のいる街ですから。しかし、サクラメントには太平洋沿岸と内陸をすばやく往来できる地の利がある。ミス・アンの店に集合ということでかまいませんか？」

ヴァン・ドーンは驚きを隠さなかった。「なぜまた売春宿で？」

「〝壊し屋〟なる男の狙いがアメリカ全土の鉄道にあるなら、広範囲を動きまわる犯罪人です。私としては、やつが何を知り、それをどうやって知るのかがわかるまで、こちらの手の人間が公けの場で会っているところは見られたくない」

「たしかにアン・パウンドなら、裏町に部屋を用意してくれるだろう」ヴァン・ドーンは堅い口調で言った。「それを最善の策ときみが考えるならな。しかし、ヘネシーに報告した以外に何かつかんでいるなら話してくれ」

「とくにありません。ですが、〝壊し屋〟は並はずれて用心深い人物という気がします」

ヴァン・ドーンは無言でうなずいた。経験からして、アイザック・ベルほどの洞察力の持ち主が〝気がする〟と言うときには、大方の人間は気づかないほど些細《ささい》な、それでいて有力な事実をつかんでいるものだ。ややあって、ヴァン・ドーンは口を開いた。「アロイシアスのことは心から残念に思う」

「ショックでした。シカゴで私の命を救ってくれた恩人ですから」

「ニューオーリンズではきみが彼の命を救った」とヴァン・ドーンは応じた。「それにキューバでも」

「一流の捜査員でした」

「素面《しらふ》のときはね。だが、彼は酒で身をもちくずしたんだ。そこからはきみでも救い出せなかっただろう。試みたわけではないにせよ」

「最高でした」とベルは言い張った。

「どんな殺され方をしたんだ？」

「遺体は岩の下敷きになっていました。ダイナマイトが爆発した、その現場に居合わせたということでしょう」

ヴァン・ドーンは悲しげに頭を振った。「あの男の勘の良さは天下一品だった。酔ってはいても。辞めさせたことが悔やまれる」

ベルは淡々とした口調でつづけた。「彼が携行していた銃は、遺体から数フィートの場所に落ちていました。つまり、爆発が起きたときにはホルスターから抜かれていたんです」

「爆発で飛ばされた可能性もあるぞ」

「愛用の古いシングルアクション・アーミーでした。フラップ付きのホルスターで。落ちたんじゃない。手に握られていたはずです」

アロイシアス・クラークは襲撃を阻止しようとしていたというベルの推測を確認すべく、ヴァン・ドーンは冷たく質問を返した。「彼のフラスクは?」

「服の下にたくしこまれたままです」

ヴァン・ドーンはうなずいて話題を変えようとしたが、アイザック・ベルの話はまだ終わっていなかった。

「私は彼がトンネル内をそこまで行った経緯を知りたかった。彼が爆発以前に死んだのか、それとも爆発に巻きこまれたのかを。そこで遺体を汽車に乗せ、クラマスフォールズの医師のもとに運ばせて検視に立ち会いました。医師の話では、ウィッシュは爆発でやられるまえにナイフで喉を刺されたんです」

ヴァン・ドーンはたじろいだ。「喉を切られたのか?」

「切られたんじゃない。貫かれたんです。ナイフは喉からはいり、頸椎《けいつい》のあいだを通って脊髄《せきずい》を切断して、うなじに抜けていました。外科医か肉屋並みの手際だと医師は言っています」

「あるいは偶然か」

「だとすると、犯人には二度ツキがまわってきたことになります」

「というと？」

「まず、ウィッシュ・クラークに出し抜けを食わせるだけでも、かなりのツキが必要でしょう？」

ヴァン・ドーンは目をそらした。「フラスクの中身は？」

ベルは寂しげな薄笑いを向けた。「気にしないでください、ジョー、私でも彼を馘《くび》にしてますよ。中身はすっかり空でした」

「正面から襲われたのか？」

「そのようです」

「しかし、ウィッシュはすでに銃を抜いていた」

「そうなんです。〝壊し屋〟はどうやってナイフで襲ったのか？」

「投げた？」ヴァン・ドーンは訝《いぶか》しげに訊ねた。

ベルの手がすばやくブーツに伸びたと思うと、投げナイフをつかんでいた。ベルは鋼の刃の部分を指でいじり、その重みを確かめた。「大男の首を刺し貫くには、カタパルトが要るでしょうね」

「たしかに……。気をつけろ、アイザック。きみの言うとおり、その〝壊し屋〟にはウィッシュ・クラークを出し抜く電光石火の技がある。酔っていたにしてもだ」

「いずれは」ベルはきっぱり言った。「その早技を披露してもらう機会が来るでしょう」

4

サンタモニカのヴェニス桟橋では、永久に接岸された三本マストの帆船の索具と、巨大パビリオンの屋根が電光に彩られていた。ブラスバンドがジョン・フィリップ・スーザの《闘技士》を、速歩行進のテンポで演奏している。

浮浪者はそのほろ苦い楽曲に背を向け、硬く締まった砂の上を暗がりのほうへ歩いた。光が波間に揺れ、太平洋の冷たい風に襤褸《ぼろ》をはためかせながら歩く男の影を泡立つ水面に投げかけていた。干潮のいま、男は盗めそうな錨《いかり》を物色していた。

掘っ立て小屋が建ち並ぶあたりは避けて歩いた。そこに暮らす日系の漁師たちは、舟を浜の小屋のそばまで曳《ひ》きあげて目を光らせている。探し物は日本人集落を過ぎてすぐに見つかった。難破船の船員や溺《おぼ》れた観光客を救助するため、アメリカ救命艇協会が海岸に置いていている小艇だった。そうした船はボランティアがすぐに海に出せるように装備がそろっている。男は帆布を引きはがし、暗闇に手探りした。オール、浮き輪、ブリキの柄杓《ひしゃく》――そしてひんやりした錨の金属面をとらえた。

男は錨を抱えて桟橋に引きかえした。明かりに照らされる手前で深い砂の斜面を登り、町へはいった。通りは閑散として、家の灯は消えている。夜回りを巧みに避け、誰何《すいか》されずに厩舎《きゆうしや》をめざした。その一帯の厩舎は、大半が自動車の施設へと変貌を遂げつつあった。さまざまな馬車のあいだに、修理中のトラックや乗用車がでたらめに駐めおかれ、干し草や馬糞《ばふん》の臭いとガソリン臭が混然としていた。

昼間は馬丁に馭者《ぎよしや》、整備工が紙巻きや嗅ぎ煙草で一服しながら四方山《よもやま》話に花を咲かせるにぎやかな場所だが、この夜は蹄鉄工《ていてつこう》しかいなかった。蹄鉄工はその錨に丸々一ドルを支払って浮浪者を驚かせた。もとは五十セントの約束だったが、すでに一杯やっていたし、酒で気前がよくなる性質の人間である。

盗品と気づかれるまえに形を変えてしまおうと、蹄鉄工は忙しく働きだした。まずはふたつある爪《つめ》のひとつを切り落としにかかり、あてがった鏨《たがね》の頭を槌《つち》でくりかえし叩《たた》いた。割れた縁に鑢《やすり》をかけ、表面を滑らかにしたものを明かりにかざすと、もはや鉤《かぎ》にしか見えない。

その夜は冷えこんでいたが、汗をかいた蹄鉄工はビールを一本飲み、ケロッグのオールドバーボンをたっぷりひと口、罎《びん》から呷《あお》った。その後、客に頼まれたとおり、軸の部分に穴をあけはじめた。鋳鉄の穴あけは骨の折れる仕事である。息を切らした蹄鉄工はひと休みして、またビールを飲んだ。ようやく仕上がったのは、ケロッグをあと一口飲《や》ったら、鉤ではなく自分の手に穴をあけてしまうと本人がうすうす思いはじめたころだった。

蹄鉄工は客が持ちこんだ毛布で鉤を包み、カーペット地の鞄《かばん》に入れた。くらくらする頭で、鉄床《かなとこ》のかたわらの砂に落ちていた残る爪を拾いあげた。それで何かつくれないかと思案していると、客が扉を叩いた。「ここへ持ってこい」

暗がりに立つ男の鋭い面相は、前夜以上にはっきりしなかった。だが同一人物であることは、力強い声と東部の人間らしい堅苦しい言葉遣い、尊大な態度、身長、気障《きざ》な都会者が着る膝丈《ひざたけ》のシングルボタンのフロックコートでわかった。

「持ってこいと言ったんだ！」

蹄鉄工は鞄を扉の外まで運んだ。

「扉をしめろ！」

蹄鉄工が扉をしめ、光がさえぎられると、客は鞄をひったくった。「ご苦労だったな」

「お安い御用で」蹄鉄工は口のなかでつぶやきながら、このフロックコートの洒落者《しゃれもの》は半分に切った錨をどうする気なのかと考えた。

闇《やみ》に十ドル金貨がきらめいた。不景気な昨今の一週間分の稼ぎだった。蹄鉄工は金貨をつかみそこねて地面に落とし、拾おうと膝をついた。そこへ男が立ちはだかる気配がした。恐る恐る顔を上げると、贅沢《ぜいたく》な服と不釣り合いにごついブーツが見えた。そのとき背後の扉が勢いよく開き、男の顔が光に照らしだされた。どこかで見た顔だと蹄鉄工は思った。扉を出てきたのは、千鳥足の馬丁三人と自動車の整備工だった。四人はへべれけで、砂の上にうずくまる蹄鉄工の姿に大笑いをはじめた。「ちくしょう！」整備工が大声を出した。「ジムも一本空けちまったらしいや」

客は身を翻して路地に消えた。後に残された蹄鉄工は、保身のためなら人殺しも厭《いと》わない男に、もう一秒あれば手を下されていたことなどまるで気づいていなかった。

サクラメントがカリフォルニアの州都に制定されて四十七年、議事堂からわずか三ブロックのアン・パウンドの白い館は、変わることなく議員やロビイストたちを温かくもてなしてきた。この壮麗な建物には、初期ヴィクトリア朝様式ならではの整然とした趣きがあり、縁飾りのある小塔、切妻、ポーチ、手すりに使われている白塗りの木材がまぶしく輝いている。クルミ材の玄関扉の内側は広いホワイエになっていて、館の女主人の若かりし日の姿を描いた油彩が飾られていた。赤い絨毯《じゅうたん》敷きの階段は政界ではよく知られた存在で、〝天国への階段〟という言葉を耳にしたときの心得顔で、その人物の州内における人脈の広さがわかると言われる。

今宵午後八時、春秋を重ねてすっかりふくよかになり、たっぷりしたブロンドの髪に建物のペンキ同様の白さを得た女主人が、緑の絹に身を包み、奥の客間に置かれた葡萄《ぶどう》酒色の長椅子《ながいす》に腰を落ち着けていた。室内にはそんな長椅子やゆったりした肘掛け椅子のほか、磨かれた真鍮《しんちゅう》の痰壺《たんつぼ》、金の額装がされた絵画――一糸まとわぬ肢体でさまざまなポーズをとる、成熟した女性たちが描かれている――そして、クリスタルガラスで埋めつくされた立派なバーが設《しつら》えてあった。この夜、部屋は厚さ三インチものマホガニー製のポケットドアで、表の部屋と遮断されていた。見張りに立つのはトップハットを優雅にかぶる用心棒で、全盛期に〝ジェントルマン・ジム〟・コーベットをノックアウトしたというのが自慢の元プロボクサーだった。

いまだ美しい女主人にすっかり調子を狂わせているジョゼフ・ヴァン・ドーンに、アイザック・ベルは笑いを押し隠した。ひげの色にも負けない赤みが頬《ほお》に差している。暴力にたいし、勇猛果敢に立ち向かってきたさしものヴァン・ドーンも、女性が相手で、しかも親密な態度で接してこられると妙にぎこちなくなる。カリフォルニアで最上級の娼館《しょうかん》の隠し部屋を前にして、見るからに腰が引けていた。

「そろそろはじめてはどうかね？」と、そのヴァン・ドーンが水を向けた。

「ミス・アン」ベルは長椅子から立ちあがる女主人に恭《うやうや》しく手を差し出した。「おもてなしに感謝します」

ベルに見送られてドアを出ながら、女主人は、かつて店の働き手だった女たちを手にかけた殺人鬼を隠密裏に捕縛した、〈ヴァン・ドーン探偵社〉への感謝の思いをヴァージニア人らしい間延びした口調でつぶやいた。捜査員たちが犯人を追った先はサクラメントの名家のひとつで、病的な残虐性をもった怪物は専用の施設に生涯幽閉され、醜聞が贔屓《ひいき》の客足をにぶらせることはなかった。

ジョゼフ・ヴァン・ドーンが席を立ち、よく通る低い声で言った。「さっそくだが、この事件の捜査はアイザック・ベルに一任する。つまり、彼の命令には、私の命令と同じ権限があるということだ。アイザック、きみの思うところを述べたまえ」

口を開くまえに、ベルは列席者の顔を見まわしていった。全員が以前組んで仕事をした者、気心の知れた者で、フェニックス、ソルトレイク、ボイシ、シアトル、スポーケン、ポートランド、サクラメント、サンフランシスコ、ロサンジェルス、デンヴァーなど西部の支局長およびヴァン・ドーンが呼び寄せた捜査員である。

とりわけ目を惹《ひ》くのは、ベルとともに〝強盗処刑人〟を追ったふたり――サンフランシスコ支局を率いる屈強なホレス・ブロンソンと、ずんぐりした体形のアーサー・カーティスだった。その事件ではカーティスの相棒で、ベルの友人でもあったグレン・アーヴィンが命を落としている。

有刺鉄線を思わせる細身の〝テキサス〟・ウォルト・ハットフィールドは、かつてレンジャー部隊で列車強盗を専門にしていた男で、今度の一件ではすぐれて大きな存在価値を示すことになるだろう。カンザスシティから来た若白髪の紳士、エディ・エドワーズは操車場で街のならず者を捕まえる名人だった。操車場の側線に退避する列車は、強盗や破壊工作のまたとない標的なのだ。

いちばんの年嵩《としかさ》は、氷のような目の持ち主で、国内の金庫破りに精通するボストンのマック・フルトン。その相棒ウォリー・キズリーは爆発物の専門家で、派手な市松模様の生地で仕立てたセールスマン風の三つ揃《ぞろ》いをトレードマークにしていた。マックとウォリーはシカゴで働きだしたころからの仲で、なにかと軽口を叩き、悪ふざけをはじめることから、支局では有名なヴォードヴィル芸人のコンビで、ブロードウェイでバーレスク劇場のプロデューサーを兼ねる〝ウェーバーとフィールズ〟の渾名《あだな》で通っている。

最後はベルと殊に親しいニューヨーク支局のアーチー・アボット。ほとんど目につかない秘密捜査員で、この日は施しを求める浮浪者になりすまし、アンの館の厨房《ちゅうぼう》のドアから忍びこんできた。

ベルは言った。「いまここを爆破すれば、国じゅうの無法者から酒をおごってもらえるな」

笑いがおさまったところで、〝テキサス〟・ウォルト・ハットフィールドが、多くの頭を占める疑問を投げかけた。「アイザック、谷間に散らばる牛を集めるみたいに、われわれを売春宿に呼び寄せた理由を話してもらえるか？」

「狡猾《こうかつ》に計画を練り、ためらいなく人を殺す、大物気取りの破壊工作者を追うためだ」

「なるほど、ということは――」

「相手は情け容赦のない殺し屋だ。すでに方々を破壊し、罪なき人々の命を多く奪っていることから、渡りの労働者のあいだでは〝壊し屋〟と呼ばれる。やつの狙《ねら》いはサザン・パシフィック鉄道のカスケード短縮路らしい。本件の依頼人はその鉄道会社。われわれの標的は〝壊し屋〟だ。〈ヴァン・ドーン探偵社〉の仕事はふたつ。これ以上の犯行を阻止して依頼人を守り、縛り首にできる証拠をそろえて〝壊し屋〟を捕らえること」

ベルは顎《あご》をしゃくった。するとシャツ姿の男性秘書が弾かれたように立ち、沐浴《もくよく》する妖精《ようせい》たちの絵の前に鉄道地図をひろげた。そこにはソルトレイクシティからサンフランシスコまで、カリフォルニア、オレゴン、ワシントン、アイダホ、ユタ、ネヴァダ、アリゾナ各州の路線が描かれていた。

「もっとも危険性の高い地点を特定するため、鉄道警察のジェスロ・ワット隊長を招いている」

捜査員たちから嘲《あざけ》りまじりのぼやきが返ってきた。

アイザック・ベルは冷たい視線でそれを封じこめた。「鉄道警察の問題は承知している。しかし、〈ヴァン・ドーン探偵社〉だけでは全長八千マイルの鉄路に目が行き届かない。ジェスロはわれわれが知りえない情報に通じている。ここにいる者がワット隊長の熱意ある協力に水を差すような口をきくなら、私が相手になる」

ベルの命令で秘書が請じ入れたワット隊長は、鉄道警察にたいする捜査員たちの期待の低さをそのまま体現していた。脂ぎった髪を額に貼りつかせ、不機嫌そうな顔に無精ひげを伸ばし、襟は垢《あか》じみて上着とズボンは皺《しわ》だらけ、靴は擦り切れ、服をばかでかい拳銃と棍棒《こんぼう》でふくらませたジェスロ・ワットは身の丈がアイザック・ベルとほぼ同じ、横幅は倍もある。鉄道警官の典型といったこの男が開口一番、全員を驚かせた。

「古くから、〝サザン・パシフィックに不可能はなし〟と言われている。これを鉄道員が解釈すれば、われわれはなんでもやる、ということでね。路盤を均《なら》す。レールを敷く。機関車や車輛《しゃりょう》をつくる。橋を架ける――トンネルを掘る――カスケード・キャニオンにくわえて四十を新たに建設中。これは完成すれば五十をかぞえる。機材を保守管理する。冬のハイシエラ専用の除雪車と夏用の消防車を開発する。うちは巨大企業だ」

声を落とすことも、表情をやわらげることもなくワットはつづけた。「オークランド・モールから、サンフランシスコ湾を渡って市の中心部へ向かうフェリー客は、船内で売るドーナッツまでわが社の機械工場で焼いていると文句を言う。そう言いながら、連中は好きでも嫌いでもそいつを食う。サザン・パシフィックは巨大企業だ。好きでも嫌いでも」

ジェスロ・ワットは、クリスタルのデキャンタがうずたかく積まれた華やかなバーに血走った目を走らせ、舌なめずりした。

「巨大企業には敵が多い。寝覚めの悪さは鉄道のせい。収穫が減ったのも。組合が賃上げに失敗したのも。畑を失ったのも。恐慌で馘《くび》になったのも。銀行がつぶれて金がもどらないのも、みんな鉄道のせいにする。そういうやつが腹立ちまぎれに、特急に悪さをしたり、列車強盗を働いたりする。しかし、列車強盗以上に性質《たち》が悪いのが破壊工作でね。性質が悪いうえに止めるのも厄介だ。なぜなら、巨大企業ともなると標的もやたら大きくなる。

会社が自衛のために警官隊をもつのは、怒った連中が起こす破壊工作のせいだ。ところが、でかい軍隊となるといずこも同じだが、とにかく数が必要になってろくに人を選べない。それでしかたなく、特権をもった人間がクズと呼ぶような連中を採るわけだ……」

室内を睨《にら》みまわすワットに、捜査員の半分は、てっきり棍棒を振り出してくるものと身構えた。が、隊長は冷笑を浮かべて締めくくった。「わが軍があんたがた、探偵諸君に協力するのは、上からのお達しがあったからでね。われわれはそっちの手足となって、部下には諸君の命令に従うようにと指示が行ってる。

ベル氏とは、すでに社の技術責任者や現場監督をまじえて詳細を詰めた。われわれの知る事実はすべてベル氏に伝えてある。すなわち、この〝壊し屋〟とやらの目的がカスケード短縮路の破壊なら、むこうはあらゆる手を使って攻撃できるとね。

転轍機《てんてつき》を操作して列車を衝突させる。電信に細工をして、地区の管理者に列車運行を制御させる。

橋を燃やす。すでにトンネルをひとつ爆破したが、別のトンネルを吹き飛ばしてもいい。

短縮路にかかわる工場や鋳造場を襲う。いちばん可能性が高いのはサクラメント。それに、カスケード・キャニオン橋のトラスロッドを加工しているレッド・ブラフ。

整備中の機関車でいっぱいの車庫に火を点けるか。

線路に地雷を埋める。

それが成功して死者が出るたび、作業員は動揺する。

ベル氏の要望に応えて、もっとも危険度が高い場所には、わが〝軍隊〟を派遣した。配備についた〝兵士〟は諸君の指示待ちだ。具体的な場所の説明はベル氏に任せて、私は一杯やらせてもらおう」

ワットは悪びれもせず一直線にクリスタルが並ぶバーへ向かった。

アイザック・ベルは言った。「よく聞いてくれ。これから大変な仕事が待っている」


ミス・アンの隠し部屋の張りつめた空気も、日付が替わるころには若い女の嬌笑《きょうしょう》に取って代わられていた。〈ヴァン・ドーン探偵社〉の捜査員はひとり、あるいは相棒と連れ立って各自の宿に引き揚げていった。アイザック・ベルとアーチー・アボットだけは館の奥まった場所にある窓のない書斎に残り、路線図の検討をつづけた。

アーチー・アボットは十二年物のナポレオンを、浮浪者の扮装《ふんそう》からかけ離れた上品なしぐさでクリスタルのスニフターに注ぎ、その芳香を吸いこんだ。

「ウェーバーとフィールズが火薬庫泥棒についてうまいことを言った。消えた爆薬は〝危険の赤旗〟ってね」

「よろず屋で調達するのでなければな」

アーチーはグラスを掲げた。「〝壊し屋〟の破滅に！　風がやつの顔を叩き、熱き太陽がやつの目をつぶさんことを！」

その隙のないアクセントで語られると、まるでニューヨークはヘルズ・キッチン生まれとしか思えないアーチーだが、彼は衣裳《いしょう》に合わせた変幻自在の語り口をもっている。一八九三年の恐慌で没落した貴族の出で、俳優になるのを反対されて探偵をはじめた男だった。ふたりが初めて顔を合わせたのは、アイザック・ベルがイェール大学代表として出場したボクシングの試合で、プリンストン大学の名誉を守るという不運な役まわりを演じたのが、このアーチボルド・エンジェル・アボット四世なのである。

「これで抜かりはないな?」

「そのようだ」

「そのわりに楽しそうじゃないな、アイザック?」

「ワットも言ったが、大きな鉄道だ」

「まあね」アーチーはブランディを口にふくむと、あらためて地図に身を乗り出して眉根を寄せた。「レディングの操車場は誰が見る?」

「いちばん近いのはルイスとミナルゴだ」ベルは自分の答えに納得していなかった。

「最初のひとりはそれなり」アーチーは人気の高いベースボール・ポエム《ケイシー打席に立つ》を引いた。「つぎのひとりはうらなり」

ベルは同意してうなずくと、捜査員の一覧を見なおして言った。「連中はグレンデールに行かせて、レディングはハットフィールドに担当させよう」

「なんだ、グレンデールか。おれならメキシコに飛ばすね」

「人手が足りればそうするところだが。しかしグレンデールは相当離れている。そちらの心配はないだろう。カスケードのルートからは七百マイルだ……」ベルは金時計を取り出した。「今夜はこれくらいにしよう。ホテルのスイートに予備の部屋がある。その恰好《かっこう》で警備員に見つからなければ」

アーチー・アボットはかぶりを振った。「ありがたい申し出だが、さっき厨房からはいって、ミス・アンの料理人と深夜の食事の約束をしてね」

ベルは旧友に向かって首を振った。「アーチー、娼館に残って料理人の隣りで眠れるのはきみくらいだ」

「列車の発車時刻を調べた」とアボットは言った。「マリオン嬢によろしく。いまならサンフランシスコ行きの夜行のフライヤーに間に合うぞ」

「そのつもりだった」ベルはそう言うと、夜の街を駅へと急いだ。

5

午前零時の星空の下、鉄道員風の服にスローチハットという出立ちの男が三輪の軌道点検車輛《しゃりょう》、カラマズー・ヴェロシピードのハンドルとペダルをあやつり、バーバンクーグレンデール間を走らせていた。そのあたりは、最近開通したサンフランシスコーロサンジェルス線のなかでも平坦《へいたん》な路面がつづき、手漕《こ》ぎ、足漕ぎで時速二十マイル近い速度が出る。不気味な静寂を破るのは、レールの継ぎ目を通過する際にひびく規則的な金属音だけだった。

ヴェロシピードは、摩耗したり腐った枕木《まくらぎ》の交換や砂利入れ、レールの間隔調整、ゆるんだ犬釘《いぬくぎ》の打ちこみ、ボルトの締めなおしなどで保線工の力となってきた。フレーム、二個の本車輪、アウトリガーで接続された側車輪に強くて軽いトネリコ材が使われ、レールとの接触面には鋳鉄が巻かれている。総重量が百五十ポンドに満たず、男ひとりで持ちあげて進行方向を変えたり、列車から退避することも可能だ。変装するとき以外は五体満足の〝壊し屋〟には、用済みとなれば土手の下に落とすことなど造作もなかった。

かたわらの空席にはバール、レンチ、釘抜きのほか、保線工が線路上に置き忘れるはずのない道具がくくりつけてあった。長さが二フィート近いその鉤《かぎ》は鋳鉄製で、船の錨《いかり》から爪《つめ》をはがして加工されていた。

ヴェロシピードは盗品だった。調達したのはサザン・パシフィック鉄道バーバンク貨物駅にある下見板張りの建物で、保線区の検査員がそこに格納し、線路まで運んで使用していたものである。万が一、鉄道警官や村の官吏から、真夜中に本線に乗り出すところを見られたら、着ている服と帽子のせいで二秒のためらいが生じる。ブーツに忍ばせたナイフで、無言の答えを返すには充分な間がとれる。

バーバンクの町の灯が背後に遠ざかり、暗い農村を過ぎると、ほどなく目が星明かりに馴《な》れた。三十分後、ロサンジェルスの北十マイル付近に、干上がった河床に渡された鉄の構脚橋の細かい格子造りを認めて速度を落とした。橋を渡ると、線路は川床と並行するように鋭く右へカーブした。

レールの継ぎ目で車輪が音をさせて間もなく、男はヴェロシピードを停めた。工具を降ろし、枕木に膝《ひざ》をついて砂利の上にかがみこんだ。暗いなかで指を這《は》わせ、レールとレールを繋《つな》ぐ継目板を探りあてると、その金属プレートを枕木に固定していた釘を釘抜きで引き抜いた。つぎにレンチで、継目板をレールに留めている四本のボルトのナットをはずした。そしてボルトとナット三組と、継目板を土手の急斜面に投げ捨てた。そこなら機関士の目が利いても、前照灯の光で見えることはない。一本残したボルトは鉤の軸の部分にあいた穴に通した。

不意の痛みに、男は喘《あえ》いだ。

金属のばりで指を切ったのだ。あけた穴の縁に鑢《やすり》をかける手間を惜しんだ酔いどれの蹄鉄工《ていてつこう》を呪《のろ》いながら、指にハンカチを巻いて止血すると、おぼつかない手つきでボルトのナットを回し、鉤を直立させてレンチでボルトを締めなおした。鉤の先端は西、すなわち特急コーストライン号がやってくる方向を向いている。

コーストライン号は都市と都市を結ぶ長距離高速旅客列車、いわゆる〝フライヤー〟で、サンタスザーナ山脈に新しく掘られたトンネルを通ってサンタバーバラからオクスナード、バーバンク、グレンデール経由でロサンジェルスへ行く。

突然レールの振動を感じた〝壊し屋〟は、あわてて立ちあがった。今夜のコーストライン号は遅れているはずなのだ。接近中の列車がこの特急だとすると、かなり時間を詰めていることになる。そうでなければ、ここまで苦労と努力をしたすえに、牛乳を積んだ貨物列車の脱線という無意味な結果に終わる。

汽笛がむせんだ。〝壊し屋〟はすばやく釘抜きをつかむと、レールを枕木に固定している犬釘を引き抜いていった。線路の先に前照灯の光が見えはじめるまでに、八本抜くことができた。釘抜きを土手の急斜面に放り投げてヴェロシピードに飛び乗り、懸命にペダルを漕いだ。すでにして機関車の走行音が聞こえてくる。はるか遠方から届くかすかな音ながら、独特の澄んだ鋭い排気音はアトランティック4‐4‐2型のものだ。コーストラインにまちがいない。煙突から吐き出される蒸気の速いテンポで、相当なスピードが出ているのがわかった。

特急コーストライン号を牽《ひ》くアトランティック4‐4‐2型は、速度にこだわって設計された機関車である。

機関士のルーファス・パトリックが彼女を愛してやまない理由もそこにあった。ニューヨーク州スケネクタディの〈アメリカン・ロコモティヴ〉は、この機関車に直径八十インチの巨大動輪を採用した。時速六十マイルで、先台車の四枚の車輪は〝千歳の岩〟さながらの安定感でレールをつかみ、従台車の二枚の車輪は大量の過熱蒸気をつくる大きな火室を支えている。

この機関車にさほどの力がないことは、おそらくパトリックも認めていた。鋼鉄の使用により重量を増した客車の牽引には早晩、より馬力のあるパシフィック型が不可欠になるだろう。アトランティック型は登坂こそ苦手だが、長い平坦な軌道を木製の客車を連ねて高速で走ることにかけては無敵だった。前年、彼女と同型の機関車が打ち立てた、時速百二十七・一マイルという速度記録は当面破られまいとパトリックは考えていた。少なくとも、無事の帰宅を願う乗客を満載した客車十輌を牽く本列車がそれを更新することは、たとえ遅れを取りもどそうにもありえない。時速六十、分速一マイルがせいぜいだった。

運転室《キャブ》は混みあっていた。ルーファス・パトリックと機関助士のジーク・タガートにくわえ、客がふたりいた。ひとりはパトリックの友人で電気労組の役員ビル・ライト、もうひとりがビルの甥《おい》で同じ名前をもつビリー。映画用フィルムの現像所に見習いの職を得たビリーは、叔父に付き添われてロサンジェルスへ向かっていた。ふたりは荷物車に無賃乗車していたところを、直前の給水中に気づいたパトリックに運転室へ招かれたのである。

十四歳のビリーは夢見心地だった。これまでは家のそばを走る列車を眺めるばかりで、今度の旅のことを考えると興奮で寝つけなかった。それにしても、まさか最前部にある運転室に乗せてもらえるとは思ってもみなかった。写真でよく見た縞《しま》模様の帽子をかぶるパトリック機関士は、これまで会った誰よりも落ち着いて頼もしく見えた。パトリックは手順を逐一説明しながら長い汽笛を二度鳴らし、列車をふたたび発進させた。

「出発進行だ、ビリー！　まずは逆転棒を前にいっぱいに倒す。前に倒せば前進、後ろに引けば後退。機関車は前進も後進も同じ速度が出せる」

パトリックは水平の長い棒をつかんだ。「つぎにスロットルを開き、動輪を回す気筒に蒸気を送りこむ。サンドバルブをあけて砂を撒《ま》き、レールを滑りにくくする。そして、急発進しないようスロットルをもどす。車輪が空回りせず、レールを嚙《か》んでいるのがわかるか？」

ビリーは熱心にうなずいた。パトリックがスロットルの目盛りを上げると、列車は絹のようになめらかに加速をはじめた。

踏切のたびに警笛を鳴らし、ロサンジェルスまで残り数マイルのグレンデールに向けて走りながら、パトリックはうっとりする少年に声をかけた。「この先、これ以上の機関車を動かす機会はないぞ。こいつはすばらしい機関車で乗り心地もいい」

休みなく石炭を放りこんでいた機関助士のジーク・タガートが、すさまじい音をあげる火室の扉をしめ、腰をおろして息をととのえた。脂ぎった黒人の大男で、汗の臭いを撒き散らしていた。「ビリー？」タガートが大声をとどろかせた。「このガラス窓がわかるか？」タガートはゲージのひとつを指で叩《たた》いた。「こいつはこの列車のなかでいちばん大事な窓だ。これでボイラーの水位がわかる。低くなると天井板が過熱して、溶けて、ドカーン！　となって、全員あの世行きだ！」

「真に受けるな、ビリー」とパトリックが言った。「ボイラーが干上がらないようにするのがジークの仕事だ。水はすぐ後ろの炭水車にたっぷり補給したばかりだ」

「スロットルを真ん中にするのはどうして？」とビリーが訊いた。

「走行中は半開にしておくんだ。いまのところ、時速六十マイルを出すのに必要な蒸気はそれでまかなえる。煽《あお》れば百二十マイルは出せる娘なんだが」

パトリックは叔父のビルにウィンクをした。「スロットルレバーは急カーブの操作でも使うんだ。ジーク、この先のカーブは？」

「じきに橋だ、ルーファス。渡ったらきつい曲がりが来る」

「運転してみるか、坊や？」

「えっ？」

「カーブを抜けるんだ。さあ、早く！　レバーを握って！　ここから頭を出して確認だ」

ビリーは左手でスロットルをつかむと、機関士の真似をして窓から頭を突き出した。手のなかのレバーは熱く、生き物のようにふるえていた。前照灯の光がレールに反射する。構脚橋が近づいてきた。とても狭く見えた。

「軽くふれるだけでいい」ルーファス・パトリックはそう言って、ほかの男たちに向かってもう一度片目をつぶってみせた。「ほとんど動かさなくていい。楽に、落ち着いて。ほら、コツがわかってきただろう。ただし、真ん中を走らせろ。えらく窮屈だがね」

ジーク・タガートと叔父のビルが笑みを交わした。

「さあ、気をつけろ。そうだ、うまいぞ。速度を落として――」

「あれはなに、パトリックさん？」

ルーファス・パトリックは少年が指さす先に視線を投げた。

前照灯の光が橋の鉄骨にあたってできる影と反射のせいではっきり確認できない。ただの影かと思った瞬間、光が奇妙なものを照らしだした。

「この――」子どもがいるのを思いだし、パトリックは自然と汚い言葉を呑みこんだ。「なんてこった」

まるで浅い墓穴から伸びた手のように、右のレールから鉤状に屈曲した金属の棒が突き出していた。

「エアブレーキ！」パトリックは機関助士に叫んだ。

タガートはエアブレーキのレバーに飛びつき、あらんかぎりの力で引っぱった。列車は壁にぶつかったかと思うほど荒々しく減速した。とはいえ、それは一時しのぎにすぎず、十輌の客車や石炭と水を満載した炭水車の重みで、機関車はたちまち前方に押し出された。

百戦錬磨のパトリックの手がエアブレーキのレバーに置かれた。彼は時計職人ばりの繊細な力加減で制動をかけながら、逆転棒を後進に切り換えた。巨大な動輪が赤い火花と悲鳴を発しながら空転をはじめた。制動と逆回転は特急コーストライン号の前進に歯止めをかけたが、時すでに遅く、大車輪のアトランティック4‐4‐2型は構脚橋を抜け、時速四十マイルで鉤に乗りかかろうとしていた。もはやパトリックには機関車の先端にある、俗に〝牛捕り〟と呼ばれる楔形《くさびがた》の排障器が鉤を弾き、前車軸に巻きこまないよう祈ることしかできなかった。

だが〝壊し屋〟によって、ゆるんだレールの継ぎ目にボルト留めされた鉄の鉤は、排障器をがっちりつかみ、総重量十八万六千ポンドの機関車の前輪の直前で右側のレールを引きはがしていった。巨大な動輪が枕木に落ち、木と砂利の上を時速四十マイルで弾みながら進んだ。

速度と重量、さらには容赦のない推進力が路肩を崩し、枕木を粉砕した。車輪が宙に浮き、機関車は車体を傾けながら炭水車を道連れに前進をつづけた。炭水車に連結された荷物車も客車の最初の一輛を従えたまま脱線し、やがて二輛めの客車の連結器がはずれた。

そこで機関車は、ほとんど奇跡的に体勢を立てなおしたかに見えた。が、それはつかの間のことでしかなかった。炭水車と客車の重みで旋回するように土手を転落していった機関車は、干上がって岩同然になった硬い川床に突っ込み、排障器と前照灯がつぶれた。

そしてようやく、前面を下に車体を大きく傾かせ、従台車を空中に浮かせる恰好《かっこう》で停まった。ボイラー内に密閉されていた摂氏百九十度の熱湯が前方へ流れ、ボイラー後方の天井板が真っ赤に灼《や》けた。

「逃げろ！」機関士が怒鳴った。「爆発するぞ！」

ビルは火室にもたれて意識を失っていた。ビリー少年は踏み板の上で頭を抱えて茫《ぼう》然《ぜん》としていた。その指のあいだから血が流れていた。

パトリック同様、衝撃に構えていたタガートにさほどの怪我はなかった。

「ビルを頼む」パトリックは屈強なタガートに頼んだ。「おれは坊やを運ぶ」

ビリーを南京袋のように脇に抱え、パトリックは地面に飛び降りた。タガートはビル・ライトを肩に担いで運転室を出ると、そのまま石だらけの急斜面を駆け降りた。

衝突時の騒音はぴたりとやんでいた。裏を返したかのような静けさのなか、クリスマスプレゼントの包装紙さながら揉みくちゃにされた一輌めの客車からは、負傷者の悲鳴が聞こえてきた。

「走れ！」

タガートが投入した石炭の火は機関車の天井板の下でいまも激しく燃えさかり、二千ガロンの水を沸騰させるのに必要な摂氏千二百度の炎が鋼材を熱しつづけていた。

熱を吸収する水を失ったいま、通常は三百十度にしかならない鋼材の温度が炎と同じ千二百度まで上昇し、厚さ半インチもの鋼板がフライパン上のバターよろしく軟化していた。

ボイラーの内側からは、通常の外気圧の十四倍にあたる一平方インチあたり二百ポンドの圧力がかかっていた。内部に溜《た》まった蒸気はわずか数秒で、にわかに強度の落ちた天井板に穴を穿《うが》った。

高圧下で百九十度に熱せられた二千ガロンの水は、抜け道ができたとたん、冷たいグレンデールの外気にふれてみるみる蒸気となった。水は気化により体積が千六百倍にふくれあがる。二千ガロンの水は一瞬にして三百万ガロンの蒸気に変化した。アトランティック４‐４‐２型のボイラー内で膨張をつづけた蒸気は、すさまじい咆哮《ほうこう》をあげて爆発を惹き起こし、鋼鉄の機関車を粉砕した。

何が襲ってきたのか、ビリーと叔父にはわからずじまいだった。そこは荷物車にいた〈ウェルズ・ファーゴ〉の電報配達員も、脱線したプルマン式客車の前方でドローポーカーに興じていた三人組も変わりがなかった。だがこの竜巻にも匹敵する、おぞましい力の誘因と特性を理解していたジーク・タガートとルーファス・パトリックは、爆発によってその知識を永遠に失うまでの十分の一秒間、過熱蒸気のもたらす筆舌につくしがたい痛みを感じたのである。

鋳鉄が石を叩く音、トネリコ材が割れる音をさせて、カラマズー・ヴェロシピードが線路沿いの土手を転がり落ちた。

「なんだ、いまの音は？」

ジャック・ダグラスは九十二歳、西部初の鉄道敷設用地を守るためにインディアンと戦ったころからの古参だった。それでも鉄道会社は珍しく温情を示し、静かなグレンデールの操車場で夜警まがいの仕事をさせて雇用をつづけていた。血管の浮く骨張った手を腰にある四四口径のコルト・シングルアクションにやると、ダグラスは馴れたさばきで油の染みたホルスターから抜きにかかった。

〝壊し屋〟は目にも止まらぬひと突きを見舞った。その不意打ちは、同年代の相手にも通用するものだった。夜警に勝ち目はなかった。伸縮式のナイフは喉《のど》を刺し、老人が地面に倒れるまえにもう一段伸びた。

〝壊し屋〟は死体に嫌悪のまなざしを向けた。予定が狂いどおしなのだ。とっくに寝床にはいっているはずの老いぼれと鉢合わせするとは。彼は肩をすくめ、苦笑まじりに「無駄がなければ不足もない」とつぶやいた。上着のポケットから一枚のビラを取り出して丸めると、ひざまずいて死人の手にそれを握らせた。

サザン・パシフィック鉄道の線路がロサンジェルス＆グレンデール電気鉄道の狭軌

道と交わるあたりまで、人影のない暗い道がつづいていた。都市間電気鉄道《インターアーバン》の緑色をした旅客用の大型路面電車は、零時を過ぎると運行されない。そのかわり、鉄道は電気料金が割安な深夜帯に貨物列車を走らせる。〝壊し屋〟は警官に注意しながら、牛乳缶とニンジンを満載したロサンジェルス行きの貨車に飛び乗った。

貨車から降り、市内の東二番通りを渡るころには空が白みはじめていた。アチソン・トピーカ&サンタフェ鉄道のラ・グランデ駅に建つムーア式ドームが、ぞっとするほど赤い朝焼けにその輪郭を浮かびあがらせていた。〝壊し屋〟は手荷物預かり所でスーツケースを引き取り、男子トイレで埃《ほこり》だらけの服を着換えると、サンタフェ鉄道のアルバカーキ行きフライヤーに乗りこみ、食堂車のテーブルに着いて磁器と銀器でステーキに卵、焼きたてのロールパンという朝食を喫した。

フライヤーの機関車が動きだすと、特急列車に乗務する横柄な車掌が「乗車券を拝見」と声をかけてきた。

旅回りの商売人の無愛想を気取って、〝壊し屋〟は〈ロサンジェルス・タイムズ〉から目を離さず、そのまま上等な麻のナプキンで手を拭《ふ》き、札入れを取り出すあいだもうつむいて顔を隠しとおした。

「指にお怪我を！」鮮やかな赤に染まったナプキンを見て車掌が言った。

「剃刀《かみそり》を研いでいてね」〝壊し屋〟は新聞から目も上げずにそう答えると、心のなかで、酔いどれの蹄鉄工を殺せばよかったと恨みを新たにしたのだった。

6

アイザック・ベルが水際の終着駅、オークランド・モールで列車を降りたとき、時刻はまだ午前三時だった。そこは西へ向かう乗客の終着駅で、サザン・パシフィック鉄道が建設した全長一マイルほどの石の埠頭《ふとう》がサンフランシスコ湾に向けてその腕を伸ばしていた。サンフランシスコ行きの貨物車輛《しゃりょう》はその埠頭を通って船や艀《はしけ》に積みこまれるが、乗客はここで列車を降りてフェリーに乗り換えなければならない。

ベルはフェリーへ急ぎながらもターミナルの雑踏に目を走らせ、ロリ・マーチを捜した。いつも花を買っている農家の女性だ。時計用のポケットには、マリオン・モーガンのアパートメントの平たい小さな鍵《かぎ》を忍ばせている。

干し草を積んだ艀から、髪に種をつけた寝ぼけ眼《まなこ》で降りてきた新聞売りの少年たちが、甲高い声で「号外！　号外！」と叫びながらサンフランシスコで印刷された新聞各紙の特別版を振っていた。

最初に目に留まった見出しで、ベルの足が止まった。

グレンデールで特急コーストライン号が脱線

ボウイーナイフで胃袋を切り開かれた気がした。グレンデールはカスケード短縮路から七百マイル離れている。

「ベルさん？　ベルさんですね？」

新聞売りのすぐ後ろから、〈ヴァン・ドーン探偵社〉サンフランシスコ支局の捜査員が現われた。齢のころは新聞を商う少年と大差ない。茶色い髪は寝癖でぺったり頭に貼《は》りつき、頰《ほお》にシーツの跡が残っているが、明るいブルーの目は興奮で輝いていた。

「ダッシュウッドです。サンフランシスコ支局の者です。ブロンソンさんがほかの捜査員をつれてサクラメントに行っているあいだ、留守をあずかっています。みなさん、明日までもどりません」

「特急列車に関する情報は？」

「たったいま、オークランド警察の責任者と話してきたところです。どうやら機関車が爆破され、そのあおりで線路も吹き飛ばされたようです」

「死者の数は？」

「いまのところ六人。負傷者が五十人で、行方不明者も出ています」

「つぎのロサンジェルス行きはいつだ？」

「十分以内にフライヤーが出ます」

「私はそれに乗る。ロサンジェルス支局に電話を頼む。これから現場へ行くから、それまで誰にもさわらせるなと伝えてくれ。警察もふくめて」

ダッシュウッド青年は売り子に重要な情報を盗み聞きされたくないとばかりに、ベルに身を寄せて耳打ちした。「警察は犯人が爆発で死んだと考えています」

「なんだって？」

「組合活動家のビル・ライト。もちろん過激派です」

「誰が言った？」

「もっぱらの噂《うわさ》で」

アイザック・ベルは、新聞売りの少年がめまぐるしくふりまわす号外の見出しに冷徹な目を向けた。

卑劣な犯行
死者は増え、二十名が犠牲に
犯人は機関車を爆破
特急列車は川床に転落

事実に即しているのは〝特急列車は川床に転落〟のくだりだけではないのか。転落にいたった経緯は推測にすぎない。ほんの数時間まえに、五百マイルの彼方で起きた列車事故の詳細がわかるはずがない。煽情的《せんじようてき》な記事で知られるジャーナリスト、プレストン・ホワイトウェイの新聞に躍る〈死者は増え、二十名が犠牲に〉のどぎつい見出しに、ベルが動じることはなかった。ホワイトウェイは事実よりも売り上げを優先させる男である。その《サンフランシスコ・インクワイアラー》に最近、マリオン・モーガンが編集助手の職を得たばかりだった。

「ダッシュウッド！　きみの名前は？」

「ジミー――ジェイムズ」

「いいか、ジェイムズ。きみに頼みたいことがある。ビル・ライトという男について、噂になっていない事実を徹底的に調べあげろ。どの組合に所属していたか。組合の役員だったのか。逮捕歴はあるか。不満の原因はなんなのか。仲間は誰か」ベルは小柄なジェイムズ・ダッシュウッドを見おろし、力強いまなざしを向けた。「やってくれるか？」

「もちろんです」

「単独行動か、徒党を組んでいるのか、そこは欠かさず調べるように。必要なら〈ヴアン・ドーン〉の全捜査員に応援を要請してかまわない。報告はサザン・パシフィックのバーバンク駅気付で打電してくれ。到着したら読ませてもらう」

ロサンジェルス行きのフライヤーが桟橋を出るころ、あたりには霧が立ちこめていた。アイザック・ベルは湾の対岸にきらめくサンフランシスコの電光を虚しく眺めた。列車が定時に出発したのを確認し、時計をもどしたポケットに真鍮《しんちゅう》の鍵を探りあてた。夜中にマリオンを訪ねて驚かすつもりでいたのに、逆に驚かされた。それも悪い驚きである。〝壊し屋〟はベルの予想をはるかに越えて行動範囲を伸ばしていた。またしても罪なき人々の命が失われたのだ。


南カリフォルニアの正午の陽射しが、いまだかつてアイザック・ベルが目にしたことのない惨状に照りつけていた。特急コーストライン号の先頭は線路の土手を転がり落ち、乾いた川床に頭から突っ込んでいた。地面にめりこんだ排障器、前照灯、煙突は容易に見分けがついたものの、その後方にあるべき機関車の残る部分は、ボイラー管の絡まりあう異様な蜘蛛《くも》の巣というか、ありとあらゆる角度にねじれたパイプの塊でしかなかった。九十トンからある鋼鉄製のボイラーや煉瓦《れんが》の火室、運転室、ピストン、動輪は跡形もない。

「乗客は九死に一生を得た」ベルを案内してまわる、サザン・パシフィック鉄道の維持管理部門の責任者が言った。地味な三つ揃《ぞろ》いを着た太鼓腹の男で、現在確認されている七名という死者数が大幅に更新されなかったことに驚きを隠せない様子だった。乗客はすでに代替列車でロサンジェルスに運ばれていた。サザン・パシフィックが用意した診療車は所在なげに本線に停まり、医師や看護婦も、たまに線路の復旧工事にあたる作業員の軽傷に包帯を巻く以外、仕事らしい仕事はしていなかった。

「九輛は脱線を免れた」と責任者は説明した。「炭水車と荷物車が爆発の威力をさえぎってくれたので」

炭水車と荷物車が衝撃波や飛散した破片の盾となったことは、ベルにも想像ができた。破損個所から積み荷があふれ出した炭水車は、鉄道車輛というより石炭の山にしか見えない。荷物車は砲撃を受けたかのごとく穴だらけである。とはいえ、そこにダイナマイトの爆破を示唆するものは皆無だった。

「ダイナマイトでは、あんなふうに機関車は吹き飛ばないな」

「そのとおり。これはボイラーの爆発によるものでね。機関車が傾いたせいで水が前方に押し寄せ、火室の天井板がやられた」

「つまり、脱線が先だと？」

「たぶん」

ベルは相手を冷たく見据えた。「ある乗客によると、高速でカーブに進入したという話ですが」

「ばかばかしい」

「確信はありますか？　列車は運行が遅れていたとか」

「ルーファス・パトリックのことはよく知ってる。本路線ではいちばん安全な機関士だ」

「すると、脱線の理由は？」

「人でなしの組合活動家の仕業だよ」

「脱線箇所を見せてもらいましょうか」

　ベルは言った。

　責任者はレールの片側が途切れている場所にベルを導いた。レールが欠損した先には割れた枕木《まくらぎ》の列と、動輪が砂利に残した深い轍《わだち》がつづいていた。

「卑劣漢は専門家だってことさ」

「〝専門家〟というと？」

　恰幅《かっぷく》のいい責任者は、両手の親指をベストに挿して解説をはじめた。「列車を脱線させる方法はいろいろあって、私はそのすべてを見てきたんでね。大きなストライキがつづいた一八八〇年代、私は機関士だったんだ。あの流血沙汰《ざた》は——まあ、あんたは若いから憶えてないだろうが。とにかく、そのころは破壊工作が日常的におこなわれて、私のように会社側に付いた人間は苦労した。なにしろ、いつ線路に細工されるかわからず汽車を走らせるんだから」

「脱線させるにはどんな方法がありますか？」とベルは訊《き》いた。

「ダイナマイトで線路を爆破する。問題は、張りついて導火線に点火しなきゃならないこと。目覚まし時計で時限装置をつくれば、逃げる時間を稼げるかもしれないが、列車が遅れると爆発のタイミングをしくじることになる。起爆装置を取り付けて機関車に踏ませてもいいが、これが信頼性に欠けて、折悪しくトロッコで通りかかった保線検査員が吹っ飛ばされるなんてこともある。あとは犬釘《いぬくぎ》を引き抜き、レールとレールをつなぐ継目板のボルトをはずし、そのボルト穴に長いケーブルを通しておいて、列車が来たところでそいつを引っぱる手もある。これの問題は、レールを動かすのに力自慢の人手が要ることでね。しかも、見通しのいい場所で立ちん坊だ。ただ、この卑劣漢はまずまちがいなく鉤《かぎ》を使ってるな」

責任者は釘抜きをあてた枕木のへこみと、レールの末端に残るレンチによる傷をベルに示した。「いま話したように、犬釘が抜かれ、継目板のボルトがはずれてる。線路脇の斜面には工具が捨てられていた。カーブだと、ボルトをゆるめるだけでレールがずれることもある。しかし犯人は確実を期して、ゆるんだレールに鉤をボルトで固定した。機関車は鉤を引っかけると、車体の下のレールを自分ではがしていったわけだ。ひどいことをするもんだ」

「そんな効率がいいやり方を知っている人間に心当たりは？」

「効率がいい？」責任者はむっとした表情を見せた。

「専門家だとおっしゃったのはあなただ」

「ああ、言いたいことはわかってる。たぶん線路工夫か。土木技師か。短縮路のトンネルが爆破されたときの話を聞くと、一発の仕掛けでふたつの坑を崩落させるという、地質学の知識も持ちあわせていたってことだろうな」

「しかし、発見された組合活動家は電気技師でした」

「過激派の仲間がコツを伝授したのさ」

「活動家の死体が見つかった場所は？」

　責任者は二百フィート離れた背の高い木を指した。ボイラーの爆発で葉が落ち、裸になった枝が骸骨《がいこつ》の手のように空をつかんでいる。「あのプラタナスのてっぺんで、気の毒な機関助士といっしょに見つかった」

　アイザック・ベルはその木をろくに見なかった。彼のポケットには、ジェイムズ・ダッシュウッドから送られてきたビル・ライトに関する報告書があった。それが驚くほど詳細なもので、今度会う機会には、ダッシュウッド青年は晴れて昇進ということになるだろう。その調べによると、ビル・ライトは電気関係の労働組合で会計を担当していた。巧みな交渉術でスト回避に持ちこむ人物として労資双方から一目置かれていたし、サンタバーバラのトリニティ聖公会では助祭も務めていた。悲しみに暮れる姉の話では、フィルム現像所で働くことになった彼女の息子の付き添いとしてロサンジェルスへ向かった。その朝、到着を待ちうけていた現像所の所長によると、ビル・ライトとは慈善団体シュライナーズの同じロッジに属していた縁で、甥《おい》のビリーに見習いの仕事をあてがったのだという。〝壊し屋〟がこの事故で死んだという説はここで行き詰まる。残忍な破壊工作者はいまも生きており、つぎの襲撃場所は神にしかわからない。

「鉤はどこですか?」

「あっちでおたくの捜査員が見張ってる。さて、ベルさん、こちらはそろそろ線路の復旧にかかりたいんだが」

ベルが荒れた路盤を歩いていくと、ロサンジェルス支局のラリー・サンダーズがしゃがみこんで枕木を検分していた。鉄道警察を近づけないように、筋骨たくましいふたりの部下を見張りに立たせている。ベルが名乗ると、サンダーズは立ちあがって膝《ひざ》の汚れをはらった。

ラリー・サンダーズは短い髪を当世風にした瘦身《そうしん》の男で、鉛筆で描いたような薄い口ひげをたくわえていた。温暖な気候に適した白い麻のスーツはベルと同じでも、頭には都会でかぶる山高帽――それもなぜかスーツと同じ白。ベルのブーツにたいし、サンダーズはぴかぴかのダンスシューズを履いていて、往来の激しい路盤を覆う石炭の粉塵《ふんじん》にまみれるより、高級ホテルのロビーで警護に立つほうが好みというふうに見える。ロサンジェルスの人間の風変わりな服の嗜好《しこう》に馴《な》れていたベルは、その奇妙な帽子と靴のことは端《はな》から無視して、ヴァン・ドーンの人間は有能であるとの前提で話を進めた。

「噂はかねがね」とサンダーズは言って、手入れがされた柔らかい手を差し出した。

「あなたが来ると、ボスがサクラメントから電報を打ってきた。お会いするのを楽しみにしていた」

「鉤はどこに？」

「われわれが到着したときには、もう鉄道探偵が発見していてね」

サンダーズはプレッツェルのように曲がったレールのところにベルを案内した。その一端にネジ留めされた鉤は、船の錨《いかり》を加工したものと思われた。「これは血だろうか、それとも錆《さび》か？」

「気づかなかったな」サンダーズは握りに真珠の飾りがあるポケットナイフを開き、その部分をこそげ落とした。「血だ。乾いた血。金属のばりで手を切ったらしい。さすがですな、ベルさん」

ベルはお世辞を聞き流した。「この穴をあけた人間を捜すんだ」

「というと？」

「カリフォルニアじゅうで手に傷をこしらえた者をひとりずつ引っぱるわけにはいかないが、こういう特殊な金属に穴をあけた人間なら見つけることはできる。州内の機械工と蹄鉄工《ていてつこう》をしらみつぶしにあたってくれ。すぐに。大急ぎで！」

アイザック・ベルは踵《きびす》を返し、不機嫌そうに見つめる鉄道警官たちに話を聞きにいった。「これと似た鉤を見た経験は？」

「船の錨だな」

「私もそう思った」ベルは金のシガレットケースを開いて警官たちに回した。彼らが一服つけると、ベルはふたりの名がトム・グリッグズにエド・ボトムリーと確かめたうえで訊《たず》ねた。「特急を破壊したのが木の上の男ではないとすると、真犯人は列車を脱線させてからどうやって逃げたと思う？」

警官たちは視線を交わした。

エドが言った。「あの鉤ならかなり時間を稼げるな」

トムがつづけて、「グレンデールで、保線検査用の車輛が引っくりかえってるのを見つけたんだ。バーバンクの貨物駅で盗まれたっていう報告が来てる」

「なるほど。しかし、トロッコでグレンデールまで行ったとして、朝の三時か四時のことだ」ベルは考えこんだ。「グレンデールからはどうやって逃げる？　その時間、路面電車は走っていない」

「自動車を待たせてたのかもしれない」

「そうだろうか？」

「ほんとならジャック・ダグラスに訊くとこだけど、死んじまったからな。グレンデールの夜警で、ゆうべ殺されたのさ。捕まった豚みたいに一発で」

「それは初耳だ」とベルは言った。

「だって、まともな人間と話していないからさ」と答えた警官は、近くで待機する洒落者《しやれもの》サンダーズに軽蔑《けいべつ》の視線を投げた。

アイザック・ベルは微笑を返した。「その〝一発で〟というのは？　刺された？」

「刺された？」エドがおうむ返しに言った。「上着の前後に穴をあけた亡骸《なきがら》を最後に見たのはいつだ？　犯人はよっぽどの馬鹿力か、剣を使ったんだ」

「剣？」ベルはくりかえした。「どうして剣なんだ？」

「力に物を言わせてボウイーナイフを貫通させても、引き抜くにはやたら時間がかかる。だからみんな、死体にナイフを残していく。あれは引っかかっちまうから。それで、刃渡りが長くて薄い、剣みたいなやつだったんじゃないかと思って」

「じつに興味深い」とベルは言った。「面白い推理だ……ほかに知っておくべきことはないだろうか？」

警官たちは思案した。ベルは双方の目を見ながら辛抱強く待った。〈ヴァン・ドーン〉の捜査員に協力しろというジェスロ・ワット隊長の〝上からのお達し〟は、現場の警官にすんなりとは浸透しない。相手がラリー・サンダーズのような傲慢《ごうまん》な捜査員ではなおさらだった。トム・グリッグズがふと口を開いた。「ジャックの手にこいつが握られてた」トムはくしゃくしゃの紙切れを取り出し、汚れた手で皺《しわ》を伸ばした。陽光の下、黒々とした活字がくっきり浮かんだ。


立ちあがれ！

不満の炎を煽《あお》れ！

ひと握りの特権階級を叩《たた》け！

労働者が生きるために！


「これはジャックのものじゃないと思う」とトムは言った。「あのじいさんは過激派に転ぶような人間とはちがう」

「きっと」とエドが説明した。「格闘中につかんだんだ」

トムが言った。「つかむなら銃だろう」

「そうだな」とアイザック・ベルは言った。

「不思議なのは、なぜそうしなかったかだ」

「それはどうして？」とベルは訊いた。

トムが答えた。「ジャック・ダグラスが九十二歳だからって、勤務中に居眠りしてるなんて思ったらまちがいなんでね。つい去年のことだけど、グレンデールで若い二人組が盗みにはいってジャックに銃を向けた。すると、ジャックは愛用の大型拳銃でひとりの肩ともうひとりのケツに穴をあけた」

エドがくすりと笑った。「ずいぶん柔《やわ》になっちまったとジャックは言ったよ。昔だったら、ふたりとも殺して頭の皮を剝《は》いでたって。だからおれは、『大きくはずしたわけじゃないさ、ジャック。肩とケツに当てたんだから』って言ったんだ。そしたら、『柔になったとは言ったが、耄碌《もうろく》はしちゃいない。あれは撃ち損じじゃないぞ。狙《ねら》って当てた。年をとると人間丸くなるってことさ』って。つまり、ゆうべジャックを襲った人間はなまなかなやつじゃない」

「それも」とトムが言い添えた。「剣しか持ってないとすればな。ジャックには、そいつの姿が一マイル手前から見えてたはずなんだ。だから剣を手に、どうやって銃を持つ相手に挑むのかと思ってね」

「私も同じことを考えていた」とベルは言った。「ありがとう。大いに助かったよ」

そして名刺二枚を取り出して、それぞれに手渡した。「〈ヴァン・ドーン探偵社〉に何か要望があれば、私に連絡をくれ」

「思ったとおりです」サンフランシスコに呼び出されたベルは、ジョゼフ・ヴァン・ドーンに語った。「が、ずばり的中ではありません。むこうの狙いはこちらの想像より大きい」

「どうやら専門家らしいな」ヴァン・ドーンは憮然《ぶぜん》として、サザン・パシフィック鉄道の管理責任者と同じ言葉を口にした。「少なくとも、われわれを出し抜いた。しかし、どうやって逃げた？　貨物列車か？」

ベルは答えた。「西部一帯の渡りの溜《た》まり場に捜査員を送りこんで聞き込みをさせています。駅長や出札係からも、もれなく話を聞きます。長距離の切符を買ったときに接触があったかもしれないので」

ヴァン・ドーンは呻《うめ》いた。「出札係は渡り以上に期待薄だな。ヘネシーはサザン・パシフィックで年間何人の客を運んでいると言った？」

「一億です」とベルも認めた。

7

アイザック・ベルがマリオン・モーガンに電話をして、サクラメント行きの列車に乗るまえにサンフランシスコで一時間ほど時間が空くので、仕事を早めに切りあげられないかと訊《たず》ねると、マリオンはこう答えた。「大時計で会いましょう！」

蒸気船に乗って南米大陸最南端のホーン岬をまわってやってきたマグネタ大時計は、ミシシッピ以西初の親時計で、セントフランシス・ホテルに設置されてまだ一週間ながら、すでによく知られる存在となっていた。パウエル・ストリート側のロビーを見おろすウィーン製の計時装置には、凝った彫刻が施されていた。巨大な振り子時計のようにも、ヨーロッパの古時計のようにも見えるが、実際は、ユニオンスクウェアにそびえる巨大ホテル内のすべての時計を自動制御する電気時計だった。

東洋趣味のカーペットが敷かれたロビーには、椅子《いす》やソファが並んでいた。羊皮紙やガラスのシェードをかぶせたランプの温かみのある明かりは、金メッキの鏡に反射して明るさを増幅させ、あたりにはおが屑《くず》と塗料の匂いが甘く漂っていた。サンフランシスコ大地震を原因とする火災で内部を焼失して一年半、市内最新にして最大のホテルは四百八十室で営業を再開、翌春には新館の開業も予定されている。〈セントフランシス〉は瞬く間に街いちばんの人気ホテルとなり、椅子とソファの大半は新聞を読む宿泊客で埋まっていた。新聞のトップ記事は、特急コーストライン号を脱線させた労働組合の煽動者《せんどうしゃ》と、過激思想をもつ移民労働者にまつわる最新の風説だった。

先にロビーにはいってきたのはマリオンで、ベルとの再会をまえに気持ちが昂《たか》ぶり、それが男たちの無遠慮な視線を惹《ひ》きつけているとも知らず、時計の前を行きつもどりつしていた。流行のスタイルに結いあげた明るいブロンドの髪が、優美な長い首と顔立ちの美しさを際立たせ、細い腰、繊細な手、さらにカーペット上を歩く流れるような動きからは、丈の長いスカートに隠れた脚の長さがわかる。

珊瑚礁《さんごしょう》の海を思わせるマリオンの緑の瞳《ひとみ》が向けられた先で、マグネタ大時計の分針がゆっくりとした動きで真上にたどりつき、三つの大きな銅鑼《どら》が打ち鳴らされた。教会の鐘さながらの反響で、壁が揺れるような感覚になる。

一分後、ベルが急ぎ足でロビーにはいってきた。背が高く、男らしい端整な顔立ちのベルは、クリーム色のウールのサックスーツに真新しい折り襟のブルーのシャツを着て、髪とひげの亜麻色に合うようにとマリオンが見立てた金のストライプのネクタイを締めていた。ベルの姿を目にしたうれしさに、マリオンはほかに言葉を思いつかず、「遅れてきたあなたを見るのは初めてよ」と言った。

ベルは金の懐中時計の蓋をあけて頬笑《ほほえ》んだ。「マグネタ大時計が六十秒進んでいるんだ」彼はマリオンに視線を這《は》わせて、「こんなにきれいなきみを見るのは初めてだ」と言い、抱き寄せた彼女に口づけた。

ベルはマリオンを椅子が二脚あるところへ連れていった。そこからは鏡のおかげでロビー全体を見渡すことができる。ふたりは燕尾服《えんびふく》のウェイターにレモンティーとケーキを頼んだ。

「何を見てる?」とベルが訊《き》いた。マリオンは美しい顔に柔和な笑みをたたえてベルを見つめていた。

「あなたに人生を引っくりかえされたわ」

「引っくりかえしたのは地震さ」ベルはまぜかえした。

「地震のまえのこと。地震には邪魔をされただけ」

マリオン・モーガンの年ごろの女性は、とっくに家庭にはいっていると思われがちだが、彼女は自立を享受できるしっかりした考えの持ち主だった。三十歳、スタンフォード大学で法律の学位を取得してから、銀行の上級秘書という経験を活かしてずっと自活をつづけてきた。マリオンに結婚を請うた裕福な色男たちは、ことごとく失望を味わわされた。あるいは彼女に勇気をあたえたのは、無限の可能性に満ちたサンフランシスコの空気だったかもしれない。母の死後、選りすぐりの家庭教師と愛する父から受けた教育のせいもあるだろう。はたまた現代という、幕をあけたばかりの奔放な新世紀を生きる昂揚感《こうようかん》にあるのだろうか。いずれマリオンには自信と、独り身を楽しむ稀《まれ》な才能がみなぎっていた。

そこにアイザック・ベルが現われ、彼女の胸を十七歳の少女の初デートのようにときめかせた。

わたしは運がいいのね、とマリオンは思った。

ベルはマリオンの手を取った。

しばらくは言葉が出てこなかった。マリオンの美しさ、落ち着き、気品には心を動かされずにはいられない。ようやく、その緑の瞳を見つめながら言った。「ぼくはサンフランシスコ一の果報者だ。ここがニューヨークなら、ニューヨーク一の果報者さ」

マリオンは頰笑んで目をそらした。あらためてベルを見ると、彼の視線は〈脱線!〉という新聞の見出しに向けられていた。

一九〇七年、列車の事故はありふれた出来事になっていたが、大破したのはロサンジェルス行きのフライヤーで、ベルが常日ごろ鉄道を利用していると思うとぞっとした。不思議なもので、彼が任務中に遭遇する危険のことではあまり不安を感じない。

危険は実際に存在して、傷痕《きずあと》を見せられたこともあるのに、銃やナイフを持った敵と対決するアイザックの身を案じるのは、ジャングルで虎《とら》と出くわすのを心配するのと同じで現実味に乏しかった。

新聞を見つめるベルの顔に怒りの翳《かげ》が射した。マリオンは彼の手にふれた。「アイザック、その列車事故があなたの担当する事件なの？」

「ああ、少なくとも五度めの襲撃だ」

「でも、あなたの顔にはなにか激しい、すごく個人的な憤りのようなものを感じるの」

「まえにウィッシュ・クラークの話をしたことを憶えているかい？」

「もちろん。あなたの命の恩人ですもの。いつか、わたしから直接お礼を言いたいわ」

「ウィッシュは、この列車を破壊した男に殺された」とベルは淡々と言った。

「まあ、アイザック。それはお気の毒に」

そこでベルはいつものように、オズグッド・ヘネシーのサザン・パシフィック鉄道が建設を進めるカスケード短縮路に〝壊し屋〟が攻撃を仕掛けていること、それを自分が止めようとしていることを事細かく説明していった。マリオンは分析的思考のできる女性で、関連ある事実に目をつけ、流れのなかにパターンを見出すのが早い。とりわけ批判的な質問を繰り出すことで、ベル自身の見立てに磨きをかけてくれるのだ。

「動機はいまだにわからない」ベルは話を結んだ。「男を破壊に駆り立てる裏に、いったいどんな動機があるのか」

「あなたも過激派説を信じているの？」とマリオンが訊いた。

「証拠はある。共犯者。過激派のビラ。それに標的――鉄道は過激派に目の敵にされている」

「腑《ふ》に落ちないのね、アイザック」

「そうなんだ」とベルは認めた。「怒れる煽動者の立場になって考えてみたんだが、罪のない人々の命を根こそぎ奪う理由がどうしても見えてこない。暴動やストライキのさなかに、警官を襲うこともあるだろう。そうした暴力を許す気はないが、人の考えが歪《ゆが》むのもわかる。しかし、一般人にたいするむごい仕打ちというのは……その卑劣なやり口が理解できないんだ」

「犯人は頭がおかしいの？　心を病んでる？」

「かもしれない。ただ、それにしては驚くほど野心的で几帳面《きちようめん》だ。衝動にまかせた犯行じゃない。慎重に計画している。逃走手段も念入りだ。狂気があるにしても、しっかり抑制されている」

「無政府主義者かもしれないわ」

「ああ。しかし、なぜこんなに人を殺すんだ？　むしろ」ベルはそこで言葉を選び、「恐怖を植えつけようとしているみたいだ。でも、恐怖を植えつけて何の得がある？」

マリオンは答えた。「サザン・パシフィック鉄道会社の体面を傷つけるの」

「その目的はたしかに達成しつつあるな」

「過激派でも無政府主義者でも、頭のおかしな人間でもなく、銀行家のつもりで考えてみたらどうかしら」

「というと？」ベルは怪訝《けげん》な顔を向けた。

マリオンはよどみのない声で答えた。「オズグッド・ヘネシーが支払う犠牲を想像してみて」

ベルは考え深げにうなずいた。〝銀行家のつもりで考える〟という皮肉は、一族が経営する大銀行での約束された地位に背を向けた男の胸に響いた。ベルはマリオンの頬を撫《な》でた。「ありがとう。いろいろ考える手がかりをもらった」

「よかった」マリオンはそう言ってから、茶化すように付けくわえた。「銃撃戦より考えてくれるほうがいいもの」

「銃撃戦も悪くない」とベルも切りかえした。「気持ちを集中できる。もっとも、今回は銃じゃなく、剣で対決ということになりそうだ」

「剣で対決？」

「じつに奇妙な話なんだが。犯人はウィッシュともうひとりを剣のようなもので刺殺している。そこで浮かぶ疑問がひとつ——銃を手にした敵をどうやって出し抜いたのか。剣は隠せる代物じゃない」

「杖《つえ》に仕込んであったらどう？　サンフランシスコでは、護身のために仕込杖を持ち歩く人が多いわ」

「しかし鞘《さや》を払ったり、剣を杖から抜くあいだに、銃の敵に余裕で発砲されてしまう」

「でも、襲う相手が剣を持つあなただったら、むこうも気の毒ね。あなたはイェール大のフェンシング代表だったんだし」

ベルは笑顔で頭を振った。「フェンシングは決闘じゃない。スポーツと喧嘩《けんか》はまったくの別物だよ。そういえば決闘の経験者だったコーチが、フェンシングでは面《マスク》をかぶるから、相手の目が見えないと話してたな。つまり初めて決闘に臨むと、自分に殺意を抱く人間の冷たい視線に動揺するって」

「あなたは？」

「ぼくがなんだい？」

「動揺したの？」マリオンは笑った。「決闘の経験がないふりをするのはやめて」

ベルも笑みを返した。「一度だけだ。ぼくらは青二才だった。赤い血が噴き出すのを見たとたん、おたがい殺しあいたいわけじゃないことに気がついた。実際、そいつとはいまも友だちだ」

「決闘をするなんていう人は、いまどきそうはいないでしょうけど」

「いるとすればヨーロッパだな。イタリア人かフランス人か」

「ドイツ人も。例のハイデルベルクの決闘で、頬に傷痕を残したりするし。マーク・トウェインが書いてなかった？　彼らは傷をより醜く見せるのに、医者が縫った糸を抜いて傷口にワインをかけるって」

「たぶん、ドイツ人じゃない」とベルは言った。「彼らは身体ごと突っ込んでいくことで有名だ。ウィッシュともうひとりを殺した刺殺の手口は、イタリア人やフランス人のスタイルに近いんだ」

「学生はどう？　ヨーロッパの学校へ留学したアメリカ人とか。フランスやイタリアには無政府主義者がたくさんいる。むこうでかぶれた可能性もあるわ」

「それにしても解せないのは、どうやって銃を持つ相手の不意を突いたのかでね」ベルは身振りで示してみせた。「剣を抜く間に、踏みこんで鼻を殴ることができる」

マリオンはティーカップ越しにベルの手を握った。「正直言って、いちばんの心配の種が鼻血だったらどんなにいいかと思う」

「いまなら、鼻血や生傷のひとつふたつは大歓迎さ」

「どうして?」

「ウェーバーとフィールズを憶えているかい?」

「愉快なおじさまたちね」ウォリー・キズリーとマック・フルトンはこのまえサンフランシスコに立ち寄った折り、マリオンを食事に連れ出し、その晩は笑わせどおしだった。

「ウォリーとマックがいつも言うんだ、〝鼻血は前進の証し。獲物に鼻をつかれるのは近づいてるってことなんだ〟とね。いますぐ鼻に一発もらいたいくらいさ」その言葉でふたりは笑顔になった。

最新の帽子とドレスを颯爽《さっそう》と着こなした女性のふたり連れがロビーに現われ、豪勢な羽毛と絹にその身を隠すようにしてフロアを横切ってきた。若いほうの女のあでやかさはただごとでなく、男たちが下げた新聞の多くは、そのまま膝《ひざ》の上にとめおかれることになった。

マリオンが言った。「なんてきれいなお嬢さんなの!」

ベルはすでに鏡で彼女を見ていた。

「あの淡いブルーのドレスを着た女の子を見て」とマリオンは言った。

「オズグッド・ヘネシーの娘、リリアンだ」ベルは、いま自分がいる〈セントフランシス〉にリリアンがいるのは偶然だろうかと訝《いぶか》った。たぶん、そうではない。

「知り合いなの？」

「先週、ヘネシーの特別列車で会ったんだ。父親の個人秘書をしている」

「どんな人？」

ベルは頬笑んだ。「男たらしを気取ってる。あのフランスの女優みたいに目を輝かせて」

「アンナ・ヘルドね」

「だが聡明《そうめい》でビジネスにも通じている。まだ若くて過保護の父親から甘やかされているし、肝心なところはわかってないのかもしれないが。黒っぽい髪の連れは彼女の元家庭教師で、いまはヘネシーの愛人だ」

「行って挨拶《あいさつ》したい？」

「まさか。きみといられる時間がわずかだというのに」

マリオンは満足そうな笑みで応えた。「お世辞ね。あの人、若くて息を呑《の》むほどの美人だし、きっと大金持ちなんでしょう」

「きみだって息を呑むほどの美人だし、ぼくと結婚して大金持ちになる」

「わたしは相続人じゃないわ」

「おかげさまで、ダンス教室でボストン・ワルツを習って以来、相続人のことはよくわかってる」ベルはにやりとした。「滑るように踊るスローワルツでね。よければ結婚式で踊ろう」

「まあ、アイザック、本気で結婚したがっているの？」

「もちろん」

「わたし、みんなにオールド・ミスと呼ばれているのよ。それに、あなたの年回りの男性は、彼女ぐらいの年齢の女性と結婚すべきだっていうじゃない」

「ぼくは〝すべき〟ことをした経験のない人間だ。ようやく夢にまで見た女性と出会えたのに、何をいまさらはじめる必要がある？　人生の伴侶《はんりょ》ができたっていうのに？」

「でも、あなたのご家族はどう思うかしら？　わたしにはお金がない。財産めあてだと思われるわ」

「ぼくのことをアメリカ一幸運な男と思うだけさ」ベルは微笑すると、それから真顔で付け足した。「そう思わないやつは地獄へ行けばいい。日取りを決めないか？」

「アイザック……話しておきたいことがあるの」

「なんだい？　何か問題でも？」

「わたしはあなたに夢中よ。それは知っていてほしい」

「言うまでもないさ」

「それに、わたしはあなたと結婚したくてたまらない。でも、すこしのあいだ待てないかとも思ってる」

「なぜ？」

「面白そうな仕事の話が来て、ぜひやってみたいと思って」

「どんな仕事だい？」

「じつは……プレストン・ホワイトウェイのことは知っているでしょう？」

「もちろん。プレストン・ホワイトウェイは大衆ジャーナリストで、《サンフランシスコ・インクワイアラー》をふくむカリフォルニアの有力三紙を継承したね」ベルは意味深な笑みを浮かべた。「きみはそこの新聞で働いている……聞くところでは、ホワイトウェイはかなりの美男子で名うての遊び人、煽情的な見出しで稼いだ金を派手にばらまいている。また自前の新聞の影響力を使って友人を上院に送りこみ、国政に錨《いかり》を沈めてもいるようだ。その筆頭がオズグッド・ヘネシーの犬と言われるチャールズ・キンケイド上院議員だ。事実、キンケイドに〝英雄技師〟という渾名《あだな》を奉ったのも、たしかきみのホワイトウェイ氏だったはずだ」

「わ、わたしのじゃないけど――でもアイザック、ホワイトウェイさんはすばらしいプランを温めているの。地震報道のときに思いついたのよ――ニュース映画。本人は〝ピクチャー・ワールド〟と呼んでいるわ。現実の出来事を撮影して、劇場や五セント映画館《ニッケルオデオン》で上映するのよ。それでね、アイザック！」マリオンは興奮のあまりベルの腕をつかんだ。「プレストンにその旗揚げを手伝ってくれと言われたの」

「期間は？」

「どうかしら。半年か一年か。アイザック、わたし、できると思うの。それに、これはあたえられたチャンスだから。わたしはスタンフォードの第一期卒業生で法律の学位を取ったけれど、法曹の世界に女の居場所はなくて、それで九年間、銀行勤めをしたわ。いろいろ学んだこともある。一生働きたいと言ってるわけじゃないの。でも何かを作りたいし、これは何かを作りだすチャンスなの」

刺激的な仕事に携わりたいというマリオンの情熱に、ベルが驚くことはなかった。ふたりの愛にも疑いはない。おたがい巡りあえた幸運を深くかみしめているだけに、他人がはいりこんでくる余地などない。ここはなんらかの譲歩をする場面だった。ベル自身、〝壊し屋〟を阻止することで手一杯なのも否定できない事実なのだ。

「結婚の日取りは半年以内に決めるということでどうだろう？　事が落ち着いたころに？　仕事は結婚してからもつづければいい」

「そうね、アイザック、それがいいわ。ピクチャー・ワールドの旗揚げには是が非でも立ち会いたいの」

マグネタ大時計が四時の鐘を打ちはじめた。

「もっといっしょにいられたらいいのに」マリオンは寂しそうに言った。

ベルは腰をおろしてまだ数分しか経っていない気がしていた。「会社まで送ろう」

リリアンはロビーを出るふたりを見ないようにしていた。しかし、カムデン夫人は目が合うと、口もとを控え目にほころばせた。礼儀正しく会釈を返しながら、またも肉感的な夫人に圧倒されたベルは、マリオンの腕を取る手に心持ち力をこめた。

〈セントフランシス〉の前には、ガソリン動力の真っ赤なロコモービルが横付けされていた。もとはレースカーだが、フェンダーとサーチライト型の前照灯を取り付けて公道を走れるように改造したものだった。ホテルのドアマンが、うっとり見とれる子どもたちから車を守っていた。ラジエーターのてっぺんに輝く、真鍮《しんちゅう》の鷲《わし》を汚い手でさわろうとするのはもちろん、革張りのシートに息がかかるほど顔を近づければ厳しく威嚇された。

「レースカーがもどってきたのね！　すてき！」マリオンはうれしそうに声をあげた。

ベルが愛してやまないロコモービルはサンフランシスコ－サンディエゴ間の五百マイルを、滑らかな鉄路を行く機関車に対抗して石くれだらけの泥道を走破し、瀕死の重傷を負った。自らが勝者となったそのレースを思いだし、ベルは頰をゆるめた。その栄冠とは〝強盗処刑人〟に銃を突きつけて捕縛したことである。

「工場での組み直しが終わりしだい、コネティカットのブリッジポートから船便で送らせたんだ。乗って」

ベルは大きなステアリングの奥へ手を伸ばすと、木製ダッシュボードにあるイグニションスイッチを回した。スロットルとスパークレバーをセットすると、圧力タンクのポンプを動かした。ドアマンが志願してクランクハンドルを動かした。貨物駅からの搬送でまだ温もりの残る四気筒のエンジンは、最初の回転で爆音とともに息を吹きかえした。ベルは点火のタイミングを早め、スロットルを絞った。そしてブレーキをはずすと、目を丸くしていたいちばん小さな少年を手招きした。

「手を貸してもらえるかい？　この車はクラクションを鳴らさないと動きださないんだ！」

少年が大きなゴム製のバルブを両手で握りしめた。するとロコモービルはロッキー山脈のビッグホーンばりに声を張りあげた。子どもたちがわっとその場を離れ、車は発進した。マリオンは笑いながら、ガソリンタンク越しにベルの腕をつかんだ。ロコモービルはすぐに加速し、荷馬車や路面電車のあいだを縫い、遅い自動車をあっという間に抜き去りながらマーケット・ストリートへ向かった。

《サンフランシスコ・インクワイアラー》が入居する鉄骨組みの十二階建てビルの正面に、ベルは一台ぶんの駐車スペースを見つけた。と、そこへオープンのロールスロイスに乗った金髪の紳士が、クラクションを鳴らしながら車を寄せていった。

「まあ、プレストンよ！　紹介するわ」

「こうしちゃいられない」ベルはアクセルとブレーキをせわしなく踏んで大きなロコモービルをスキッドさせると、プレストン・ホワイトウェイのロールスに先んじること半秒差で、最後の駐車スペースに愛車をねじこんだ。

「おい！　そこは私の場所だ」

プレストンは噂《うわさ》にたがわぬハンサムで押し出しが強く、広い肩にブロンドの髪を派手に波打たせ、ひげはきれいに剃《そ》っている。上背はベルと変わらないが、学生時代にフットボールをやっていたのか、腰まわりがかなり太く、我を通さずにはいられないタイプに見えた。

「こちらが先に着いた」とベルは言った。

「このビルの所有者は私だ！」

「恋人に暇乞《いとまご》いしたらお返しししよう」

そこでプレストン・ホワイトウェイは助手席を覗《のぞ》きこみ、声を張りあげた。「マリオン？　きみか？」

「ええ！　こちらはアイザック。紹介させて」

「お目にかかれて光栄だ！」と口にしたプレストン・ホワイトウェイだが、その表情は言葉とは裏腹だった。「マリオン、上に行こう。仕事がある」

「お先にどうぞ」マリオンはよそよそしかった。「アイザックにさよならを言いたいの」

ホワイトウェイは車から飛び降り、大声でドアマンに駐車を命じた。通り過ぎしな、

「あんたのロコモービルはどれくらい出る？」とベルに訊ねた。

「あれよりは速い」ベルはロールスロイスに顎《あご》をしゃくった。

マリオンは口を覆って笑いを嚙《か》み殺し、ホワイトウェイが離れてからベルに言った。

「ふたりとも、校庭で遊んでる子どもみたいな口をきいて。プレストンのことを妬《ねた》んでいるの？　彼はいい人よ。知ればきっと好きになるわ」

「だろうね」とベルは言い、マリオンの美しい顔を両手でつつむと唇にキスをした。

「じゃあ、気をつけて」

「わたしが？　気をつけるのはあなたよ。お願いだから気をつけて」マリオンは笑みをつくった。「剣術のお稽古《けいこ》をしたほうがいいかも」

「そのつもりだ」

「ああ、アイザック、もっと時間があればいいのに」

「できるだけ早くもどる」

「愛してるわ、わたしのダーリン」

カスケード短縮路の工事基地からずっと高みに位置する側線に、一台の無蓋《むがい》貨車が

置き去りにされていた。そのすぐ下の切換えで、側線は急勾配の補給用分岐線とつながり、そこから鉄道会社が山中深くに新しく建設した製材所と工事基地を結んでいる。貨車の側板より上まで満載されていたのは、伐採されたばかりのツガの枕木《まくらぎ》で、これから近くの処理場へ運びこまれ、コールタールを染みこませて防腐処理をされるものだった。

〝壊し屋〟は、つぎの襲撃予定を早める一石二鳥の好機を見出していた。その襲撃で大混乱に陥るのはサザン・パシフィック鉄道だけではない。成功すれば、〈ヴァン・ドーン探偵社〉など物の数ではないと世間に知らしめることになる。

彼は冷徹に物事をはこぶ人間だった。トンネルの爆破については、情熱と純真さをそなえる理想の共犯者探しから、地質学的にみた爆破の最適箇所の見極め、逃走ルートの選定にいたるすべての過程についてたっぷり時間をかけ、細心の注意をもって計画を練りあげた。特急コーストライン号の脱線についても、単なる事故ではなく破壊工作とわかるように鉤《かぎ》を使うことをふくめ、同様の緻密《ちみつ》さで案を立てた。この先もそういった襲撃をくりかえすつもりでいたが、主要な操車場や修理場に〈ヴァン・ドーン探偵社〉の捜査員がはいったことで、計画のいくつかは中止を余儀なくされた。

とはいえ、破壊工作には綿密な計画を必要としないものがある。国内を縦横無尽に走る鉄道網はじつに複雑だ。過失や不注意を見落とさない卓越した能力を用いるかぎり、破壊の機会はいくらでも転がっている。

迅速な移動と意表をつく行動を心がけるかぎり。

無蓋貨車が側線に留まるのはわずかな時間にすぎない。一マイルの線路に必要な枕木の数は二千七百本で、切羽詰まった現場監督が「残りの枕木はどこだ?」と騒ぎだし、ぎょっとなった事務員が送り状の束を引っかきまわし、消えた貨車の捜索にかかるまでせいぜい一日か二日。

至近で規模が大きく、煮炊きやねぐら探しでごった返し、仕事を求める人の出入りが絶えず、人目につく心配がないのは、カリフォルニア州ダンスミュアの操車場の外にある溜まり場だった。しかし、ダンスミュアまでは鉄路で百五十マイルある。信奉者を募っている余裕はなかった。無蓋貨車を使うこの工作はひとりで進めなければならない。そこには単独行動にともなう危険と、速やかな襲撃にともなうリスクがあった。だが、このたった一台の貨車を使う破壊は、測り知れない被害をもたらすことになる。

8

マリオンとの別れのキスの甘い感触を唇に残して、アイザック・ベルはサクラメント行きのフライヤーの座席におさまり、列車がオークランド駅を出るのを待った。マリオンはベルのことを当人以上によく理解しているが、その反面、彼女にわかるはずのないこともある。〝プレストンのことを妬《ねた》んでいるの？〟答えてみせようか。なにしろ、ホワイトウェイはきみといられるのに、ぼくにはそれがかなわない。〝壊し屋〟の犯行を阻止するレースで後れをとっているからだ。

ベルは目を閉じた。もう何日もベッドで寝ていなかったのに、眠りはやってこなかった。頭が活発に働いている。州都サクラメントで北へ向かう列車に乗り換え、はるかオレゴンをめざすつもりだった。カスケード短縮路の建設工事の最前線であるあのトンネルが、ふたたび〝壊し屋〟の標的になりうるかどうかを見きわめるため、いま一度崩落現場を検分する必要がある。途中のダンスミュアでは、渡りの溜《た》まり場で金脈を掘り当てたかもしれないと電報で知らせてきた、アーチー・アボットと会うことになっていた。

「ベルさま？」

物思いにふけるベルに車掌が割りこんできた。きれいに磨いた帽子のまびさしに指の関節をあてて敬礼すると、茶目っ気たっぷりにウィンクをよこす。「あるお嬢さまが、より快適な旅をごいっしょにと申されています」

ベルは車掌について通路を歩きながら、ヘネシー家のお転婆娘は隣りのプルマンにいるものと思っていた。ところが、車掌は列車を降りてプラットフォームを横切り、荷物車に連結された個室車輛《しゃりょう》へとベルを案内した。荷物車の前のアトランティック4‐4‐2型は、たったいま工場を出てきたかのように照り輝いていた。

個室車輛に乗りこんだベルはドアをあけ、アン・パウンドの館にあってもおかしくない赤いフラシ天で飾られたサロンにはいった。瞳《ひとみ》の色に合わせた淡いブルーのドレスから、サロンの装飾に合わせた緋色《ひいろ》のティーガウンに着換えたリリアン・ヘネシーは、勝ち誇ったような笑みを浮かべてシャンパンのグラスを掲げ、ベルに挨拶《あいさつ》した。

「特別列車をチャーターできるのは、あなただけじゃなくてよ」

ベルは素気なく応じた。「ふたりきりでの旅はいかがなものでしょうか」

「ふたりきりじゃないの。残念ながら」

「だとしても、私にはマリオン・モーガンという婚約者が――」とベルが言いかけたところに、客車後方の部屋からジャズバンドの演奏が聞こえてきた。戸口から見ると、六人の黒人ミュージシャン——クラリネット、ベース、フィドル、ギター、トロンボーン、コルネット——がアップライトピアノを囲み、アダライン・シェパードがヒットさせた軽快なラグ、《ピクルス&ペッパーズ》を即興で奏でていた。

リリアン・ヘネシーが、ベルの肩越しに覗《のぞ》く恰好《かっこう》で身体を押しつけてきた。スワンビル・コルセットで押しあげられた胸のふくらみが、背中にあたるのがわかった。ベルは音楽に負けじと声を出した。「お目付役が務まるジャズミュージシャンがいるとは思えないが」

「彼らじゃないわ」リリアンは顔をしかめた。「彼女よ。サンフランシスコであなたを待ち伏せしようとしたら、父に勘づかれて。監視人として送りこんできたの」

コルネット奏者が、天井に穴をあけようとするかのように楽器を放りあげた。バンドマンの輪にできた隙間《すきま》から、ベルは鍵盤《けんばん》に向かってきらきらした目で指を走らせ、口を開きかげんに至福の笑みを浮かべているのが、ほかならぬカムデン夫人本人であるのを見てとった。

リリアンは言った。「どうしてわかったのかしら。でも、父とカムデン夫人に感謝して。これであなたの名誉は守られるわ。どうかこのまま乗っていらして。わたしはお友だちになりたいだけ。高速列車を利用すれば、カスケード短縮路まで一気に行けてよ」

ベルの気持ちは揺らいでいた。サクラメント以北の線路は、短縮路の工事に必要な資材や労働者を運ぶ列車で混雑している。ベルはヘネシーの名で列車を出すことを考えていた。しかし、リリアンの列車はすぐにも出発できる。誰にも邪魔されず北をめざす社長令嬢の特別列車は、移動時間を丸一日節約してくれる。

リリアンが言った。「電報を送りたければ、荷物車に電信機があるし」

そのひと言が決め手となった。「お言葉に甘えて」とベルは笑顔で言った。「あなたが張った〝網〟にかかることにしましょう。ダンスミュアで飛び降りるかもしれませんが」

「シャンパンをどうぞ。それと、あなたのモーガン嬢についてすっかり聞かせて」

グラスを手渡されたところで発車となった。リリアンは途方もなく華奢《きゃしゃ》な指にこぼれたシャンパンのしずくを舐《な》め、フランスの女優式に目を輝かせた。「とても可愛らしい方だったわ」

「マリオンもあなたを見てそう思ったらしい」

リリアンはまた顔をしかめた。「可愛いっていうのは、バラ色の頬《ほお》やギンガムチェックのドレスのこと。わたし、ふだんは可愛いだけじゃすまなくてよ」

「たしかに、あなたは息を呑《の》むほどの美人だと」

「それでわたしを紹介してくださらなかったの?」

「彼女も息を呑むほどの美人だということを、そちらに意識していただきたかったので」

リリアンの薄いブルーの目が光った。「手加減はなし?」

ベルは人懐っこく微笑した。「恋愛についてはね、お嬢さん——あなたも大人になったらそうするといい。ところで、父上と銀行の揉《も》め事について教えてほしいのですが」

「銀行とは揉めていないわ」リリアンは言下に言った。そのにべもない返答に、ベルのつぎの台詞が決まった。

「冬が来るまえにという話でした」

「あなたが〝壊し屋〟を捕まえられない場合には」リリアンはあてつけるように言った。

「しかし、ニューヨークで起きている金融恐慌の影響は? はじまったのは今年の三月。当面、おさまりそうもない」

リリアンは熟慮のすえに答えた。「恐慌が長引けば、鉄道業界の好景気に歯止めがかかるでしょう。わが社は現在、めざましい発展の途上にあるけれど、それがいつまでもつづくものじゃないことは父も認めているわ」

ベルは、リリアン・ヘネシーが甘やかされ放題の女相続人ではないことをあらためて思い知らされた。

「金融恐慌は父上の路線運営に影響がありますか?」

「いいえ」とリリアンは即答したうえで解説をくわえた。「父は早くからわきまえているわ。第二の路線で資金のめどを立てるには、第一の路線をしっかり運営して、収益性と信頼性を確保したうえで融資を取り付けることだと。銀行家は父の言いなりです。この国の鉄道界で、父ほどの活躍をしている人間はいません。ほかの誰が倒れようと、父はしたたかに切り抜けてみせるでしょう。バラの香りをさわやかにふりまいて」

ベルは「バラに」と言って、リリアンのグラスに自分のグラスを合わせて頰笑んだ。が、この若い女性は誇らしい思いを正直に吐露したのか、あるいは強がりを口にしてみせたのかという、そのあたりがはっきりしない。さらに釈然としないのが、〝壊し屋〟が鉄道という入り組んだ庭園の壊滅にひたすら突き進む理由である。

「どこの銀行にでも訊《き》いてみるといいわ」リリアンは得意そうに言った。「オズグッド・ヘネシーは難攻不落だって言うから」

「私の連絡先を仲間に電信で知らせたいのだが」

リリアンはシャンパンの壜《びん》を手に、ベルを荷物車に案内した。ベルの居場所を伝えるヴァン・ドーン宛のメッセージを打電したのは、電信技手も兼ねた車掌だった。ふたりが個室へもどろうとすると、電信機のキーが音をたてはじめた。しばらく耳をすましたリリアンは、呆《あき》れたように振り向いて車掌に命じた。「その返信はしないで」

ベルは訊いた。「送り主はどなた？　父上？」

「いいえ。上院議員」

「どちらの上院議員？」

「キンケイド。チャールズ・キンケイド。言い寄られているの」

「つまり、あなたのほうは関心がない？」

「チャールズ・キンケイド上院議員は貧しすぎるし、年をとりすぎているし、うるさすぎるの」

「でも、とてもハンサムよ」とカムデン夫人が言ってベルに笑いかけた。

「とてもハンサム」リリアンは認めた。「でも貧しすぎるし、年をとりすぎているし、うるさすぎる」

「いくつなんです？」とベルは訊いた。

「四十は過ぎているわ」

「四十二歳で、とても精力的」とカムデン夫人が言った。「ふつうなら玉の輿《こし》というものよ」

「おたふく風邪になったほうがましだわ」

リリアンは自分とベルのグラスにシャンパンを注ぎ足して言った。「エマ、あなたがサクラメントで汽車を降りて、ベルさんと私で北へ行くという方法はないのかしら？」

「断じてありません。あなたは若すぎるし――あまりに世間に疎《うと》くて――付き添いなしに旅はさせられない。それにベルさんも……」

「なんなの？」

エマ・カムデンは微笑した。

「気になる方だから」

日没後、製材所へ向かう支線には、バラストを踏みしだく音をさせないように枕木《まくらぎ》の上を歩く〝壊し屋〟の姿があった。

重さ三十ポンド、長さ四フィートのバールを持ち、背には米西戦争中に兵士が使っていた背嚢《はいのう》――十八オンスの帆布製で、フラップの部分がゴム引きになっている。その肩紐《かたひも》がきつく食いこむほどの中身は、二ガロン入りの重い灯油缶と蹄鉄《ていてつ》だった。蹄鉄は、数百頭もの荷車用ラバの面倒をみる職人からくすねてきた。

冷たい山の空気には、ヤニマツの匂《にお》いに混じって、ふとした刹那《せつな》に感じる何か別の気配が漂っていた。風にはまちがいなく雪の兆しが感じられた。その夜はよく晴れていたが、山の早い冬はすぐそこまでやってきている。星明かりに目が馴《な》れてくると、〝壊し屋〟は歩を速めた。前方のレールが光り、線路沿いの木々がその輪郭を際立たせた。

長身で脚長、がっしりした体軀《たいく》の〝壊し屋〟は急な勾配《こうばい》をずんずん登っていった。彼は時間に追われていた。月の出まであと二時間足らず。月が山の端から現われて暗《くら》闇《やみ》を照らせば、線路を歩く姿は馬に乗って見回る鉄道警官から丸見えになる。

一マイルほど登ってY字型の分岐に達した。左側はいま登ってきた工事基地に下る支線、右側は開通したばかりの南行きの本線に合流する線路である。〝壊し屋〟は転《てん》轍《てつ》機《き》の方向を確かめた。

分岐は製材所から降りてくる貨車が工事基地へ向かうよう接続されていた。〝壊し屋〟は枕木を満載した重い貨車を本線へ送りだしたい衝動に駆られた。時宜を得れば、北行きの機関車と正面衝突する。だが事故で線路が塞《ふさ》がれると、運行管理者が全列車を停止させ、そうなるとこちら側からの唯一の逃走経路が断たれてしまうことになる。

勾配はつづいたが多少ゆるやかになり、〝壊し屋〟はペースをあげた。さらに一マイルほど登ると、無蓋貨車の黒い影が浮かびあがってきた。貨車はそのままあった！

不意に物音がして、彼は足を止めた。その場にたたずみ、耳の後ろに手をあてがう。

また聞こえた——場にそぐわない音。笑い声。山の上で酒に酔った男たちの哄笑《こうしょう》。遠くオレンジ色の焚《た》き火が見えた。木樵《きこり》たちが〈スクアレル〉の壜《びん》をまわし飲みしているのだ。距離もあるし、明るい炎のせいで気づかれるおそれはなかった。貨車が分岐を通過する音を聞かれたとしても、もはや止められることはない。

支線を離れ、溝を越えて荷を満載した貨車が停まっている引き込み線に移った。転轍器のレバーを見つけ、貨車が支線にはいるようポイントを切換えた。そして、近づいた貨車の前輪に咬《か》ませてあった木製の車止めを蹴飛《けと》ばすと、冷え切ったリムブレーキを探り、ブレーキシューが大きな鉄の車輪から離れるまで動かした。

ブレーキをはずすと、〝壊し屋〟は貨車がその重みで側線を下りだすのを待った。ところが重力のせいか、それとも車輪がいくぶん偏平なのか、貨車はぴくりとも動かない。即席の発進装置を工夫しなければならない。

〝壊し屋〟は貨車の後部へまわり、最後尾の車輪から数インチのところに蹄鉄を置くと、車輪とレールのあいだにバールを突っ込み、蹄鉄が支点になるように体重をかけて揺さぶった。

金属の擦れあう甲高い音がしてバールが滑った。もう一度、車輪の下にバールを押しこみ、揺さぶりをかける。車輪が一インチ動くとさらに深く挿し入れ、蹄鉄を蹴って支点の位置を調整して再度、即席の発信装置に体重を載せた。

頭のすぐ上、耳もとといってていいほど近くで声がした。

「そこで何やってんだ？」

〝壊し屋〟はぎょっとして後ずさった。枕木の上で酔って寝ていた木樵が目を覚まし、酒臭い息を吐きながら呂律《ろれつ》のまわらない口で言った。「相棒、坂を下りだしたら、谷底まで止まらねえぞ。動かすなら、こっちが降りてからにしろ」

バールが一閃《いっせん》した。

頭蓋骨に重い鋼を食らった酔いどれは、枕木の上で縫いぐるみさながらぐったりした。〝壊し屋〟は木樵が動かないことを確かめてから、何事もなかったかのようにバールを揺する作業を再開した。

車輪と梃子《てこ》の支点のあいだに隙間が空く感じがして、貨車が動きだした。〝壊し屋〟はバールを放りだすと、灯油缶を持って荷台に飛び乗った。ゆっくりと分岐に差しかかった貨車はポイントを通過し、支線にはいって加速をはじめた。〝壊し屋〟はあわてて酔いどれの身体をまたぐとブレーキをかけた。ブレーキシューが車輪をこすり、時速が十マイル程度まで落ちると、灯油缶の蓋《ふた》をあけて中身を枕木に撒《ま》いた。

勾配がきつくなるY字の分岐点まで一マイル。

〝壊し屋〟は吹きつける風をさえぎりながらマッチを擦り、その火を灯油に近づけた。炎がひろがるなかでブレーキをゆるめた。貨車が前方に飛び出すと、後輪より後ろで縁にぶらさがった。すると絶好のタイミングで山陰から月が顔を出し、飛び降りるのに適した場所を明るく照らしだした。〝壊し屋〟はそれをしごく当然のように受けとめた。彼は運に見放されたことがなかった。目の前にはかならず道が開けた。いまこのときのように。彼は楽々飛び降りた。貨車は重い音をひびかせ、Y字の分岐を右に曲がって工事基地へ向かっていった。

〝壊し屋〟は本線に出る左の線路を行き、工事基地から遠ざかっていった。急勾配で速度を上げた車輪の唸《うな》りが聞こえてきた。彼が最後に目にしたのは、勢いよく山を下るオレンジの炎だった。三分もすれば、山中の鉄道警官はひとり残らず必死の形相で、自分が逃げるのとは逆の工事基地のほうへ駆けだしていくだろう。

炎を後方にたなびかせ、時速が三十、四十、五十マイルと上昇するにつれ、貨車の振動は激しさを増して積み荷が揺れはじめた。重い枕木は、時化《しけ》の海を行く船荷の材木よろしくぶつかりあった。木樵のドン・アルバートも手足を振られながら右へ左へと転がっていた。そうこうするうち、片手が枕木の隙間にはいりこみ、揺りもどされた角材がその指をはさんだ。アルバートは苦痛の絶叫とともに覚醒《かくせい》した。

指を口にくわえて強く吸いながら、何もかもが揺れて見えるのはなぜなのかと考えた。頭がずきずき痛み、めまいがする。どちらの症状も、胃袋に残る安ウィスキーのひどい後味で説明がついた。だが、頭上の星が動いているのはなぜか。それに身体の下の材木がふるえるのは？　分厚いニット帽のなかに無事だった手を入れると、頭蓋骨に激痛が走り、血がべったりついた。転んで頭を打ったのだ。砲弾並みの石頭がさいわいした。

いや待て、転んだんじゃない。殴られたのだ。気を失う寸前に、のっぽで手足の長い野郎に話しかけた記憶がぼんやり残っている。しかし最悪なのは、列車に乗っている気がすることだった。カスケードの山深く、人里離れた伐採場のどこで貨車を見つけたのか、自分でも不思議なのだ。仰向けに倒れたまま周囲を見まわすと、後方で炎が上がっている。風で反対方向になびいてはいるが、快適というには近すぎる。熱が伝わってきた。

手を伸ばせばさわれそうな距離で警笛が鳴り渡った。

上体を起こしたドン・アルバートは、機関車の前照灯に眩惑された。そう、彼が乗っていたのは分速一マイルで暴走する貨車、後ろは火に呑まれ、前からは別の列車が接近している。まわりで渦巻く光はニッケルオデオンさながら、後方に炎、前方に機関車の前照灯と青信号、操車場の柱の電灯、基地内の照明、天幕から洩《も》れる光、暴走する貨車から逃げまどう男たちの手もとで揺れ動くランタンの灯。

警笛を鳴らす機関車が走っていたのは、じつは一本隣りの線路だった。それでほっとしたのもつかの間、目と鼻の先に分岐が迫っていた。

荷を満載した無蓋貨車は時速六十マイルで閉じた分岐に突入し、鋼の分岐器を藁《わら》のように蹴散らすと、空の有蓋車を牽《ひ》く入れ換え用機関車を薙《な》いだ。貨車は機関車と接触して派手に火花を散らし、炭水車を擦りながら空の有蓋車に当たった。それこそ怒った子どもがチェッカー盤を拳《こぶし》で払いのけたように、車輛は倒れていった。

燃える貨車の勢いはさして衰えなかった。線路を何本も飛び越えたあげく、機関車の修理にかかる整備士であふれた木製の車庫に突っ込んでいった。ドン・アルバートには貨車から飛び降りようと考える暇さえなく、ふたたび闇が訪れた。


南へ三マイル、右手の支線が合流した本線の急勾配がはじまる。〝壊し屋〟はその斜面を半マイル登り、マツが密生する林に隠しておいた帆布製の手提げ鞄《かばん》を回収した。そして鞄からワイヤーカッター、登山用スパイクと手袋を取り出し、長靴にスパイクを履かせると電信柱の脇に立ち、生鮮品の積み込みで南へ向かう定期貨物の一番列車を待った。北の空が赤く染まりはじめた。その赤みが増し、空の星がかき消されていくさまを、〝壊し屋〟は満足げに眺めた。計画どおり、暴走した貨車は作業員宿舎と操車場に火事を起こした。

列車は来ない。首尾よくいきすぎて被害が必要以上に大きく、貨物列車が出発できなくなっているのだろうか。だとすると出口のないまま、線路の終端付近で足止めされてしまう。彼は手袋をはめて電信柱を登り、四本ある電信線をすべて切断した。

短縮路工事の最前線を世間から分断して地上に降りると、コンソリデーション2-8-0型に牽引《けんいん》された貨物列車が坂を登る音が聞こえてきた。急勾配で速度が落ちており、難なく無蓋貨車の一台に飛び乗ることができた。

手提げ鞄から取り出した帆布製のコートに荷物をくるんで枕をつくり、睡眠をとった。給水で停車すると、制動手に注意しながら電柱に登り電信線を切断した。また眠っては、つぎの給水でも起きだして電信線を切った。夜が明けてみると、もぐりこんだ車輛はラバの臭いが染みついた、明るい緑色の家畜運搬車だった。列車は本線を南に向けてのろのろ進んでいた。空気が冷たく、吐く息が白い。

列車がカーブにさしかかると、注意深く立ちあがってあたりを見渡し、自分が乗っている緑の貨車の位置を確かめた。鈍足だが馬力のある先頭の機関車と、最後尾の褪《たい》色《しょく》した赤の車掌車にはさまれた約五十輛の貨車のうち、緑色の貨車はそのなかほどに連結されていた。車掌車の丸屋根が持ちあがり、制動手が定期点検で顔を出すまえに首を引っこめた。数時間後に、〝壊し屋〟はダンスミュアで飛び降りるつもりでいた。

9

アイザック・ベルが質のいい麻のシーツにくるまれて目を覚ましたとき、リリアンの特別列車は空の貨物を先に通すため待避線に停車していた。特別個室の窓から外を眺めると、そこは荒野のまっただなかだった。文明を感じられるものがあるとすれば、線路脇にできた馬車の轍《わだち》くらいのもので、森の空き地を吹き抜ける冷たい風が土と石炭粉が混じる灰色の乾いた塵芥《じんかい》を舞いあげていた。

ベルはすばやく身支度をととのえた。リリアンは停まらずに一気に行けると豪語していたが、サクラメントを出てからすでに四度めの待避だった。特別列車がこれだけ待たされるのは、サンフランシスコ大地震の直後、被災地へ向かう救援列車を優先通過させたとき以来である。旅客列車や、ふだんは神聖不可侵の特別列車が貨物に道を譲るというのは、カスケード短縮路がいかにサザン・パシフィックの将来を担う生命線であるかを如実に物語っている。

ベルは、アーチー・アボットからの新たな電報を待ちながら夜半過ぎまですごした荷物車へ向かった。最後のメッセージは、ダンスミュアでの下車は必要なしというものだった。渡りの労働者に扮《ふん》しての隠密捜査に進展が見られなかったのだろう。石炭と水の補給以外に停まる理由のないリリアンの列車は、混雑するダンスミュアの操車場と溜《た》まり場を通過した。

雪のように白い制服を着た客室係のジェイムズは、厨房《ちゅうぼう》の横を足早に通り過ぎるベルに気づくと、コーヒーを注いだカップを手に追いかけてきて、徹夜仕事をした人間にとって朝食がいかに大切かと神妙な講釈をはじめた。朝食には大いにそそられたが、ベルが客室係の説に従うまえに、車掌兼電信技手のバレットがわかりやすいカッパープレート書体のメッセージを手に電信機から立ちあがった。バレットの表情はこわばっていた。

「たったいま届いたものです、ベルさん」

それはアーチーからではなく、オズグッド・ヘネシー本人がよこしたものだった。

ハカイコウサクニン　レッシャヲボウソウサセ　デンシンセンヲセツダン
サイゼンセンノ　コウジキチハ　カイメツ
カサイハ　シュウヘンチイキニ　カクダイ
ロウドウシャニヨル　イカクコウイ

アイザック・ベルは、相手がたじろくほどの力でバレットの肩をつかんだ。

「短縮路の最前線からここまで、貨物列車でどれくらいかかる?」

「八時間ないし十時間です」

「さっき通った空の貨物だが、暴走事故のあとに工事現場を出発した列車か?」

バレットは懐中時計を見た。「いえ、ちがいます。あの列車はすでに現場から離れていたはずです」

「すると事故後に出発した列車は、ここと現場のあいだにいるわけだ」

「ほかに逃げ場はありません。ずっと単線ですから」

「つまり、犯人は袋の鼠《ねずみ》だ!」

〝壊し屋〟は致命的なあやまちを犯した。逃げ道がひとつしかない、険しい土地を行く単線のはずれに自ら閉じこもったのだ。ベルとしては迎え撃つだけでいい。といっても、賊が列車から飛び降りて森に逃げこまないように、待ち伏せて不意を突く必要はある。

「列車を動かしてくれ。やつを止めるんだ」

「無理です。この列車は側線に退避中です。南行きの貨物と正面衝突しかねません」

ベルは電信機を指さした。「ここから最前線までの線路上に、列車が何本いるか確かめてくれ」

バレットは電信機の前に座り、のろのろと打電をはじめた。「腕がなまっていました」バレットはすまなさそうに言った。「これを生業《なりわい》にしていたのはずいぶん昔で」

電信機がモールス信号を送るのを待ちながら、ベルは荷物車を行きつもどりつした。歩くスペースは電信機の机周辺に限られている。トランクと食糧の箱の山に囲まれた狭い通路を抜けた先は、帆布で覆われ、ロープで固定されたリリアンのパッカード・グレイウルフが塞《ふさ》いでいた。ゆうべ、リリアンにそれを見せられて、ベルはいまさらながらにスピード狂の自分を意識したのである。グレイウルフはデイトナビーチで記録更新をつづける名車だった。

バレットが慎重に顔を上げた。ベルの決然とした表情は、その青い目の凍てつくような光と同じ厳しさをたたえていた。「ウィードの管理者によると、全速で進行中の貨物は、知るかぎり一本だということです。事故後に出発しました」

「〝知るかぎり〟というのは？　ほかにも進行中の列車がいるのか？」

「夜間に数カ所、北部で電信が不通となってます。断線となると、運行中の列車の正確な本数は、運行管理者にも把握できません。北から何が下ってくるかわからない状況では、電信が復旧するまでわれわれの安全も確保できません。ということは、当列車が本線にはいる許可もおりません」

さすがだ。ベルの心に激しい怒りがたぎった。〝壊し屋〟は逃走の一助として貨物が給水で停まるたび、近くの電柱に登って電信線を切断し、運行系統を混乱に陥れているのだ。

「ベルさん、ご協力さしあげたいのですが、人命を危険にさらすわけにはいきません。カーブの先に何があるかわかったものではありません」

アイザック・ベルは考えをめぐらした。〝壊し屋〟はこの特別列車を目視する以前に、機関車の排煙を認めるはずだ。たとえこちらで本線を封鎖しても、むこうは乗った列車が停止した段階で異変を察知する。貨車から飛び降りる余裕は充分にある。カスケード山脈の南を占めるこのあたりの地勢は、北に較べて山が少なくなだらかで、森に姿をくらまして徒歩で逃げることも可能だった。

「その貨物列車が通過する時刻は？」

「一時間以内には」

ベルはリリアンの自動車に指を突きつけた。「あれを降ろすんだ」

「しかし、リリアンお嬢さまが――」

「早く！」

車掌は荷物車の側面にある大きな引き戸をあけて斜路を渡すと、線路脇の馬車道にパッカードを降ろした。ベルのロコモービルと比較して小さな車だった。オープンの車体はかろうじてベルの腰を越える高さしかなく、軽いワイヤーホイールが左右に突き出していた。美しいグレイの板金が鋭い先端を形づくるエンジンカウル。その後ろにステアリング、革張りのベンチシートなどをそなえる。運転席に覆いはない。その下のシャーシの両側を水平に走る七本の銅管は、強力な四気筒エンジンを冷却するラジエーターとして機能する。

「ガソリンを二缶、後ろにくくりつけてくれ」とベルは命じた。「予備のタイヤもだ」

準備が急いで進められる間に、ベルは自室へ急いだ。ブーツにナイフを忍ばせ、クラウンの低い鍔広《つばひろ》の帽子に上下二連のデリンジャーを仕込んだ。上着の内側には、ひと目惚《めぼ》れして手に入れたベルギー製のセミオートマティックで、アメリカの鉄砲鍛治が三八口径の銃弾を撃てるように改良したブローニング・ナンバー2をおさめた。軽量で弾込めに手間はかからないが、やたら精度に重点が置かれて阻止能力には乏しい。

リリアン・ヘネシーが、ナイトドレスに絹のローブを羽織って個室から駆けだしてきた。シャンパン三本で酔いつぶれた朝にしては美しい、とベルはふと思った。

「どういうことなの?」

「〝壊し屋〟がこちらに向かってくる。それを迎え撃つんです」

「わたしが運転するわ!」リリアンはそう言うが早いか運転席に飛び乗り、乗務員にエンジンのクランクを回すように命じた。そして眠気はどこへやら、準備万端で目を輝かせた。しかしエンジンがかかると、ベルは声を限りに叫んだ。「カムデン夫人！」

長い暗色の髪を三つ編みにしたまま、ガウン姿で走ってきたエマ・カムデンは、ベルの切迫した声音に青ざめていた。

「止めてくれ！」とベルは言った。

ベルはリリアンの華奢《きやしゃ》な腰に両腕をまわすと、そのまま持ちあげて車から降ろした。

「何をするの？」リリアンは叫んだ。「放して！」

ベルは大声をあげて脚をばたつかせるリリアンを、カムデン夫人の腕のなかに突き出した。女たちはむきだしの脚をのぞかせて、もつれあうように倒れた。

「わたしが力になるわ！」リリアンが叫んだ。「わたしたち、友人じゃない？」

「銃撃戦に友人は連れていかない主義なんだ」

ベルは運転席に飛び乗ると、土埃《つちぼこり》の舞う馬車道にグレイウルフを駆った。

「わたしの車よ！　わたしのレースカーを盗むのね！」

「たったいま、ぼくが買った！」ベルは肩越しに怒鳴った。「請求書はヴァン・ドーンに送って」車体の低い車で荷車が掘った轍に苦戦しつつ、ベルは最後に凄みを帯びた笑みを浮かべていた。厳密にいえば、ヴァン・ドーン宛の請求書はオズグッド・ヘネシーにまわされ、ヘネシーは結局、愛娘にグレイウルフを二度買うはめになるのだ。

後ろを振りかえると、グレイウルフが巻きあげる砂塵は、その高さも黒さも機関車の排煙に負けず劣らずだった。何マイルも前からその様子を見た〝壊し屋〟は警戒を募らせるにちがいない。

ベルはステアリングを切った。グレイウルフは馬車道をはずれて土手を登り、線路の路盤に乗りあげた。そこでもう一度ステアリングを切り、手前のレールを乗り越えた。レールをまたいだグレイウルフは、枕木《まくらぎ》とバラストの上を弾みながら走った。骨が軋《きし》むほどの揺れだが、その浮き沈みは轍のときよりもはるかに予測がしやすい。はずれた釘《くぎ》でタイヤがパンクさえしなければ、岩と轍の道を行くより安定してスピードを出せる。後方に目をやったベルは、線路上を走る最大の利点とは、旗印さながらの埃が立たないことにあると確信した。

北に向かって線路を十五分走った。

すると突然、碧《あお》い空を垂直に立ちのぼる煙の柱が見えた。木深い谷間を抜けてくるようなカーブに隠れ、列車自体は視認できない。最初に煙を目にしたときから、距離はずっと接近していた。ベルはすぐさま線路を離れて土手を下り、灌木《かんぼく》の木立に車を突っ込むと、薄い藪《やぶ》のなかで方向転換して近づいてくる煙に目を凝らした。

グレイウルフのアイドリング音のむこうに機関車の息吹が聞こえてきたと思うと、それがどんどん大きくなっていき、やがてカーブの先から煙とともに黒い大きな機関車が現われた。牽引《けんいん》するのは長い炭水車に無蓋《むがい》、有蓋の空の貨車で、積み荷がなく、しかも下りであることから、貨物列車にしては速度が出ていた。

ベルは五十を数える貨車の一輛《りょう》一輛をじっくり観察した。平台の無蓋貨車は無人だった。家畜運搬車二輛についてはなんとも言えない。有蓋貨車の扉は大半が開放されていたが、外の様子をうかがう人影はなかった。最後尾は屋根に窓つきのキューポラがある褐色の車掌車だった。

車掌車が通過すると、ベルはグレイウルフのエンジンも全開に藪を飛び出し、砂利の土手を駆けあがって線路上に出た。右側のタイヤで手前のレールを越え、ウルフは枕木で大きく弾みながら貨物列車を追走した。時速四十マイル近いスピードで、車体は上下左右に激しく揺れた。タイヤがレールに当たると、ゴムが鋼を擦って悲鳴をあげる。ベルは列車との距離を半分に縮めた。さらに半分詰めて、最後尾までわずか十フィートに迫った。車掌車に飛び移るには列車と並走する必要がある。ベルはグレイウルフの進路を変えてレールの外側に出ると、電信柱が並ぶ狭くて急な土手の縁を走った。

車掌車に横付けしたら、レースカーが減速して引き離されないうちに、側面の梯子《はしご》をつかんで飛び移らなくてはならない。列車に追いつき並走にはいると、貨車一輛ぶん先に、ほかよりもレールに寄った電信柱が見えた。列車とそのあいだを抜ける幅はなかった。

10

ベルはアクセルを踏みこみ、右手で車掌車の梯子をつかんで飛び出した。踏み子をつかもうとした指が冷たい鉄の上で滑った。背後でパッカード・グレイウルフが電柱に激突する音が聞こえた。片腕で激しく揺られ、土手を転げ落ちていくウルフに目をやりながら、同じ運命はたどるまいと持てる力をふりしぼった。腕が引きちぎられそうな感覚に襲われた。痛みが火のように腕を貫く。手を離すまいと踏ん張るそばから指が開いていった。

右手が萎《な》え、ブーツがバラストにふれた瞬間、左手で踏み子の最下段をつかんだ。ブーツが砂利を掃き、不安定な体勢に拍車がかかる。ようやく両手で踏み子をつかむと、ベルは脚を身体に引き寄せ、手を交互に伸ばして梯子をよじのぼった。片足が踏み子にかかったところで、車掌車後方のデッキに飛び移った。

後部扉をあけて車掌車の内部を一瞥《いちべつ》した。制動手がだるまストーブで、ひどい臭いのするシチュー鍋《なべ》をかきまぜていた。両側の壁にヒンジで固定され、ベンチと寝棚を兼ねる道具入れのロッカー、トイレ、送り状が積まれた机。梯子は監視窓があるキューポラへとつづく。乗務員はそこから前方の貨車の列を確認し、手旗とランタンで機関士と意思の疎通を図る。

壁に叩《たた》きつけられた後部扉に、制動手は飛びあがらんばかりに驚いた。そして怒りに目を剝《む》いて振りかえった。「きさま、どこからはいってきた?」

「私はベル。〈ヴァン・ドーン〉の捜査員だ。車掌はどこだ?」

「給水のときに機関車に行った。〈ヴァン・ドーン〉だって? 探偵の?」

すでにベルは貨車を見渡せるキューポラへと昇っていた。「手旗を持ってこい! 機関士に停車の合図を送るんだ。破壊工作者が貨車に潜んでいる」

ベルは監視窓の前面にある棚に両腕を置き、前方を注視した。ここから煙を上げる機関車まで、五十輛《りょう》の貨車が連なっていた。有蓋車《ゆうがいしゃ》の屋根に人の姿はなかったが、背の低い無蓋車は視界がさえぎられて見えない。

手旗を携えた制動手がベルの脇に来た。高みにあるキューポラには、シチューの悪臭がより強く立ちこめていた。あるいは、制動手がここしばらく風呂にはいっていないのか。「ただ乗りを見なかったか?」とベルは訊《き》いた。

「年寄りの渡りがひとりいた。脚が悪くてね。そんな可哀そうなやつを引きずりおろす気になれなくて」

「そいつはどこに乗ってる？」

「真ん中あたりの貨車だ。緑の家畜運搬車が見えるか？　年寄りが乗ってるのはそのひとつ前の貨車だ」

「列車を停めろ」

制動手は横窓から差し出した手旗を激しく振った。数分後、機関車の運転室から頭が突き出された。

「あれが車掌だ。こっちを見てる」

「旗を振るんだ」

機関車が速度を落としはじめた。ブレーキシューが車輪と擦りあうのがわかる。減速するにつれ、貨車どうしの間隔が詰まってぶつかりあった。ベルは有蓋貨車の屋根に注目した。

「列車が停まりしだい前方に走って、貨車を一台ずつ確認してもらいたい。手出しは無用。人を見つけたら、声をあげてその場を離れろ。気づかれたら殺されるぞ」

「できない」

「どうして？」

「停車時には信号手を後ろに残すのが決まりだ。おれがその役でね。後続の列車が来たら、おれが旗を振って止める。きょうは電信も使えないし」

「貨車を調べるのが先だ」ベルは上着からブローニングを抜いた。

制動手はキューポラから降りていった。そして後部デッキから線路に飛び降りると、小走りに移動しながら貨車を一輛ずつ調べていった。機関士が説明を求める汽笛を鳴らした。ベルは貨車の屋根を監視しつつ、キューポラの端に寄って列車の側面にも目を光らせた。


〝壊し屋〟は、キューポラの梯子から十フィートも離れていないベンチ型ロッカーの内部に横たわり、片手にナイフ、片手に拳銃を握りしめている。彼は貨車を暴走させた結果、こんなに北で危機にはまった自分を夜通し悔いていた。ウィードかダンスミュアまでたどり着くまえに、〈ヴァン・ドーン〉の探偵に駆り立てられた鉄道警官が列車のガサ入れをおこなう場合の用心に、彼は思い切った行動に出た。前回の給水で停車した際、乗務員が燃料の補給や車輛の軸箱の点検に追われる隙《すき》に車掌車へもぐりこんだのである。

身を隠したのはランタンを収納するロッカーで、日中は開かれないと踏んでのことだった。万一開く者があればその場に即した武器で殺し、外に飛び出したら、出会ったそばから相手を殺していく。

狭苦しい暗所で〝壊し屋〟は不敵に笑った。読みがあたった。列車に乗りこんできたのはほかでもない、あの有名な〈ヴァン・ドーン探偵社〉の捜査主任、アイザック・ベルその人だった。最悪でもベルには赤っ恥をかかせる。うまくすれば、やつの眉間《みけん》を撃ち抜くことになる。

全車輛を確認のうえ機関車まで達した制動手が、運転室から降りた車掌、機関士、機関助士と話しあっているのがベルにも見えた。やがて車掌と制動手が五十輛の有蓋貨車、家畜運搬車、無蓋貨車を調べなおしながら引きかえしてきた。車掌車にもどると、鋭い茶色の目をした年嵩《としかさ》の車掌が、皺《しわ》だらけの顔も不機嫌そうに言った。「破壊工作犯も、渡りの労働者も、人っ子ひとりいない。列車は空っぽだ。時間を無駄にした」

車掌は機関士に向かって手旗を揚げた。

「待った」とベルは言った。

ベルは車掌車から飛び降りると、列車沿いを走りながら貨車の内部と台車を覗《のぞ》きこんでいった。そして機関車までなかばのあたり、ラバの臭いがする緑色の家畜運搬車の横で立ちどまった。

ベルはそこから全速力で車掌車に駆けもどった。

その臭いには憶えがある。シチューではない。不潔な制動手でもない。ラバの臭いが染みついた緑の家畜車に乗っていた人間が、車掌車のどこかに隠れている。

ベルは車掌車のデッキに駆けあがって扉を抜けると、手前のベンチのクッションを放り出し、ヒンジで留めた蓋《ふた》を引きあげた。ロッカーの中身は長靴と黄色い雨合羽《あまがっぱ》だった。つぎの蓋を開くと、手旗と照明用の修理工具が詰めこまれていた。ロッカーはあとふたつ。反対側の扉のそばで、車掌と制動手が目を丸くしている。

「下がってろ」とベルはふたりに命じ、三つめのベンチを開いた。なかは潤滑油とランプ用の灯油缶。ベルは銃を手に、最後のロッカーをあけようと身をかがめた。

「ランタンしかはいってないよ」と制動手が言った。

ベルは蓋を持ちあげた。

制動手の言うとおり、おさめられていたのは赤、緑、黄色のランタンだった。

列車の片側を調べているうちに、反対側から森に逃げこまれたのだろうか。ベルはやるせのない怒りに駆られて機関車まで行き、「出発だ！」と機関士に声をかけた。

徐々に落ち着きを取りもどしたベルは、ウィッシュ・クラークの言葉を思いだして苦笑した——「腹が立つと頭は働かない。自分に腹が立つときは余計にな」

〝壊し屋〟が有能で、天才的ですらあることに疑いはなかったが、こうなると何か別のものを味方につけているとしか思えない。それは捜査を混乱におとしいれ、捕縛を遅らせる漠とした要素、すなわち運である。ベルは〝壊し屋〟に追いつくのは時間の問題と考えていたが、相手が機敏に動くだけに、時間があまりになさすぎた。〝壊し屋〟はそこらの銀行強盗とはちがう。売春宿に潜伏して、汚れた金を酒や女に費やすような真似はしない。いまもつぎの襲撃を計画している。ベルが厭《いや》というほど意識するのは、この男の動機のわからなさだった。ただ、〝壊し屋〟が自分の勝利を祝って時間を無駄にする類の犯罪者でないことだけははっきりしている。

二十分後、ベルは貨物列車を、いまだ側線に留まるリリアン・ヘネシーの特別列車の横に停めさせた。乗務員は貨物を給水タンクへ向かわせた。

〝壊し屋〟は乗務員が給水にかかるのを待ってキューポラの棚から降り、元の隠れ場所のランタン置き場にもぐりこんだ。日が暮れると乗務員がランタンを使うこともあるので、つぎの給水で車掌車を出て有蓋貨車にもどるつもりだった。

夜もすっかり更けた十時間後、〝壊し屋〟は中継基地のあるレディングで列車から飛び降りた。多数の捜査員および鉄道警官が列車を捜索するのを見て、暗闇《くらやみ》に動く灯に注意しながら排水溝に隠れた。

その人員が引き揚げるまでのあいだ、彼はアイザック・ベルの捜査について思いを致した。ベルに〈貨物列車ではお目にかかれず残念だった〉と手紙を送りつけたかったた。だが、それではジョークにもならない。笑えない。ベルにはあの列車に乗っていなかったと思わせておけばいい。ほかの手段で逃げたと。混乱を振りまくもっといい方法を見つけるのだ。

空の貨物列車が南をめざし、操車場を出発したのは夜明け間近のことだった。〝壊し屋〟は列車と並走して貨車後部の梯子につかまり、車台の枠の隙間に身体を押しこんだ。

サクラメントで、列車が構内への進入許可を待って停止すると貨車の下から這《は》い出した。工場と作業員宿舎を抜けて一マイルほど歩き、市庁舎から八ブロック離れた木賃宿へ行った。女将に四ドル払って預けたスーツケースを引き取ると、行き当たりばったりで十ブロック先の別の宿にはいり、一週間ぶんの家賃を前払いして部屋を借りた。朝もなかばのこと、ほかの客は仕事で出払っている。〝壊し屋〟は廊下を突き当たった共同の浴室に閉じこもると、汚れた衣類を手提げ鞄《かばん》に詰めこみ、ひげを剃《そ》って風呂にはいった。部屋にもどると、自前の髪の上から最高級のブロンドのかつらをかぶり、きれいに調《ととの》えた同色の顎《あご》ひげと口ひげをゴム糊《のり》で貼《は》った。そして清潔なシャツ、ネクタイ、高価なサックスーツに着換えると荷物をまとめ、登攀《とうはん》用のスパイクをスーツケースにしまってブーツを磨いた。

別人となった姿を見咎《みとが》められないように裏口から宿を出ると、尾行者がいないことを何度も確かめながら回り道で駅に向かった。手提げ鞄は板塀の陰に投げ棄てたが、スーツケースはそのまま提げていた。

何百という数の旅行者が、サザン・パシフィック鉄道の駅に呑《の》まれていく。〝壊し屋〟は遠方の街へおもむく身なりのいい商売人として、その流れにまぎれた。突然、こらえきれずに大声で笑いだした。ひげがずれないようにと、手で口もとを押さえずにはいられないほどだった。

ニューススタンドに《ハーパーズ・ウィークリー》の最新号が並んでいた。表紙を飾る漫画は誰あろう、オズグッド・ヘネシー。恐ろしげな蛸《たこ》として描かれた鉄道会社の総帥は、触手に見立てた線路をニューヨーク市へと伸ばしている。〝壊し屋〟は笑《え》つぼに入《い》って雑誌を十セントで買った。

新聞売りが目を向けてくるので、駅の外にある別の売店に行って訊《たず》ねた。「鉛筆はあるかね？　濃いやつだ。それに封筒と切手をもらおうか」

至近のホテルでトイレの個室にはいると、彼は雑誌の表紙を破り取り、メッセージを書きこんで封筒に入れた。宛先は〈ヴァン・ドーン探偵社サンフランシスコ支局捜査主任　アイザック・ベル殿〉

切手を貼ると、急いで駅に引きかえしてポストに投函《とうかん》後、六百マイル東のユタ州オグデン行きのフライヤーに乗った。グレートソルト湖に近いオグデンは、九つの路線が集まる連絡都市である。

車掌がやってきた。「切符を拝見」

まえもって買っておいた切符をチョッキのポケットから出そうとして、〝壊し屋〟は危険を感じた。そんな予感を抱いたことを疑問には思わなかった。何があってもおかしくない。サクラメントの駅構内には、鉄道警官が増強されていた。出札係にもじろじろ見られた。旅客駅をうろついていた男は〈ヴァン・ドーン〉の捜査員かもしれない。彼は自らの直感を信じ、切符をポケットに残して無料乗車票を示した。

11

ベルは忌まわしい四十八時間の遅延に悶々《もんもん》としながらも、カスケード短縮路の工事現場までたどり着いた。サザン・パシフィックの運行管理者も電信線の切断にはお手あげで、列車は場当たり的に運行されていた。観念したリリアンが列車をサクラメントへ引きかえさせたため、ベルは資材運搬用の貨物列車を乗り継ぎ、最後は帆布とダイナマイトとともに現地へ到着した。

　サザン・パシフィック鉄道会社はというと、ベルよりも時間を有効に使っていた。火事で焼けただれた機関庫はすでに解体され、瓦礫《がれき》も運び出されていたし、多数の大工が製材所から運びこんだ生木に釘《くぎ》を打ち、新しい車庫を建てはじめていた。「じき冬だ」たくましい身体つきの機関助士が復旧の早さを説明した。「雪のなかで機関車の修理はしたくないからね」

　折れ曲がったレールは無蓋《むがい》貨車に積みこまれ、貨車の暴走でずたずたになった線路はすっかり敷きなおされていた。横転した有蓋貨車はクレーンで吊《つ》りあげ、新しい線路に降ろされていたし、新入りの作業員たちがサーカス用の巨大テントで調理場をこしらえていた。元の調理場は機関庫から飛んできた火の粉で焼失してしまったのである。立ったまま不機嫌そうに食事をしている作業員から、仕事にもどるのを厭《いや》がる声が聞こえてきた。テーブルや椅子《いす》がないという不便からではなく、恐怖に気圧《けお》されているのだ。「会社が守れなかったら、誰がおれたちを守る？」とひとりが問いかけた。四方八方から熱のこもった答えが返ってきた。「自分で守るんだ。給料が出たらここから脱け出そう」

オズグッド・ヘネシーの朱色の専用列車が基地にはいってくると、ベルは急いで後を追ったが、なにも再会を楽しみにしていたわけでない。サンフランシスコでヘネシーに合流したジョゼフ・ヴァン・ドーンが、沈痛な面持ちで戸口に現われた。「〝親父〟はご立腹だ」と彼は言った。「われわれは腰を低くしてお怒りを拝聴することになる」

ヘネシーの怒声が轟《とどろ》いた。といってもいきなりではなく、最初は打ちひしがれたように切り出した。「こいつは誇張でもなんでもないぞ、諸君。雪が降るまえに線路をカスケード・キャニオン橋につなげないと、短縮路はおしまいだ。そして、銀行の野郎どもの手で私はお払い箱になる」ヘネシーは悲しげな目をベルに向けた。「父と同じように犬釘打ちからはじめたという話をしたとき、私はきみの顔を見た。この瘦《や》せっぽちのチャボの化石みたいな男が、どうやって大槌《おおづち》を振りまわしたのかと不思議に思ったろう？　私は昔から骨と皮だったわけじゃない。当時はきみよりうまく釘を打てたはずだ。しかし、心臓をやられて、ごらんのとおり萎《しぼ》んでしまった」

「いまはお元気だ」とヴァン・ドーンがとりなそうとした。

ヘネシーはそれを制した。「きみらは期限のことを訊《き》いてきた。私はその一線に立たされてる。いまも健在の鉄道人のなかで、短縮路を開通させられるのは私をおいてほかにいない。青二才どもにそんな力はない。時刻表どおりに列車を走らせるだろうが、それも私が敷いた線路があってこそだ」

「帳簿係には」とカムデン夫人が言った。「帝国は築けないわ」

ヘネシーをなだめようと発したエマ・カムデンの言葉が、逆にヘネシーをいきり立たせた。ヘネシーは天井からカスケード・キャニオン橋の青写真を引きおろすと、「西部一の橋はほぼ完成までこぎつけた」とわめいた。「それなのに、短縮路から橋までの軌道工事はさっぱり進まない。現場にもどって何を見た？　高い金を払って探偵に見張らせたというのに？　すでに竣工《しゅんこう》した施設の建てなおしに、また一週間を無駄にしてる。手がふるえて使い物にならん。制動手二名と機関庫の熟練整備工が命を落とした。掘削工四名が火傷を負った。現場監督はひどい頭痛で床に伏せってる。木樵《きこり》もひとり昏睡《こんすい》状態だ」

ベルはヴァン・ドーンと視線を交わした。

「木樵が工事基地で何をしていたんですか？　製材所は山の上なのに」

「知ったことか！」ヘネシーは怒りを爆発させた。「それに意識を取りもどしてしゃべるとも思えん」

「彼はどこに？」

「さあ。リリアンに訊け……いや、だめだ。あれにはニューヨークへ行かせた。卑劣な銀行家どものご機嫌をとるためにな」

ベルは踵《きびす》を返して客車を出ると、会社がプルマン車に設置した野戦病院をめざした。収容されていたのは火傷に白いガーゼをあてた掘削作業員たちで、包帯を巻いた現場監督はもう大丈夫、頼むから行かせてくれ、線路の修復があると叫んでいた。だが木樵の姿はなかった。

「仲間が運んでいったよ」と医師が言った。

「なぜ？」

「誰にも許可はとらなかった。私は夕食の最中でね」

「意識は？」

「ときどきもどっていた」

ベルは管理事務所へ急いだ。すでに運行管理者と事務長とは顔見知りになっている。

厖大《ぼうだい》な情報に通じた事務長が言った。「仲間が町のどこかへ連れていったっていう話です」

「名前は？」

「ドン・アルバート」

ベルは鉄道警察の厩舎《きゆうしや》から借り出した馬を、線路の終端で湧《わ》くように生まれた新興の町へと走らせた。窪地《くぼち》にある仮の町では、工事関係者を相手に天幕に掘っ立て小屋、古い貨車を酒場やダンスホール、売春宿にして営業していた。

週なかばの日中ということで、狭い泥道に人影はなく、住人はつぎの給料が出る土曜の夜まで一息ついている風情だった。

ベルは薄汚い酒場を覗《のぞ》きこんだ。ウィスキー樽《だる》に渡された厚板に腰かけた酒場の主が、一週間まえのサクラメントの新聞から不機嫌そうに目をあげた。ベルは訊いた。

「製材所の連中はどこに溜《た》まるのかな？」

「この先の〈ダブル・イーグル〉だ。でも、いまは誰もいないぞ。連中は山で枕木《まくらぎ》を切り出してる。雪になるまで二交代制だ」

ベルが主に礼を言い、向かった先の〈ダブル・イーグル〉は、線路から降ろされたぼろぼろの貨車で営業していた。屋根の看板には翼をひろげた赤い鷲《わし》が描かれ、どこかからスウィングドアも調達してきている。主以外に人がいないのも、機嫌が悪いのもさっきの店と同じだった。ベルが厚板の上に硬貨を投げると、主の顔が明るくなった。

「何にします、旦那《だんな》？」

「事故で怪我をした木樵を捜している。ドン・アルバートという男だ」

「昏睡状態らしいね」

「ときどき意識がもどるとか。どこに行けば会えるだろう？」

「鉄道警官かい？」

「そう見えるかね？」

「さあね、旦那。連中は死体に群がる蠅《はえ》みたいにうろついてるさ」主はあらためてベルを見て思いなした。「川べりの小屋にばあさんが住んでいて、やつはそこで面倒をみてもらってるよ。鼠《ねずみ》の後を追って水辺に出れば見落としようがない」

すでに繋《つな》いであった馬はそのままに、ベルは徒歩で川に降りていった。町の下水道と化したその流れからは、悪臭が坂道まで漂ってきていた。かつては黄色に塗装されていたセントラル・パシフィックの古い貨車の横を通り過ぎた。側面に窓としてあけられた穴のひとつから、鼻水をたらした若い女が声をかけてきた。「ここよ、男前のおにいさん。お探しの家はここ」

「いや、けっこう」ベルは礼儀正しく答えた。

「この先に、ここよりましなところはないよ」

「怪我をした木樵の世話をしている女性を探しているんだが？」

「彼女はもう足を洗ったの」

ベルは歩きつづけ、梱包《こんぽう》用の木箱で急ごしらえした小屋が並ぶ一画に出た。板のそこここに、もともと箱にはいっていた品物の名前――〈犬釘〉、〈原棉《げんめん》〉、〈つるはしの柄〉、〈作業用つなぎ〉――が抜き型で刷られている。〈ピアノロール〉の文字が残る家の前で、老女が逆さにしたバケツに腰をおろし、頭を抱えていた。髪は真っ白で、悪臭を放つ川から立ち昇る湿った冷気をしのぐには、いかにも薄すぎる白い木綿の服を着ている。ベルを見たとたん、老女は怯《おび》えた顔で立ちあがった。

「ここにはいないよ！」と老女は叫んだ。

「誰が？　落ち着いて。私は手荒い真似はしない」

「ドニー！」女は大声で呼ばわった。「警察が来たよ」

ベルは言った。「私は警察じゃない――」

「ドニー！　逃げて！」

小屋から走り出てきたのは、身長六フィート五インチの木樵だった。ごま塩の顎《あご》ひげの下まで伸ばした太いあしかひげ、脂っぽい長髪、手にはボウイーナイフが握られている。

「きみがドン・アルバートか?」ベルが訊《たず》ねた。

「ドニーは従兄弟だ」と木樵は言った。「逃げるならいまのうちだぜ、旦那。ここには身内しかいない」

ドン・アルバートが裏から逃げ出すことのないように気をくばりながら、ベルは帽子に手をやり、四四口径のデリンジャーをつかんだ。「ナイフでの決闘も嫌いじゃないが、いまは時間がない。そいつを捨てろ」

木樵は瞬きひとつしないかわりに、すばやく四歩退くと二本めの——柄のついていない短めのナイフを抜いた。「そのスナブノーズを撃つより早く、ナイフを命中させるほうに賭《か》けるか?」

「私は博奕《ばくち》打ちじゃない」ベルはそう言いざま、上着から新しいブローニングを抜き、木樵の手からボウイーナイフを弾き飛ばした。木樵は痛みに声をあげ、陽光を受けて回転するナイフを啞然《あぜん》として見つめた。ベルは言った。「ボウイーナイフなら百発百中だが、いま手にしている短いナイフのほうは自信がない。念のために、きみの手に穴をあけようか」

木樵は投げナイフを地面に落とした。

「ドン・アルバートはどこだ?」とベルは訊いた。

「そっとしといてくれ、旦那。ひどい怪我なんだ」

「ひどい怪我なら病院にいたほうがいい」

「病院はだめだ」

「どうして？」

「貨車を暴走させた罪で鉄道警察にしょっ引かれる」

「どうして？」

「貨車に乗ってた」

「乗ってた？」ベルはくりかえした。「時速六十マイルの衝突で生き延びたって信じろと言うのか？」

「ああ。現実にそうなんだから」

ベルはその顚末《てんまつ》を、木樵とドン・アルバートの母親とわかった老女からすこしずつ探り出した。酔って無蓋貨車の荷台で呑気《のんき》に寝こんでいたところ、貨車を暴走させた男に起こされ、バールで頭を殴られたという。

「屑鉄《くずてつ》ばりの石頭さ」と木樵が話すと母親がうなずいた。病院では、ドンが目をあけるたび警官に怒鳴られたのだと母親は涙ながらに訴えた。「ドニーは殴った男のことを警察に話そうとしないんだよ」

「なぜです？」とベルは訊いた。

「信じてもらえないと思って、怪我がひどいふりをしたんだ。で、この従兄弟のジョンに相談したら、医者が夕食に出ているあいだに仲間を集めて運び出してくれたのさ」

ベルは、警察が息子を煩わせることはないと母親に請けあった。「私は〈ヴァン・ドーン〉の捜査員です。連中は私の命令で動いています。あなたたちには手を出させないようにします」この説得が功を奏して、ベルは小屋に案内された。

「ドニー？　あんたに会いたいって人だよ」

ベルは板張りの寝台の脇にある木箱に腰かけた。藁《わら》のマットレスの上に、包帯でぐるぐる巻きにされたドン・アルバートが横たわっていた。従兄弟に輪をかけた大男で、大きな手には肉体労働者らしいひび割れがあった。母親に手の甲をさすられ、アルバートは身じろぎした。

「ドニー？　あんたに会いたいって人だよ」

ベルに向けられたどんよりした目は、焦点が合うにつれて澄んでいき、完全に覚醒すると、石のように冴《さ》えた青さに強烈な知性が宿った。ベルの好奇心に火がついた。昏睡状態を脱したというばかりか、鋭い観察眼もありそうなのだ。この男は至近距離で〝壊し屋〟を見ながら生き残った、ベルが知るただひとりの人間だった。

「具合はどうだ？」とベルは訊ねた。

「あ、見た」

ドン・アルバートはうなずき、それが頭にひびいたのか、また顔をしかめた。「あ
「この人は真っ当な人間だ」とジョンが言った。

母親が言った。「ベルさんはね、鉄道警察を近づけないようにするって言ってるよ」

アルバートは従兄弟と母親の顔を見た。

とって珍しいことではないだろう。「相手の顔は見たのか?」

ベルはうなずいた。これは斧の柄で殴られたことがある人間の言葉だった。木樵に
た。鉄だ、木じゃない。斧《おの》の柄とは感触がちがった」

アルバートはゆっくりうなずいた。「バールだと思う。というか、そんな感じだっ
「きみを殴った男がいることはわかっている」

ドン・アルバートは笑い、痛みに顔をしかめた。

「無理もない」

「頭が痛い」


「夜更けのことだったが」とベルは言った。

「山だと星が探照灯みたいなものさ。貨車に乗って火も焚いてなかったから、目を眩《くら》ますものもなかった。ああ、顔は見た。しかも、こっちが枕木の上から見おろす恰好《かっこう》で声をかけたから、星明かりのほうに顔を上げてね。それではっきり見えた」

「どんな様子だったか憶えているか？」

「たまげてたさ。腰が抜けそうなぐらい。まさか人がいるとは思わないだろうし」話が出来すぎていると思いつつ、ベルは興奮をおぼえた。「人相を説明できるかね？」

「ひげはきれいに剃《そ》って、掘削工の帽子をかぶってた。耳がでかくて鼻が尖《とが》って、目は離れてた。色はわからない。そんなに明るくない。頬《ほお》は細くて、そう、ちょっとこけてた。口はあんたのと同じくらいのでかさだ。口ひげは生やしてなかったが」

これほどすらすらと特徴を挙げる目撃者はめったにいない。そこまで細かい部分は、巧みに問いかけながらじっくり耳を傾けないと聞き出せないことが多い。だが、この木樵の記憶力は新聞記者に勝るとも劣らなかった。画家並みといってもいい。ベルはあることを思いついた。「似顔絵画家を呼んで、きみの説明を聞きながら男の人相を描かせてもらえないか？」

「おれが描く」

「なんだって？」

「ドニーは絵がうまいの」と母親が言った。

ベルは疑わしそうにアルバートの荒れた手を見た。ソーセージさながらに太い指は胼胝《たこ》ででこぼこになっている。しかし、絵のうまさがすぐれた記憶力の理由なのかもしれない。ベルはもう一度考えた。よもやの新展開なのか。はたまた出来すぎた話なのか。

「紙と鉛筆をよこせよ」ドン・アルバートは言った。「描き方は心得てる」

ベルはドニーに手帳と鉛筆を渡した。武骨な手はびっくりするほど迷いのない巧妙な筆致で、彫りの深い端整な顔を素描していった。ベルはスケッチをじっくり確認した。期待はしぼんでいった。やはり、出来すぎた話だった。

落胆を隠して負傷した大男の肩を軽く叩《たた》いた。「ありがとう、相棒。非常に助かるよ。今度は私のを頼む」

「あんたの?」

「私の似顔絵を描いてくれないか?」とベルは頼んだ。それは大男の観察力を測る簡単なテストだった。

「ああ、いいよ」ふたたび太い指が軽やかに動いた。数分後、ベルはその絵を光にかざした。「まるで鏡を見ているようだ。ほんとうに見たとおりに描けるんだな」

「ほかに描きようがあるのか?」

「ありがとう、ドニー。さあ、ゆっくり休んでくれ」ベルは老女の手に二百ドルぶんの金貨――それだけあればひと冬しのぐことができる――を握らせると、繋《つな》いでおいた馬のところへ急ぎ、丘の上の工事基地へ駆けもどった。ヘネシーの列車の外に、葉巻をふかしながら歩きまわるジョゼフ・ヴァン・ドーンの姿があった。

「どうだった？」

「あの木樵は絵描きです」とベル。「彼は〝壊し屋〟を目撃しています。似顔絵を描いてくれました」ベルは手帳を開き、ヴァン・ドーンに最初の一枚を見せた。「誰だかわかりますか？」

「もちろん」ヴァン・ドーンは呻《うめ》くように言った。「わからないのか？」

「ブロンコ・ビリー・アンダーソン」

「俳優の」

「その気の毒な木樵は『大列車強盗』を観たんでしょう」

『大列車強盗』は数年まえに人気を博した映画で、無法者の一団が旅客列車を襲い、客車を切り離した機関車で馬を待たせたところまで逃げ、民警団がその後を追うという筋立てである。アメリカ人なら一度は観ているという映画だった。

「初めてあれを観たときのことは忘れられないな」とヴァン・ドーンが言った。「ニューヨークの四十二丁目とブロードウェイの角にある〈ハマースタインズ・ヴォードヴィル〉でのことだ。あそこでは芝居の幕間に映画をかけるんだが、映画がはじまると、客はいつものように席を立って煙草や酒をやりにいった。ところが、二、三人がスクリーンを振りかえったかと思うと、そのうち全員が椅子に座りなおして見入っていた。夢中でね……一八九〇年代に芝居にもなっているが、映画のほうがいい」

「たしか」とベルは言った。「ブロンコ・ビリーはほかの役もやっていますよね」

「彼はいま映画を撮りながら、自前の列車で西部を旅しているそうだ」

「そう」とベル。「自前の映画スタジオをつくって」

「線路を壊している暇はなさそうだ」ヴァン・ドーンは冷ややかに言った。「行き止まりだな」

「そうともかぎらない」

ヴァン・ドーンは怪しむような顔をした。「その木樵は、頭にこびりついて離れない有名な映画俳優の顔を思いだしているんだ」

「これを見てください。彼の記憶力を試してみました」ベルはヴァン・ドーンに自分の似顔絵を見せた。

「なんと。これは傑作だ。本人が描いたのか？」

「私が訪ねたときに。実物そっくりに描けるんです」

「瓜ふたつとまではいかない。耳がぜんぜんちがう。それにブロンコ・ビリーと同じようなくぼみを顎に描いている。きみのは傷であって、くぼみじゃない」

「たしかに完璧ではないが、かなりのものです。ちなみに、マリオンにはえくぼみたいだと言われています」

「マリオンの見解は惚《ほ》れた欲目だ、果報者。とにかく、その木樵はブロンコ・ビリーの映画を観たんだろう。あるいは舞台をどこかで観たのかもしれない」

「いずれにしろ、〝壊し屋〟の風貌《ふうぼう》はわかりました」

「ブロンコ・ビリーの双子の兄弟のような男だというのか？」

「従兄弟に近い」ベルは木樵の描いた顔の造作をひとつずつ説明した。「双子の兄弟ではありません。が、〝壊し屋〟の顔が木樵のなかにあったブロンコ・ビリーの記憶を呼び覚ましたのなら、われわれが捜すべきは額が広く、顎にくぼみがあり、目つきが鋭く、耳が大きく、はっきりした知的な顔立ちの人間です。ブロンコ・ビリーの双子の兄弟ではないが、〝壊し屋〟はいわゆる二枚目俳優風の顔立ちをしているのでしょう」

ヴァン・ドーンが腹立たしそうに葉巻をふかした。「不細工な男は逮捕するな指令を出せというのか？」

アイザック・ベルは、あくまでボスにこの可能性を追わせなければと思った。考えれば考えるほど、どこかに通じるような気がしていたのである。「年齢はいくつくらいだと思いますか？」

ヴァン・ドーンはスケッチを睨《にら》みつけた。「二十代後半から四十代前半といったところだろう」

「捜すのは二十代後半、三十代、四十代前半の美男子です。この絵を印刷しましょう。持ち歩いて、渡りの労働者に見せるんです。〝壊し屋〟が列車を利用したと思われるすべての駅の駅長や出札係にも。顔を見た者がいるかもしれない」

「いまのところ、ひとりもいない。生きている人間にはな。木樵のミケランジェロをのぞけば」

ベルは言った。「例の船の錨《いかり》に穴をあけた機械工、あるいは鍛冶屋にもまだ望みはあります」

「サンダーズのところの若い連中が幸運をつかむかもしれないな」ヴァン・ドーンは同意した。「新聞にさんざん叩かれているし、サンダーズには安閑としているとモンタナ州ミズーラへ転勤だとはっきり言ってある。それでだめでも、つぎは誰かが〝壊し屋〟の顔を見て、生き残るかもしれない。つぎがあることはわかっているんだ」

「つぎはあります」とベルは厳かに認めた。「われわれが止めないかぎり」

12

オグデンのはずれにある渡りの溜《た》まり場は、線路と飲料や洗濯にも使われる川とのあいだで、木々がまばらに生えた一帯にひろがっている。九つの路線が合流し、昼夜を問わず貨物列車が発着するオグデンの溜まり場は国内最大級と言われ、日に日にその規模を拡大していた。金融恐慌で工場が廃業に追いこまれたことで、仕事を求めて列車に乗りこむ者が増えつづけているのだ。新参者は帽子でわかる。近ごろは町の男の山高帽の数が、鉱山労働者のキャップやカウボーイのステットソン帽をしのいでいた。元資本家のトリルビー帽やホンブルク帽もちらほらまじっている。そんな彼らは、自分たちがこんなふうに落ちぶれることになるとは夢にも思っていなかっただろう。

多くの労働者が日没まえの片づけに追われていた。バケツに入れた熱湯で洗った衣類を木の枝やロープに吊《つ》るし、鍋《なべ》は岩の上に伏せて乾かす。日が暮れると、足で土を蹴《け》って火を消してから、暗闇《くらやみ》のなかに腰をおろして粗末な食事を口にした。

焚《た》き火は敬遠されていた。十一月のユタ州北部は冷えこみが厳しく、野営地に小雪が舞うこともしばしばである。海抜は五千フィート。すぐそばのグレートソルト湖から吹く西風と、ワサッチ山脈からの東風の通り道になっている。しかし、このところ三夜連続で、拳銃と警棒を持ったオグデンの操車場の警官が踏みこんできていた。急増する日雇い労務者を追い払うためだった。四夜連続で来られてはかなわないと、労務者たちは夜の焚き火をあきらめ、警察や冬の到来に怯《おび》えながら黙々と食事をした。

いくつかの地域区分があり、住人の心にはっきりと境界線が引かれていることについては、ここもほかの町と変わらなかった。住人同士の仲がいい地域もあれば、比較的治安のいい地域もある。線路からもっとも離れたところ——川の流れがその向きを変えてウィーバー川に合流するあたりには、訪問に際して武器の携行が望まれる地域がある。そのあたりでは人は人、自分は自分という不干渉の掟《おきて》が、取るか取られるかのそれにすりかわっていた。

〝壊し屋〟は大胆にもそこへ向かっていた。無法地帯の住人である〝壊し屋〟も、ブーツに隠したナイフの固定をゆるめ、ふだんは帆布製の上着のポケットの奥に入れておく拳銃を、すばやく抜けるよう腰のベルトに移していた。たとえ焚き火の明かりがなくても完全な暗闇ではなかった。絶え間なく行き交う機関車の前照灯が闇を突き刺し、旅客車輛《しゃりょう》の窓の金色の灯が薄く積もった雪に反射していた。プルマンの車列が町の手前で速度を落としながら通りかかると、その光に一本の木と、その隣りで背中を丸め、両手をポケットに突っ込んでふるえる人影が浮かびあがった。

「シャープトン」〝壊し屋〟が恐ろしげな声で呼ばわると、シャープトンは答えた。

「ここだよ、旦那《だんな》」

「私に両手が見えるようにしろ」と〝壊し屋〟は命じた。

シャープトンは従った。金で雇われた身だし、恐ろしくもあった。銀行強盗と列車強盗で服役経験があるピート・シャープトンは、危険人物を嗅《か》ぎ分ける鼻をもっている。〝壊し屋〟の顔は見たことがなかった。会ったのは一度だけ。後を跟《つ》けられ、気がつくと塒《ねぐら》のある貸馬車屋の裏路地に追いこまれていた。悪事に手を染めるようになってずいぶんになるが、あのときほどぞっとしたことはない。

「人手は見つかったか？」と〝壊し屋〟が訊《たず》ねた。

「千ドルで請け負うそうだ」とシャープトンは答えた。

「五百渡せ。残りは仕事を終えてもどってからだ」

「手付けを持ち逃げされないようにするには？　降ってわいたような金だからさ」

「逃げたら見つけだして殺すと言い聞かせることだ。ちゃんと説明できるか？」

シャープトンは暗がりのなかで笑いを洩《も》らした。「ああ、わかってる。やつはそこまで跳ね返りじゃない。言われたままにやるだろう」

「これを持っていけ」と〝壊し屋〟は言った。

シャープトンの指が包みにふれた。「こいつは金じゃない」

「金はすぐに渡す。これはその男に使わせる導火線だ」

「理由を訊《き》いてもいいかい？」

「かまわない」〝壊し屋〟はあっさりと言った。「見た目は、速く燃える導火線と変わらない。経験豊富な金庫破りも騙《だま》される。その男は経験豊富とみなしていいんだな？」

「金庫と車を吹き飛ばすことしかできない野郎だ」

「私の依頼どおりだ。この導火線は見た目に反してゆっくり燃える。点火からダイナマイトの爆発まで、思いのほか時間がかかるということだ」

「となると、線路が不通になるだけじゃなく、列車も吹っ飛ばされる」

「それで困ることでもあるのか、シャープトン？」

「ちょっと言ってみただけさ」シャープトンはあわてて答えた。「ただの列車強盗が列車爆破になったところで、おれの知ったこっちゃない。金を寄越しなよ」

〝壊し屋〟はシャープトンの手に二番めの包みを押しつけた。「三千ある。二千はおまえ、千は助っ人のぶんだ。この暗さでは数えられない。こっちを信用してもらうほかないな」

13

木樵《きこり》が描いた〝壊し屋〟の似顔絵は五日で成果をあげた。

鋭い観察眼の持ち主であるサザン・パシフィック鉄道サクラメント駅の出札係が、ドン・アルバートのスケッチによく似た男にユタ州オグデンまでの切符を売ったことを記憶していた。ひげを生やしていたし、髪もアイザック・ベルと同じようなブロンドだったが、顔の造作がどことなく似ているというのが出札係の言い分だった。

出札係が『大列車強盗』のファンでないことを直接本人から確かめ、手応えを得たベルは、部下に命じてオグデン行きフライヤーの乗務員に聞き込みをさせた。

その結果、ネヴァダ州リノで有力な情報がもたらされた。リノ在住のフライヤーの車掌がその乗客を憶えていて、髪の色はちがうが、人相書の男かもしれないと語ったのだ。

ベルはネヴァダへ急ぎ、車掌の自宅まで押しかけると、世間話のようにさりげなく『大列車強盗』を観たかと訊《たず》ねた。車掌は、つぎに演芸場でかかったら観にいくと答えた。かれこれ一年も、妻に連れていけとせがまれているのだと。

オグデン行きの夜行列車でリノを発ったベルは、トリニティ山脈を登る車中で夕食をとった。ラヴロック停車中に電報を送り、イムレイ停車中には何本か返信を受け取った。そして、プルマンの快適な寝台で眠りに落ちたのはネヴァダを走るころだった。ユタとの州境に近いモンテッロで待っていた電報に、目新しい情報はふくまれていなかった。

正午、オグデンに近づきつつある列車はグレートソルト湖に渡されたアメリカスギの長いトレッスル橋、ルーシン短縮路を疾走していた。オズグッド・ヘネシーはルーシンとオグデンを結ぶこの平坦《へいたん》な軌道の建設に八百万ドルを費やし、オレゴンの山林を丸裸にした。その結果、サクラメントからオグデンまでの所要時間は二時間短縮され、湖の南と北に路線を所有する好敵手コーネリアス・〝提督《コモドア》〟・ヴァンダービルトとJ・P・モルガンに衝撃をあたえることになった。鉄道の要衝であるオグデンに近づき、東にそびえるワサッチ山脈の白い頂が見えはじめたあたりで、列車は車体を軋《きし》らせながら急停止した。

車掌の話では、この先六マイルにわたって線路が通行止めになっているという。

サクラメントへ向かう西行きの特急列車が、爆破により脱線していたのである。

ベルは線路に飛び降り、列車のかたわらを前方へ走った。機関士と機関助士は機関車から降りて、バラストの上で煙草を巻いていた。ベルは〈ヴァン・ドーン探偵社〉の身分証を見せて命令した。「爆破現場の近くまで乗せていってくれ」

「悪いな、探偵さん、運行管理者の命令に従わせてもらうよ」

ベルの手にはいつの間にかデリンジャーが握られ、ふたつ並んだ銃口が機関士に向けられていた。「きみの命は機関車を動かすかどうかにかかっている」ベルはそう言うと、機関車の先頭に取り付けられた排障器を指して先をつづけた。「列車を爆破現場まで動かせ。こいつが破片にぶつかるまでは停めるな！」

「あんたは人を撃ち殺す冷血漢じゃない」と機関助士が言った。

「そうだ」機関士は視線をデリンジャーからベルの顔に移して言った。「上に登って石炭を放りこんでくれ」

4‐6‐2形式の大型機関車は六マイル進んだところで赤旗を持った制動手に停止を命じられた。バラストに大きな穴があいて線路が消滅していた。穴のすぐ先では、プルマン六輛《りょう》と荷物車、炭水車が横転していた。ベルは機関車を降りて現場に足を踏み入れた。「負傷者の数は？」ベルは事故担当の職員に訊ねた。

「三十五名。うち四名は重症です」

「死者は？」

「いません。ツイていました。爆発から一分あって、その間に減速できました」

「奇妙だな」とベルは言った。「あの男の襲撃はいつもきっちり時間どおりだった」

「まあ、それもこれが最後でしょう。犯人を捕まえました」

「なんだって？　どこにいるんだ？」

「オグデンで保安官に逮捕されたんです。やつにとっては幸いなことでしたよ。乗客にリンチされかけたんだから。厩《うまや》に隠れていたところを見つかってね」

ベルは爆破地点の反対側に機関車を見つけ、オグデンのユニオン駅へ行った。

拘置所はマンサード屋根のオグデン市庁舎内にあった。〈ヴァン・ドーン探偵社〉のトップクラスの捜査員が二名、ベルに先立ちやってきていた。〝ウェーバーとフィールズ〟の異名をとる、マック・フルトンとウォリー・キズリーの老コンビだった。が、このときはどちらもジョークを口にしていなかった。それどころか、ともに浮かない顔をしていた。

「〝壊し屋〟は？」とベルは詰め寄った。

「ちがった」とマックが溜息《ためいき》まじりに言った。そのひどく疲れた表情を見て、ベルはもしやマックが隠退を考えているのではないかと思った。ふだんから脂肪の少ない顔は、死体のように縮んでいた。

「列車を爆破した男じゃなかったのか？」

「まあ、列車を爆破したのはあの男だが」とウォリーが答えた。トレードマークである市松模様の三つ揃《ぞろ》いは埃《ほこり》だらけだった。ウォリーも疲労の色をにじませているが、マックほど病的な窶《やつ》れ方ではない。「あいつは〝壊し屋〟じゃない。自分の目で見てみろ」

「あんたのほうが話を聞き出せるかもな。われわれにはだんまりを決めこんでいてる」

「私には話すって？」

「旧友だからな」マック・フルトンが思わせぶりに言った。ともにベルより二十ばかり年嵩《としかさ》で、名うての古参にして友人でもあるマックとウォリーは、〝壊し屋〟捜査のボスであるベルにたいしても、思ったことをぽんぽん口にした。

「おれが吐かせようとしたら」と保安官が口をはさんだ。「このふたりにあんたが来るのを待てと言われてね。鉄道会社からは〈ヴァン・ドーン〉の指示に従えって。おれに言わせりゃばかげた話だが、おれの意見なんて誰も聞きゃしない」

ベルがはいっていった部屋では、囚人が石の床に固定されたテーブルに手錠でつながれていた。金庫破りのジェイク・ダン、たしかに〝旧友〟だった。テーブルの片隅のきれいに束ねられた真新しい五ドル札——保安官によれば合計五百ドル——は報酬とみてまちがいない。ベルの頭に最初に浮かんだのは、いまや〝壊し屋〟は残虐な犯行をおこなうのに共犯者を雇っているという、おぞましい考えだった。そうなると、どこでも好きなところを襲えるし、襲撃の現場から遠く離れていられることになる。

「ジェイク、今度は何をやった？」

「やあ、ベルさん。サンクエンティンに送りこまれて以来だな」

ベルは静かに腰をおろしてジェイクを観察した。サンクエンティン州立刑務所はこの金庫破りにとって優しい場所ではなかった。実際の年齢より二十ばかり老けて見えるジェイクは、犯罪の常習者だったころからすると抜け殻のようだった。激しくふるえる両の手を見るかぎり、暴発させずに爆薬を仕掛けられるとは思えない。馴染《なじ》みの顔を見てほっとした様子だったジェイク・ダンは、ベルの凝視に身を縮めた。

「ジェイク、〈ウェルズ・ファーゴ〉の金庫の爆破は強盗だが、旅客列車の爆破は殺人だ。おまえにその金を払った人間は、罪なき人々を何十人も殺している」

「列車を壊すなんておれは知らなかった」

「高速で走る列車の下で線路を爆破して、列車が壊れないとでも思ったのか？」ベルは不快に顔を曇らせながら、訝《いぶか》しげに訊ねた。「どうなんだ？」

囚人はうなだれた。

「ジェイク！　どうなんだ？」

「信じてくれ、ベルさん。おれは線路を吹き飛ばせば列車が停まって、急行列車を襲えるとしか言われてない。知らなかったんだ、そいつが機関車を転覆させる気でいたなんて」

「どういうことだ？　点火したのはおまえだ」

「あの男はおれが使う導火線をすり換えたんだ。おれは燃えの速い導火線に火を点けたつもりだった。爆発してから列車が停まれるように。ところが、いっこうに燃えないじゃないか。わが目を疑ったよ、ベルさん。導火線の燃えがあまりに遅くて、いざ爆発ってころには列車がすぐそこまで来ていた。おれは止めようとしたんだ」

ベルは冷たくジェイクを見つめた。

「それで捕まったんだ、ベルさん。おれは火種を追いかけた。足で消そうとしてさ。けど間に合わなかった。客がおれを見て、爆発で列車が横倒しになってから、まるでおれがマッキンリーの暗殺犯みたいに追ってきやがった」

「ジェイク、おまえの首にはすでに絞首刑の縄がかかっていて、そいつをゆるめる方法はひとつしかない。おまえにこの金を払った人間のところへ私を連れていくことだ」

ジェイク・ダンは激しく首を振った。まるで罠《わな》に足を咬《か》まれた狼《おおかみ》のような慌てぶりだった。いや、狼ではない。彼にそんな野生の力強さや気位はない。もっと大きな獲物を狙《ねら》った仕掛けにうっかりはまった雑種犬がせいぜいだ。

「そいつはどこにいる、ジェイク？」

「知らない」

「どうして嘘《うそ》をつくんだ、ジェイク？」

「おれは誰も殺してない」

「列車を脱線させたんだぞ、ジェイク。死者が出なかったのは幸運にすぎない。たとえ縛り首を免れても、死ぬまで塀のなかだ」

「おれは誰も殺してない」

ベルは急遽《きゆうきよ》、戦術を変えた。

「どうしてこんなに早く出られたんだ、ジェイク？　何年務めた？　三年？　なぜ釈放になった？」

ジェイクはつと目を瞠《みは》り、邪気のないまなざしをベルに向けた。「癌《がん》になったんだ」

ベルは不意を突かれた。罪人との取引きなどする気もないが、死の病となると、犯罪者もごくふつうの男に変わる。ジェイク・ダンの罪は罪として、いまの彼は苦痛と恐怖と絶望に苛《さいな》まれる被害者なのだ。「そうだったのか、ジェイク。知らなかったよ」

「勝手にくたばると考えて釈放したのさ。おれは金が必要だった。それでこの仕事を引き受けたんだ」

「ジェイク、おまえはいつも職人で人殺しじゃなかった。なぜ人殺しに手を貸した？」とベルは問い詰めた。

ジェイクはかすれた声でささやいた。「おれを雇った男は、線路のむこう側の二十四番通りにある貸馬車屋にいるよ」

ベルが指を鳴らすと、ウォリー・キズリーとマック・フルトンがかたわらに飛んできた。「二十四番通り。貸馬車屋だ。そこを見張ってくれ。保安官補に周囲を固めさせて指示を待つんだ」

ジェイクが顔を上げた。「やつはどこにも行きやしないよ、ベルさん」

「どういうことだ？」

「残りの金を取りに行って、やつを見つけた。上の階の貸部屋で」

「見つけた？　どういうことなんだ？　死んでいたのか？」

「喉《のど》を切られてた。言ってみりゃ――その罪もおれに着せるつもりだ」

「喉を切られた？」ベルは問い糺《ただ》した。「刺されたのか？」

ジェイクは淋《さび》しくなりつつある髪を片手で掻《か》きあげた。「刺されたのかも」

「ナイフは見たか？」

「いや」

「刺されていたのか？　刺し傷は首を貫通していたのか？」

「その場でじっくり調べたわけじゃないんだ、ベルさん。だから、おれに罪をかぶせる気なんだよ」

「現場へ行ってくれ」ベルはキズリーとフルトンに命じた。「保安官、医者を呼んでもらえるか？　死因と死後どれくらい経つのかが知りたい」

「あんたはどこへ、アイザック？」

もうひとつの行き止まりへ、とベルは心のなかでつぶやいた。〝壊し屋〟の強運はたまたまではない。自ら呼び寄せたものだ。「〝壊し屋〟がこの町を出る姿を見ていないか、出札係にあたってみる」

彼は木樵が描いた似顔絵の複製を手に、背の高い時計台と重層的な切妻屋根に特徴がある二階建てのユニオン駅へ出向き、駅員に訊《き》いてまわった。さらに、鉄道警察の公用車であるフォードを借りてコテージ風の凝った木造家屋が点在する並木道を走り、非番の駅員や運行管理者の自宅を訪ねた。ベルはひとりひとりに似顔絵を見せた。見憶えがないと言われると、顎《あご》ひげを描きくわえたもうひとつの似顔絵を出した。いずれのスケッチも彼らの記憶を喚起することにはならなかった。

〝壊し屋〟はどうやってオグデンから出たのか。

なんのことはない。オグデンには九つの異なる路線が集まっている。日々、何千とまではいかなくても、何百という乗客が行き交っている。〈ヴァン・ドーン〉の捜査員に追われていることは、いまや〝壊し屋〟も重々承知している。逃走経路を熟慮のうえ、慎重に標的を選定しているのだ。

〝壊し屋〟がいまもオグデンに留まっているというわずかな可能性に賭《か》け、ベルは〈ヴァン・ドーン〉のオグデン支局に協力を要請し、市内のホテルを調べることにした。いずれの似顔絵についても、見憶えがあるというフロント係は現われなかった。三階建ての煉瓦《れんが》造りの高級ホテル、〈ブルーム〉にある煙草屋の店主が、客のひとりがひげのあるほうの男に似ていた気がすると言った。アイスクリームパーラーのウェイトレスは、ひげのないほうの絵の男を見た気がすると答えた。記憶に残ったのは、彼が男前だったからだという。しかし彼女が見たのは一度きり、それも三日まえのことだった。

ベルはウォリー・キズリーとマック・フルトンに〈ヴァン・ドーン〉の質素な支局で合流した。支局は路面電車が走る幅の広い二十五番通りのいかがわしい側に面して、大きな部屋がひとつあるきりだった。通りの向かいには、鉄道利用者のまっとうな需要を満たすレストラン、仕立屋、理髪店、ソーダファウンテン、アイスクリームパーラー、中国人が経営する洗濯屋が軒を連ね、色とりどりの日除けをひろげている。〈ヴァン・ドーン〉側はというと、酒場に下宿屋、賭博場、うわべはホテルを騙《かた》る娼《しょう》館《かん》が並ぶ。

むきだしの床の上に古くさい家具が並ぶその事務所には窓がひとつしかなかった。

装飾といえば、指名手配犯のポスターくらいのもので、そこには印刷したてのひげありとひげなし、二種類の〝壊し屋〟の似顔絵もふくまれていた。木樵が描いたその似顔絵は、サクラメントの観察眼鋭い出札係の記憶を呼び起こしたのだ。

ウォリーとマックはやる気を取りもどしていたが、マックの疲労の色は傍目《はため》にも明らかだった。

「どうやら」ウォリーが指摘した。「ボスはオグデン支局の家賃に無駄遣いはしていないようだな」

「家具にもな」とマックが言い添えた。「あの机は幌馬車《ほろばしゃ》で運ばれてきたんだろう」

「おそらく、ここの魅力は立地で、唾《つば》を飛ばせば届く距離にユニオン駅があるってことだな」

「なるほど、それでみんなうちの前の歩道に唾を吐いていくのか」

ウェーバーとフィールズばりのやりとりをつづけながら、ふたりは窓際へ行き歩道を見おろした。「いやはや、ヴァン・ドーン氏は天才だ。この窓からの眺めを見習い探偵に見せれば、犯罪のなんたるかを伝授できる」

「アイザック青年もこっちへ来て、酒場に娼館にアヘン窟《くつ》を見学するといい。あの犯罪者予備軍を見てみろ。ツキに見放され、酒や女を買う金を物乞《ものご》いで稼いでるのか、はたまた慈善にすがりそこねて、あの路地で市民を恐喝してるのか」

「あっちじゃ、口ひげの洒落者《しゃれもの》が折りたたみ式のテーブルを出して、インチキ賭博のカモをおびき寄せてる」

「それに、酒場の前の歩道にいる襤褸《ぼろ》を着た失業中の坑夫。狸寝入《たぬきねい》りしながら、実は酔っ払いがすっ転ぶのを待ってる」

「例の男は死後何時間経っていたんだ？」とベルは訊いた。

「丸一日近くというのが医者の見立てだ。刺されたという点で、あんたは正しかった。幅の狭い刃物が首を貫通している。ウィッシュやグレンデールの夜警とまったく同じだ」

「つまり、それが〝壊し屋〟の仕業なら、ゆうべはまだオグデンにいたということだな。それにしても、切符を買うところは誰にも見られていない」

「貨物列車が相当出入りしてる」とウォリーが口にした。

「短期間に相当な距離を貨物のただ乗りで稼いでることになるな」とマックが言った。

「たぶん両方使ってるのさ、状況に応じて」とウォリーが言った。

ベルは訊ねた。「殺された男の身元は？」

「保安官の話だと、地元のならず者だ。われわれの最重要容疑者であるブロンコ・ビリーを地で行くような男で……おっとすまない、アイザック、つい口がすべった」マックはお尋ね者のポスターに顎《あご》をしゃくった。

「その調子だと、ウェーバーとフィールズはアラスカに飛ばしてくれとヴァン・ドーン氏に頼まざるをえなくなる」

「……今年の夏、山で駅馬車が襲われた事件の容疑者だ。十年まえには、ユタ・ノーザン鉄道で銅山の労働者の給料を強奪して鉄道警察に捕まった。仲間を売って刑期を縮めさせたようだ。ジェイク・ダンとはムショで知り合ったらしい」

ベルはいまいましげに頭を振った。「〝壊し屋〟は助っ人を募るだけじゃなく、犯罪者を雇いだしている。それは国内どこでも襲撃できるということだ」

ドアがためらいがちにノックされた。三人は顔を上げ、皺《しわ》くちゃのサックスーツを着た不安顔の若者をじっと見た。片手に安物のスーツケースを、片手に帽子を持っている。「ベルさん？」

アイザック・ベルはその若者がサンフランシスコ支局のジェイムズ・ダッシュウッドであることを思いだした。特急コーストライン号の脱線事故で死んだ労働組合員の男の無実を立証した見習い探偵である。

「はいれ、ジェイムズ。アメリカ最古参の探偵、ウェーバーとフィールズを紹介しよう」

「はじめまして、ウェーバーさん。はじめまして、フィールズさん」

「ウェーバーは私だ」とマック。「こいつがフィールズ」

「失礼しました」

ベルは訊ねた。「なぜここへ来たんだね、ジェイムズ？」

「ブロンソンさんから、これを届けるように言われました。特急に乗れば郵送するより早いってことで」

見習いはベルに茶封筒を手渡した。なかにはサンフランシスコ支局気付で、ベルの名がブロック体でしたためられた第二の封筒がはいっていた。ブロンソンはそこにつぎのようなメモを添えていた。〈待つよりはと思い開封した。そうしてよかった。やつはきみをけしかけているらしい〉

ベルは自分宛の封筒をあけた。出てきたのは《ハーパーズ・ウィークリー》の最新号の表紙だった。ウィリアム・アレン・ロジャーズの漫画に描かれているのは、サザン・パシフィック鉄道のロゴマーク入りの機関車にまたがるオズグッド・ヘネシーで、大物らしくシルクハットをかぶっていた。ヘネシーはニュージャージー・セントラル鉄道の列車を牽引《けんいん》してニューヨーク市へ向かっていて、その車列は身をよじる蛸《たこ》に見立てられている。漫画の上に黒い鉛筆でしたためられた文字が、〈〝壊し屋〟の長い腕はオズグッドの触手よりも遠くへ伸びるか？〉と問いかけていた。

「なんなんだ、これは？」とウォリーが訊いた。

「挑戦状だ」とベルは答えた。「やつはわれわれを挑発している」

「しかもおちょくってる」とマックが言った。

「マックの言うとおりだ」とウォリーが言った。「むきになって頭を曇らせるようなことはしないぞ、アイザック」

「元の雑誌がいっしょにはいっています」とダッシュウッドが言った。「ブロンソンさんは、あなたが読みたがると考えたようです、ベルさん」

心のなかで激しい怒りをたぎらせながら、ベルは概要をつかもうと最初のページにすばやく目を走らせた。〝文明の新聞〟を標榜する《ハーパーズ・ウィークリー》は、鉄道という独占企業を狙った破壊行為を熱心に報じていた。この号で取りあげられているのが、オズグッド・ヘネシーの野望だった。それによると、ヘネシーは水面下ですでにボルティモア&オハイオ鉄道の支配株式の大半を取得しているらしい。このB&O鉄道は、ヘネシーが大株主であるイリノイ・セントラル鉄道と共同でレディング鉄道の支配株式を所有している。ニュージャージー・セントラル鉄道はそのレディングの傘下にあり、結果として、ヘネシーは誰もがうらやむニューヨーク近郊の鉄道経営に参入することになるというのだ。

「どういうことですか？」ジェイムズが訊いた。

「つまり」ベルは険しい表情で説明した。「ヘネシーがニューヨーク市に所有する資産も〝壊し屋〟の標的になりうるということだ」

「ニューヨークで列車が破壊されれば」とマック・フルトンが言った。「サザン・パシフィックがこうむる被害はカリフォルニアの比じゃない」

「ニューヨークはな」ウォリー・キズリーが言った。「アメリカ最大の都市なんだぞ」

ベルは時計を見た。「特急オーヴァーランドに間に合う。私の鞄《かばん》はあとからニューヨーク市のイェール・クラブに送ってくれ」

ベルはドアへ向かいながら指示を叫んだ。「アーチー・アボットに電報を頼む！ ニューヨークで会おうと。それから、アーヴ・アーリンに電報を打って、ジャージーシティの操車場を見張らせろ。エディ・エドワーズにも。彼はあの操車場に詳しい。あそこの埠頭《ふとう》で急行列車に悪さをしていたラヴァ・ベッド・ギャングを壊滅させた男だからな。きみたちふたりにはここで仕事をふたつ片づけてもらう。ひとつは〝壊し屋〟がもはやオグデンにはいないという確証をつかむこと。その上で、どこへ向かったかを突きとめること」

「こいつによれば」とウォリーが《ハーパーズ・ウィークリー》を掲げて、記事の一文を読みあげた。「ニューヨークは〝鉄道人なら誰しも詣《もう》でたい聖地〟らしい」

「つまり」と相棒がつづけた。「彼はいまニューヨークへ向かう途上で、あんたを出迎えようというわけだ」

ドアを出かけて、ベルは熱意に満ちた目を向けてくるダッシュウッドを振りかえった。

「ジェイムズ、頼みがある」

「よろこんで」

「特急コーストライン号の事件に関する報告書は読んでいるな？」

「はい」

「ブロンソン君には、私の命令でロサンジェルスに行くと連絡しろ。あの特急を脱線させた鉤《かぎ》に穴をあけた鍛冶だか機械工を見つけてもらいたい。やってくれるか？――何か問題でも？」

「ロサンジェルスはサンダーズさんの管轄で、きっと――」

「サンダーズにはかかわるな。きみのやりたいようにやれ。つぎのフライヤーで西へ向かうんだ。急げ！」

ダッシュウッドはベルの横を走り抜け、学校から開放された少年さながらの勢いで木製の階段を降りていった。

「あんな若造ひとりで何ができる？」とウォリーが訝った。

「彼はすこぶる優秀でね」とベルは言った。「そもそも、ここまでのサンダーズの仕事ぶりはお粗末もいいところだ。よし、私も出かけるとしよう。マック、すこし休め。ひどい顔だ」

「そっちこそ、先週は列車の座席で眠っただけで、横になってないんだろう」

「自分が足もとに要注意の年寄りだってことを忘れないでくれ。〝壊し屋〟は危険人物だ」

「賢明な助言をありがとよ、坊や」ウォリーが答えた。

「いまの言葉を肝に銘じるとしよう」とマックが言った。「しかし、言ったように、やつがニューヨークに向かっているかどうかは五分五分の賭けだ」

ウォリー・キズリーは窓際へ行き、特急オーヴァーランド号に乗り遅れまいと駅へ急ぐアイザック・ベルを見守った。

「おっと、こいつは面白いことになるぞ。われらが坑夫たちが酔っ払いの群れから出てきた」

ウォリーはマックに窓辺へ来いと手招きした。坑夫たちはやにわに歩道から飛び出し、高級なスーツに身を包んだ優男に向かってここぞとばかりに両側から襲いかかった。ベルは立ちどまることも歩をゆるめることもなく、たったひとりのV字隊形で彼らを切り裂いた。坑夫たちはうなだれて歩道に引きかえしていった。

「見たか?」とウォリー。

「いや。連中にも見えてない」

ふたりは窓辺にとどまり、歩道を行く人群れをつぶさに観察した。

「さっきのダッシュウッドって若造だが」とマックが訊いた。「誰かを思いだささないか？」

「誰だ？　アイザックか？」

「ちがう。十五年、いや、二十年まえのアイザックは、まだ親父《おやじ》さんが入学させたプレップスクールでラクロスの球を追っかけていたし、おれもおまえもシカゴにいた。おまえは穀物の買い占めをたくらむ団体を調べていたし、おれはヘイマーケットの爆破事件にどっぷりで、殺しの大半に警官たちが関わっていたことを突きとめた。あのころ、スラムのガキが仕事をくれって言ってきたじゃないか。ヴァン・ドーン氏がいたく気に入って、おれたちに、手ほどきをしろって。やつは天才だった。頭は切れるし手際がいいし、血管に氷水が流れてるみたいだった」

「なんだ、ウィッシュ・クラークのことか」

「ダッシュウッドには断酒をお願いしたいね」

「おい！」マックが窓のほうに身を乗り出した。

「やつだ！」ウォリーはそう言って、壁から木樵が描いたあごひげを足したほうの似顔絵を引きはがし、窓辺に持ってきた。

　つなぎを着た背の高いひげ面の労働者が、大きな工具袋を肩に担いで駅へと急いでいたが、一軒の酒場の前で足止めを食らっていた。ふたりのバーテンダーが四人の酔っ払いを歩道に投げ飛ばしたからだった。囃《はや》したてる野次馬に取り囲まれ、長身の男は山高帽に隠れた顔を上げて性急にあたりを見まわした。

ウォリーとマックは似顔絵を見た。

「こいつか？」

「かもしれない。が、あのひげはかなりまえから伸ばしてるぞ」

「つけひげじゃなければな」

「つけひげだとしたら上物だ」とマックが言った。「耳も気に入らない。こんなにでかくない」

「本人じゃないなら」ウォリーは引かなかった。「兄弟ってこともある」

「兄弟がいるか訊いてみようじゃないか」

14

「おれが先に行くから、おまえは見張っててくれ」

ウォリーは階段に走った。

肩に荷物を担いだ長身の男は人ごみを押しのけ、倒れている酔いどれのひとりをまたぎ、もうひとりを迂回《うかい》すると、あらためてユニオン駅のほうへ勢いよく歩きだした。駅を出入りする歩行者のあいだを容赦なく突き進む男の後ろ姿を、マック・フルトンが窓から目で追っていた。

ウォリーは弾むように階段を降りて建物を出た。歩道に出て窓を見あげると、マックが正確な方角を指さした。ウォリーは全速力で走った。すばやく手を振って獲物を見つけたことを知らせると、マックもウォリーを追って階段を駆け降りたのだが、そこで激しい動悸《どうき》に襲われた。この数日は体調がすぐれなかったが、いまや息をするのも困難だった。

追いついたマックに、ウォリーが言った。「顔が真っ白だぞ。大丈夫か？」

「絶好調さ。やつは？」

「路地にはいった。気づかれたらしい」

「気づいて逃げたのなら本人だ。行くぞ！」

マックは息を吸いこみ、先に立った。路地は泥道でひどい臭いがしていた。ふたりはその路地を二十四番通りへの抜け道と思っていたが、実際には左に折れたのち、鉄の鎧戸《よろいど》が下りた倉庫で行き止まりになっていた。

「罠《わな》にはまったか」とウォリーが言った。

マックが喘《あえ》いだ。ウォリーが見ると、顔が苦痛に固まっている。マックは胸を押さえ、身をよじるようにしてぬかるみに倒れこんだ。ウォリーはかたわらにひざまずいた。「おい、マック！」

目を剝《む》き、顔面蒼白《そうはく》のマックはウォリーの背後を見あげ、「後ろ！」とつぶやいた。

ウォリーが迫りくる足音に振りかえった。

ふたりが追っている男、似顔絵の男、〝壊し屋〟と思《おぼ》しき男がナイフを手にウォリーに襲いかかろうとしていた。ウォリーは己れの身体を盾にして旧友を守りながら、よどみない動きで市松模様の上着の下から銃を抜いた。熟練した親指でシングルアクションのリヴォルヴァーのごつい撃鉄を起こし、銃身をしっかり支えた。命を奪うのではなく、肩の骨を砕く一撃を狙《ねら》ったのは、すでに動きだしている今後の破壊工作について口を割らせるためである。

いざ撃とうとして、カチリという金属音と鋼に反射する光に気づき、ウォリーは怯《ひる》んだ。ナイフの刃が顔前に飛び込んでくる。〝壊し屋〟との距離はまだ五フィートあったが、刃先はすでに目のなかにあった。

ばね仕掛けの伸縮ナイフなのか。それが〝壊し屋〟の剣に貫かれたウォリー・キズリーの脳裏を最後によぎった思いだった。まさかこんなものに出くわすとは。


〝壊し屋〟は捜査員の頭蓋骨《ずがいこつ》から剣を引き抜くと、それを倒れている相棒の首に突き刺した。すでに息絶えているようにも見えたが、勘に頼るわけにはいかない。首から剣を抜いて泰然と周囲に目を配った。ふたりの捜査員を追ってくる者がいないのを確かめると、市松模様の上着で剣を拭《ぬぐ》い、刃を縮めてブーツの鞘《さや》に収めた。

間一髪のところだった。いついかなるときも機敏さと正確さを心がける——それ以外に防ぎようのない予測不能の厄災。それをみごとにかわして、〝壊し屋〟は上機嫌だった。立ちどまるな！　彼は自分に言い聞かせた。浮かれているあいだにオーヴァーランド号は出発してしまう。

急ぎ足で路地を出て歩道の人ごみを掻《か》き分け、二十五番通りを渡った。路面電車の直前を駆け抜けるとウォール・ストリートを右に折れ、長いユニオン駅と平行に走るその通りを一ブロック歩いた。そして尾行者がいないことを確信したところでウォール・ストリートを渡り、北端の入口から駅舎にはいった。

男性用トイレを見つけて個室に閉じこもった。時間に追われながら、優美な旅行用の衣服の上に着ていたつなぎを脱ぐと、工具袋から真鍮《しんちゅう》の金具がついた高価な革張りのグラッドストーン・バッグを取り出した。バッグから磨かれた正装用の黒い編みあげブーツ、型くずれを防ぐ専用の箱にはいった灰色のホンブルク帽、デリンジャー一挺《ちょう》を取り出してから、剣を仕込んである粗末なブーツをそこにしまった。ブーツの紐《ひも》を結び、デリンジャーを上着のポケットに収める。つけひげをはがしてそれもバッグに入れ、顔に残る接着剤をこすり落とす。そして、つなぎを工具袋に詰めこみ、便器の後ろに押しこんだ。つなぎや工具袋に犯人を特定できる要素はない。鉄道時計で時刻を確かめると、ズボンの裏でブーツを磨き、象牙《ぞうげ》の櫛《くし》で髪を梳《す》きながらきっちり二分待った。

個室を出た。洗面台の上に取り付けられた鏡で入念に身なりをととのえる。顎《あご》に残っていた接着剤の小さな粒をはたき落とし、灰色のホンブルク帽を頭に乗せる。

〝壊し屋〟は笑みを浮かべ、のんびりした足取りで男性用トイレをあとにして、ざわめく駅の待合室を通り抜けた。いつしか鉄道警官だらけになっていた。あと数秒で閉鎖というところで駅員の横をすり抜け、煙が立ちこめるプラットフォームにはいった。

機関車が出発の合図として汽笛を二回鳴らし、一等のプルマン八輛《りょう》と食堂車、展望車を連結した豪奢《ごうしゃ》な特急オーヴァーランド号が東のシャイアン、オマハ、シカゴをめざして動きはじめた。

〝壊し屋〟は最後尾に連結された展望車の横を、列車の速度に合わせて闊歩《かっぽ》しながらそこここに目を走らせた。

はるか前方、荷物車直後の一輛めの客車のステップに、手すりをつかんで身を乗り出す男がいた。そうやって身体を投げ出せば、発車間際に列車に乗りこむ者をしっかり目視できる。〝壊し屋〟が手すりをつかもうとしていた最後尾からは六百フィートほどあるが、引き締まった身体の線を見ればその男が追手であるのは疑いようもない。

列車の先頭が駅の暗がりを抜け、男の髪が亜麻色であることがわかった。夕日を受けて黄金色に輝いている。追手はほかならぬ探偵アイザック・ベルだった。

〝壊し屋〟は迷うことなく手すりをつかんで最後尾の乗降デッキに上がり、吹きさらしのデッキから展望車のラウンジにはいった。後ろ手に扉をしめて煙と騒音を遮断すると、重厚な鋳造品、磨きぬかれた木製パネル、鏡、床を覆いつくす分厚い絨毯《じゅうたん》で飾られた大陸横断鉄道の一等車輛の平和と静寂を味わった。ラウンジのソファでくつろぐ乗客のために、客室係が銀の盆に飲み物を載せてやってきた。乗客は新聞から目を上げ、会話を中断し、遅れて乗車してきた人品卑しからぬ男を、社交クラブを思わせる会釈で迎え入れた。

そこに水を差したのは車掌だった。険しい目つき、きっと結ばれた口もと、光り輝く帽子の鍔《つば》から念入りに磨かれた靴まで、多くの車掌の例にたがわず横柄で愛想がなく疑り深い人間そのものだった。「乗車券を拝見します！　オグデンからの乗車券を拝見します！」

〝壊し屋〟はひけらかすように無料乗車票を出した。

乗車票の名義を見て、車掌は目を見開き、新たにくわわった乗客に大いなる敬意をもって挨拶《あいさつ》をよこした。

「ご乗車まことにありがとうございます、キンケイドさま」

ひと握りの特権階級

〈リリアンI〉の爆破

15

一九〇七年十月十四日
東行き特急オーヴァーランド号

「すぐに特別個室へ案内したまえ！」

アイザック・ベルは最後に列車に乗りこんだ人物を確かめようと後方へ急ぐはずだが、〝壊し屋〟としては自ら選んだタイミングで探偵と顔を合わせるつもりだった。

車掌は、シロテンの毛皮をまとった王子に仕える廷臣さながらの卑屈さで窓際の通路を先導し、同じ車輛《しゃりょう》のなかほど、つまり、もっとも乗り心地のいいスイートへ〝壊し屋〟を案内した。

「はいれ！　ドアをしめろ！」

鉄道会社が特別な乗客のために用意したそのスイートは、手彫りの意匠が施された家具類、型押しで模様が描かれた革張りの天井などで宮殿もかくやという設《しつら》えがされていた。居間に寝室、そして大理石のバスタブに純銀製の備品をあしらった浴室という間取りである。〝壊し屋〟はグラッドストーン・バッグをベッドの上に放り出した。

「ほかに〝面白い〟のは？」と彼は車掌に訊《たず》ねた。ほかに有力者は乗り合わせていないかという意味である。自信たっぷりの笑顔で問いかけながら、〝壊し屋〟は車掌の手に金貨を握らせた。

サザン・パシフィック鉄道は表向き、一部の乗客にたいして特別な便宜をはかるようなことはしていない。しかし大陸横断鉄道に乗務するその車掌は、大西洋航路のパーサー同様、全国を旅する有力者の情報を提供する協力者となりうる男だった。見せかけの親密さと現金の組み合わせは、確実に利益を生む投資なのだ。事実、車掌はなめらかに語りだした。

「〈ファースト・ナショナル銀行〉のジャック・トーマスさまがオークランドから乗車されています。ブルース・ペインさまとおふたりで」

「石油関連企業の弁護士の？」

「さようです。ペインさまとトーマスさまは非常に親しくされています、ご推察のとおり」

「金と石油法はあっという間に懇《ねんご》ろになる」〝壊し屋〟はにやりとして、車掌に話のつづきを促した。

「コングドン判事と石炭業界でご活躍のブルーム大佐がサクラメントから乗車されています」

〝壊し屋〟はうなずいた。ジェイムズ・コングドン判事はＪ・Ｐ・モルガンと手を組み、アンドルー・カーネギーが所有する鉄鋼トラストを買収していた。ケネス・ブルーム大佐はペンシルヴェニア鉄道と提携して炭坑を所有している。

「それに、プロヴィデンスで繊維工場を経営されているモーザーさまも。ご子息は上院議員です」

「すばらしい朋友だよ」と〝壊し屋〟は言った。「父上が繊維で上げる利益は安泰だ」

こうした金満家たちと接する幸運を思い、車掌は満面の笑みを浮かべた。「あなたさまが夕食をごいっしょされるとなれば、みなさん、光栄に思われることでしょう」

「私の気持ちも確かめておこう」〝壊し屋〟は気さくに答えて、ごくさりげないウィンクをつけくわえた。「ゲームの話はあるのかね？」

「はい。夕食のあと、コングドン判事のお部屋でポーカーをされるそうです」

「参加するのは？」

車掌は牛で財をなした男、西部に鉱山をもつ富豪、常連の鉄道弁護士たちの名をすらすらと挙げていった。そして、打ち明け話をするように声をひそめて、「ついさっき、オグデンで〈ヴァン・ドーン〉の探偵が乗ってきました」

「探偵？　それは面白い。名前は聞いているのか？」

「アイザック・ベル」

「ベル……なるほど。きみに名乗ったとすれば、〝隠密〟というわけではなさそうだ」

「お顔を存じております。よく旅行をなさる方なので」

「捜査中なのか？」

「さあ。でも、ヘネシー社長の署名入り乗車票をお使いです。〈ヴァン・ドーン〉の方からの要望にはかならず応じるようにと、上からも言われておりまして」

〝壊し屋〟の笑みがこわばり、その目に冬を思わせる冷たい光が宿った。「アイザック・ベルに何を頼まれた？」

「いまのところ何も。サザン・パシフィック鉄道への破壊工作を調べておられるのでしょう」

「ベル君にも散財してもらえそうだな、われわれの友好的なポーカーで」

車掌は驚きを隠さなかった。「紳士のゲームに探偵風情を参加させてよろしいのですか？」

「ベル君なら資格充分だろう」と〝壊し屋〟は言った。「その男が噂《うわさ》に聞く大金持ちのアイザック・ベル当人ならね。探偵とポーカーをしたことは一度もないが、楽しくなりそうだ。きみから参加を打診してもらえないだろうか」それは依頼ではなく命令であり、車掌は、夕食後にコングドン判事の部屋で開かれる高額のポーカーに探偵を誘うと約束した。

ポーカーの戦いぶりにはその人物のひととなりが出る。〝壊し屋〟はこの機会にベルを分析し、いかに相手の息の根を止めるかを決めるつもりでいた。


アイザック・ベルの個室があるプルマンの前方には男性用洗面室があり、面取りされた鏡やニッケル製の備品、大理石の大きな洗面台が用意されていた。座り心地のいい椅子《いす》が二脚並ぶラウンジスペースもあり、鉢植えの椰子《やし》が列車の振動に合わせて葉を揺らしている。ワサッチ山脈の一パーセントの勾配《こうばい》を、高馬力の機関車に牽《ひ》かせて登る列車の横にはウィーバー川が流れていた。

ベルは夕食の着換えをするにあたり、そこでひげを剃《そ》った。洗面所付きの豪奢《ごうしゃ》なスイートを用意させることもできたが、移動中は好んで共用の設備を利用した。こういうジムやクラブの更衣室を思わせるラウンジの大理石、タイル、水洗、安楽椅子の組み合わせは、女性の不在とあいまって男を自慢好きにさせる。自慢好きは見ず知らずの人間にも気さくに接するので、小耳にはさむ会話のなかには探っている情報のかけらがかならずといっていいほど転がっていた。ここでもベルがウーツ鋼の剃刀《かみそり》を顔にあてていると、丸々と肥《ふと》ったシカゴの陽気な食肉業者が葉巻を置いて話しはじめた。

しいぞ」

「ポーターに聞いた話だと、オグデンでチャールズ・キンケイド議員が乗ってきたら
「あの〝英雄技師〟の?」もうひとつの革張りの肘掛《ひじか》け椅子に座り、脚を投げだして
くつろいでいた身なりのいいセールスマンが答えた。「握手をしてみたいね」

「それなら食堂車で捕まえるだけのことさ」

「なにせ上院議員だからな」とセールスマンは言った。「下院議員や州知事はとりあえず血が流れていれば誰の手でも握るが、上院議員には大層お高くとまった輩《やから》もいる」

「選挙じゃなく、指名でなるものだからな」

「時間ぎりぎりに飛び乗ってきた背の高い男のことかな?」ひげ剃り中のベルは鏡越しに訊ねた。

シカゴの食肉加工業者は、列車がオグデンを出るときは新聞を読んでいて気づかなかったと答えた。

セールスマンは見ていた。「あの身軽さは渡り者並みだったな」

「とてつもなくめかしこんだ渡り者だ」ベルがそう言うと、食肉業者とセールスマンは笑った。

「こいつはいい」食肉業者が笑いまじりに言った。「めかしこんだ渡り者か。あんた

の仕事は？」

「保険関係」とベルは答え、鏡のなかでセールスマンと目を合わせた。「その飛び乗ってきたという男がキンケイド上院議員？」

「じゃないかな」とセールスマンは言った。「近くで見たわけじゃないんだ。こっちは車輛の前のほうで別の紳士と話してたし、車掌の陰になってた。しかし、上院議員が乗るなら列車は待つんじゃないか？」

「だろうな」と返した食肉業者が重い身体を椅子から持ちあげ、葉巻を揉《も》み消してつづけた。「ごきげんよう、若い衆。私は展望車に行く。酒をご所望ならごちそうするよ」

ベルは自分の個室にもどった。

発車と同時に飛び乗った人物の姿は、ベルが最後尾の展望車まで行ったときにはすでに消えていた。オーヴァーランド号は全車個室で、共用空間が食堂車と展望車のラウンジに限られていることを思えば驚くにはあたらない。食堂車にいたのは夕食の準備でテーブルをセットする乗務員だけだった。展望車のラウンジの愛煙家のなかにも、ベルが遠目に見た洒落者《しゃれもの》は見あたらなかった。また、木樵《きこり》が描いた〝壊し屋〟の人相書に似た人物もいなかった。

ベルは呼び鈴を鳴らしてポーターを呼んだ。やってきたのは奴隷制の時代に生まれ、しかも当時を堪え忍んだことをはっきり記憶している初老の黒人だった。「名前は？」とベルは訊《き》いた。プルマンのポーターを、彼らが仕える客車をつくったジョージ・プルマンにちなんで〝ジョージ〟と呼ぶ習慣に我慢がならなかったのだ。

「ジョナサンです」

ベルはポーターの柔らかい手のひらに、十ドル金貨を握らせた。「ジョナサン、この絵を見てくれないか？　この列車でこの男を見かけなかったか？」

ジョナサンは絵をあらためた。

西行きの急行列車が、風と蒸気が生み出す轟音《ごうおん》とともに窓のすぐ外を通り過ぎていった。二本の列車がすれちがう速度は、それぞれの時速を合わせた百二十マイルになる。オズグッド・ヘネシーはすでにオマハまでの軌道の大半を複線化していた。すなわち特急列車は待避線にはいり、対向列車をやりすごす必要がないということである。

「いいえ」ポーターは首を振った。「こういうお顔のお客様は見ておりません」

「こっちはどうだ？」ベルはポーターにひげがあるほうの絵を見せたが、答えは同じだった。失望はあっても、驚きはなかった。東へ向かう特急オーヴァーランド号は、ならず者が厩《うまや》で人を刺したのちにオグデン駅を発車した百五十本の列車の一本にすぎない。とはいえ、〝壊し屋〟があの挑発的な手紙のなかで事実上の行先としてあげたニューヨークをめざす列車となると、もうすこし限られてくる。

「ありがとう、ジョナサン」ベルはポーターに名刺を手渡した。「車掌に時間ができしだい、私のところへ来るよう伝えてくれ」

五分と待たずにドアがノックされた。ベルは車掌を室内に招き、その名前をビル・カックスと承知してから、ひげあり、ひげなし双方の人相書を見せた。

「オグデンから乗車した客のなかに、このどちらかに似た者はいないか？」

車掌はまず一枚を、それからもう一枚を手に取り、ランプの明かりに近づけてじっくり吟味した。窓外は早くも暗くなっていた。ベルはカックスの厳格な面差しに現われる反応を待った。列車の安全な運行と乗客の料金支払いに関する重責を担う車掌は、すぐれた記憶力を有する鋭敏な観察者なのである。「いいえ、お客様。いないと思われます……が、この顔には見憶えがあります」

「この男に会ったことがあるのかい？」

「いや、そうじゃないんです……が、この顔は存じてます」車掌は顎《あご》を撫《な》で、それから急に指を鳴らした。「なぜかわかりました。映画で見たんです」

ベルは似顔絵を取りかえした。「でも、オグデンからの乗客にこういう顔の者はいなかった？」

「ええ」車掌はくすりと笑った。「だいぶかかりましたね、あの映画を思いだすのに。似ているのが誰かおわかりでしょう？　俳優ですよ。ブロンコ・ビリー・アンダーソン。ちがいますか？」

「発車時刻に駆けこんできたあの客は誰なんだ？」

車掌は微笑した。「それが、ひとつ偶然がありまして」

「というと？」

「ポーターがあなたのお名刺を持ってきたとき、私はすでにこちらへ向かっていたんです。たったいまお訊ねの紳士から、夕食のあとコングドン判事のお部屋で楽しまれるポーカーに、あなたをお誘いするよう申しつけられまして」

「何者だ？」

「なんと、チャールズ・キンケイド上院議員です！」

16

「あれはキンケイドだったのか？」

　まさかという思いはベルにもあった。だが、ああいう乗り方をするのは何か意図を感じる。人目につかずオグデン駅を出ようと、わざわざ努力を払ったのではないか。気のせいだと思うしかなかった。〝壊し屋〟が利用しそうな列車はほかにいくらでもあるのだし、列車に駆けこむ人間が珍しいわけでもない。ベル自身、よくやることなのだ。すでに乗車している者の目を欺くため、あるいは尾行をまくのに使う手だった。

「たしか」ベルは疑問を口にした。「キンケイド議員はニューヨークにいるという話だったが」

「まあ、あちこち行かれますからね。公職に就けばお忙しいものでしょう。ポーカーに参加されるとお伝えしてよろしいですか？」

　ベルはビル・カックスを冷ややかに見据えた。「キンケイド上院議員は、どうして私がこの列車に乗り合わせていることを知っているんだ？」

特急列車の車掌というのは、列車の脱線でもないかぎり動揺は見せないものだが、カックスはしどろもどろになった。「いえ、あの方が……というか、私が……その、つまり、そういうことでして」

「〝そういうこと〟というのは、賢明な旅行者は車掌と懇意になるということか」ベルはそう言うと、車掌との信頼関係を保つために表情をやわらげた。「賢明な車掌はすべての乗客をよろこばせる。しかし、その価値がある乗客については、とくにということだね。カックスくん、よもや〈ヴァン・ドーン〉の捜査員をいちばんの友とせよという社長命令を忘れていないだろうな？」

「滅相もない」

「本当に？」

「はい、ベルさま。ご迷惑をおかけしたのであればお詫《わ》び申しあげます」

「気にすることはない」とベルは頬笑《ほほえ》んだ。「列車強盗を怒らせたわけじゃないんだ」

「なんとお心の寛《ひろ》い……キンケイド上院議員に参加されるとお伝えしてよろしいですか？」

「ほかには誰が？」

「コングドン判事はもちろんのこと、ブルーム大佐も同席されます」

「ケネス・ブルームが？」

「はい。石炭業界の有力者の」

「最後に会ったとき、ケネス・ブルームはシャベルで象を追いかけていた」

「すみませんが、ベルさま。私にはさっぱり」

「子どものころ、サーカス団でしばらくいっしょだったんだ。父親に見つかって連れもどされるまで。あとは？」

「銀行家のトーマスさま、弁護士のペインさま、そしてプロヴィデンスのモーザーさま。モーザーさまのご子息は、キンケイドさまと同じく上院議員で」

そのほかに卑しい企業の大物がふたり、いよいよ想像もつかないが、ベルはこう言うにとどめた。「上院議員に伝えてくれ、参加できて光栄だと」

カックスはドアに手をかけた。「お耳に入れておいたほうがいいかと、ベルさま……」

「レートが高い？」

「それもありますが、〈ヴァン・ドーン〉の方がいちばんの友人である以上、今夜、卓を囲まれる紳士のなかには、自ら運を切り開かれてきた方がいることをお知らせするべきかと思いまして」

アイザック・ベルはにっこり笑った。「いかさま師の正体は言わないでくれ。自分で見つけるほうが楽しい」

その夜のドローポーカーのホスト、ジェイムズ・コングドン判事は、貴族的な物腰と精錬した金属を思わせる断固たる姿勢で財を築いてきた、彫りの深い痩《や》せた老人だった。「一日十時間の労働は」判事は落とし樋《どい》を転がる石炭のように耳障りな声を出した。「鉄鋼業界の破滅を招く」

緑色の羅紗《らしゃ》を張ったカードテーブルを囲む富豪たちは、その警告に応えてしかつめらしくうなずき、チャールズ・キンケイド上院議員は「そうです！　そのとおりだ！」と力強い賛同の声をあげた。その話題を持ち出したキンケイドは、司法がストライキ禁止令を出しやすくなるように、より厳格な法案をワシントンで可決させるとおもねってみせた。

ワイオミングの闇夜《やみよ》を駆け抜ける特急オーヴァーランド号の乗客に、労使間の対立の深刻さを疑う者がいたら、ペンシルヴェニアの無煙炭鉱山の半分を相続したケネス・ブルームがその誤りを正す役だった。「労働者の権利と利益を守るのは煽動者《せんどうしゃ》ではなくキリスト者だ。無限の叡智《えいち》をもつ神から国益を預けられた者たちだ」

「ご所望のカードは何枚ですか、判事？」ディーラーを務めるアイザック・ベルは訊《き》いた。すでにカードは配られ、ゲームの進行はディーラーに委ねられていた。それはかならずしも簡単なことではない。勝負が高額になるとはいえ、親睦《しんぼく》を深めるためのゲームでもあるからだ。参加者の大半はたがいに顔見知りで、しばしば手合わせをする間柄だった。カードテーブルでの会話は、噂話《うわさばなし》から悪気のない冗談までさまざまで、対戦相手の心中や手札の強弱を探り出すために交わされることもある。

キンケイド上院議員がコングドン判事を恐れていることは、ベルもすでに気づいていた。人に〝上院議員殿〟もしくは〝チャールズ〟と呼ばせる男が、判事には〝チャーリー〟と呼ばれて甘んじていた。

「何枚ですか？」ベルは再度訊《たず》ねた。

突然、客車が激しく揺れた。

車輪が軌道上の障害物を踏んで大きく弾んでいた。車輛《しゃりょう》が傾いた。グラスからこぼれたブランディやウィスキーが緑の羅紗を濡《ぬ》らした。贅《ぜい》をつくしたその個室にいた全員が声を失い、クリスタルのグラスやカードテーブル、壁の真鍮《しんちゅう》のランプ、トランプ、金貨に囲まれながら、夜の闇を時速七十マイルで走っている現実をあらためて意識した。

「枕木の上を走っているのか？」と誰かが問うと、冷静なコングドン判事を除く全員が不安のにじむ笑いでそれに応えた。振動がさらに増すと、判事は酒をこぼさないようにグラスを手にして言った。「この揺れで思いだしたが、キンケイド上院議員、サザン・パシフィック鉄道を悩ませているあまたの事故について、きみはどう思ってるんだ？」

　夕食で酒が過ぎたらしいキンケイドが大声で答えた。「一技術者として言わせてもらえば、サザン・パシフィックの管理不行き届きに関する噂は呆《あき》れた嘘《うそ》っぱちです。鉄道には危険がつきものなんですよ。いまも昔も。そしてこの先も」

揺れははじまったときと同じく唐突におさまり、乗り心地が良くなった。列車はレール上をなめらかに走行している。これで翌朝の新聞が掲載する列車事故の死亡者リストに名を連ねずにすむと、乗客たちはほっとしていた。

「何枚ですか、判事？」

だが、コングドン判事は話をやめなかった。「私が訊いているのは管理不行き届きのことじゃないんだ、チャーリー。技術者としてではなく、オズグッド・ヘネシーの親しい友人として、カスケード短縮路で頻発している事故をどう見ている？」

キンケイドは高額ポーカーのテーブルというより、むしろ上院の議場にふさわしい情熱的な口調で答えた。「みなさんに確信をもって申しあげますが、カスケード短縮路で起きている無謀な爆破行為のゴシップ記事は戯言です。偉大なるアメリカを建設するのは、サザン・パシフィックのヘネシー社長のように肝の据わった男、気長に取り組めと懇願されようが、破産や財政危機に見舞われようが、危険を承知で困難に立ち向かう男です」

ベルは、銀行家のジャック・トーマスが納得とは程遠い顔をしていることに気づいた。この夜のキンケイドはヘネシーの評価を上げる一助とはなっていなかった。

「カードは何枚ご所望でしょう、コングドン判事?」ベルはくりかえし訊ねた。

コングドンの答えは、オーヴァーランド号の突然の揺れ以上に警戒を要するものだった。「私は結構だ、ありがとう。交換の必要はない。そのままいく」

ほかのプレイヤーは目を見開いた。石油関連企業の弁護士、ブルース・ペインが彼らの総意を口にした。「ファイヴカードのドローで手札を交換しないとは、掠奪する騎兵隊の先頭に立って街へなだれこむようなものです」

それは二巡めのことだった。ベルが各プレイヤーに五枚のカードを伏せて配ると、ベルの左隣りで、ふつうなら様子見の立場にいるコングドンが一巡めでベットの口火を切った。王宮さながらの個室に集う男たちは、ペイン以外の全員が鉄鋼王のベットにコールした。するとベルの右隣りのチャールズ・キンケイドが大きくレイズして、横並びだったプレイヤーの金をポットに出させるよう仕向けた。ベルをふくむすべてのプレイヤーがそれを受け、卓上で金貨が鈍い音をたてたのは、キンケイドのそのやり方がいちじるしく思慮を欠いていたからである。

一巡目のベットが終了すると、プレイヤーはよりよい役をつくるために、手札を一枚から三枚交換することができる。この段階での〝手札はそろっている、そのままでいく〟という事態は歓迎されざる事態だった。カードを換える必要はないというのは、すでにトゥーペアやスリーカードには負けない役ができていることをほのめかしている。ストレート（五枚のカードの数が連続）、フラッシュ（五枚のカードの絵柄《スーツ》が同一）、フルハウス（スリーカード＋ワンペア）、あるいはストレートやフラッシュに勝る手札を持っている可能性もあった。

「ベル氏には、みなさんご所望の数のカードをお配りいただいて」労使間の対立や列車事故への興味をにわかに失ったコングドンが、勝ち誇ったように言った。「早くつぎのラウンドに移ろうじゃないか」

ベルは訊いた。「何枚だ、ケニー？」富という点では鉄鋼業界のコングドンの足もとにもおよばない、石炭業界のケネス・ブルームが展望もなく三枚と答えた。

ジャック・トーマスが二枚交換し、すでにスリーカードを持っていることを匂わせた。が、ベルの読みでは、彼が持っているのは地味なワンペアで、エースを残し、あと二枚のエースを引くというはかない期待をしている。手札がよければ一巡めからレイズしてくるはずなのだ。

つぎのプレイヤー、ニューイングランドで織物工場を営むダグラス・モーザーが交換を希望したのは一枚だった。手にはトゥーペアがあるかもしれないが、あわよくばのストレートかフラッシュ狙《ねら》いも考えられる。ベルはそのプレイぶりから、金がありすぎで勝負にこだわりきれないタイプとみた。残るはベルの右隣りに座るキンケイドだった。

キンケイドは言った。「私もそのままで」

コングドンの鋼索のように太い眉《まゆ》が丸々一インチ持ちあがった。そして、数人が声をあげた。ドローポーカーの同じラウンドでふたりが手を換えないというのは、それこそ珍事だった。

同じくベルも驚いていた。すでにデッキの下からカードを配るという、キンケイド上院議員の巧妙ないかさまは見抜いていた。が、今回のディールはキンケイドではなくベルである。このカードが配られた時点で高位の役ができているという、パットハンドの状態はそうそうあることではないだけに、いかさまでないとすれば、キンケイドは純粋に引きが強いということになる。

「このまえ、ふたりがスタンドパットだったときには」とジャック・トーマスが言った。「しまいに撃ち合いになった」

「さいわい」とモーザーが言った。「このテーブルに武器を持つ人間はいないが」

ベルはその誤りに気づいていた。いかさま師でもある上院議員の上着は、サイドポケットの布地がデリンジャーで突っぱっている。マッキンリー大統領の暗殺を思えば、公人として賢明な予防策だろう。

ベルは「ディーラーは二枚換えます」と言って二枚を切ると、代わりの二枚を引き、デッキを置いた。「最初のベットを。あなたです、コングドン判事」

老判事ジェイムズ・コングドンは、ハイイロオオカミより黄色い歯を見せ、ベルの頭越しにキンケイドに笑いかけた。「限度まで行くぞ」

このゲームにはベットの上限が設定されており、各プレイヤーが一回のベットで賭けられるのは、その時点でポットに出された合計額までとされていた。コングドンのベットは、キンケイドのスタンドパットに驚きはしたが恐れていないという意思表示で、ストレートやフラッシュどころか、フルハウスのように強力な手まであるとほのめかすものだった。勝負を降りてすっかり上機嫌のブルース・ペインが自らすすんでポットの金を数え、か細い声で告げた。「判事のベットは、ざっと三千六百ドル」

かつてベルはジョゼフ・ヴァン・ドーンに、労働者の一日の稼ぎという観点から資産を評価する方法を教えられた。ヴァン・ドーンは荒っぽさにかけてはシカゴ随一の酒場にベルを連れていき、身なり正しい見習いが殴り合いの喧嘩《けんか》に勝利するさまに目を細めると、ベルの注意を昼食の無料配布の列にならぶ客に向けさせた。ボストンの銀行家の御曹司にしてイェール大の卒業生なら、特権階級の思考装置というものを洞察できて当然だが、探偵は残る九十八パーセントの人間についても理解しなくてはならない。ポケットに金がないとき、人は何を考えるのか。失うものが恐怖だけになったら、人はどんな行動をとるか。

いまポットに出された三千六百ドルという金額は、コングドン判事の製鉄所の労働者が六年働いて手にする賃金の合計を上まわるものだった。

「三千六百をベット」コングドンはそう言って、自分の前にあったコインをすべてテーブルの中央に押しやり、それ以上の金貨がはいった赤いベーズ地の袋を放った。袋は羅紗の上にどさりと落ちた。

ケネス・ブルーム、ジャック・トーマス、ダグラス・モーザーはあわてて勝負を降りた。

「三千六百をコール」とキンケイド上院議員が言った。「そしてレイズ。一万八百ドル」十八年ぶんの賃金である。

「どうやら鉄道はきみに頭が上がらないようだな」コングドンは連邦議員に賄賂《わいろ》として渡される悪名高い鉄道株にふれて、キンケイドをからかった。

「鉄道にもそれ相応の見返りがあるんですよ」キンケイドは笑顔で応じた。

「あるいはきみの手が本物だと、われわれを丸めこもうとしているのか」

「レイズにふさわしい手ですよ。どうしますか、判事？　賭け金は一万八百ドルです」

そこにアイザック・ベルが割ってはいった。「つぎは私の番ですね」

「おっと、ベル君、これは申しわけない。きみがフォールドする順番を飛ばしてしまったね」

「どうかお気になさらずに、上院議員。オグデン駅であやうく乗り遅れそうになったあなたを拝見しました。まだ気ぜわしいのでしょう」

「私も列車から身を乗り出す探偵を見かけた気がする。物騒な仕事だな、ベル君」

「犯罪者に金槌《かなづち》で指をつぶされなければ大丈夫です」

「ベットは」と焦《じ》れたコングドンが言った。「私の三千六百ドルにキンケイド上院議員の一万八百ドルを足して、ベル君は一万四千四百ドル」

ペインがおごそかに口をはさんだ。「ポットはキンケイド上院議員のコールをふくめ、しめて二万一千六百ドル」

ペインが計算するまでもなく、このテーブルに着くわがまま勝手な大富豪たちでさえ、二万一千六百ドルという金で列車を牽《ひ》く機関車とプルマン一台が購《か》えるとはわかっていた。

「ベル君」コングドンが言った。「きみの返事を待っているのだが」

「判事と、キンケイド上院議員の一万八百ドルのレイズにコールして」とベルは言った。「三万六千ドルをレイズします」

った。
「三万六千ドルです」
ベルの報酬は、合衆国上院議員とアメリカの鉄鋼王をそろって唖然《あぜん》とさせたことだ
「きみがレイズ？」
「ポットは七万二千ドル」とペインが計算した。
特別個室に重い沈黙が流れた。聞こえるのはこもった車輪の音だけだった。コング
ドン判事の皺《しわ》だらけの手が動き、胸ポケットから小切手帳を引き出した。彼は別のポ
ケットから金の万年筆を出すとキャップをはずし、小切手にゆっくり数字を書き入れ
た。署名を終え、紙の上に息を吹きかけてインクを乾かすと微笑した。
「きみがレイズした三万六千ドルにコールしよう、ベル君。それと、いまやはした金
となった上院議員の一万八百にも。そのうえで、十一万八千八百ドルをレイズだ。キ
ンケイド上院議員、きみの番だ。私とベル君のレイズで、勝負に残るなら十五万四千
八百ドルが必要だぞ」
「なんとまあ」とペインが言った。
「どうする、チャーリー？」コングドンが迫った。「勝負したければ十五万四千八百
ドルだ」
「コール」キンケイドは硬い声でそう言うと、名刺にその数字を記入して金貨の山の

上に放った。

「レイズはなしか？」とコングドンは茶化すように言った。

「聞こえたでしょう」

コングドンは乾いた笑いをベルに向けた。「ベル君、私のレイズは十一万八千八百ドルだ」

ベルは笑みを返した。コールすれば自分の資産に深い穴があくという思いは包み隠した。レイズすれば穴は危険なほど深くなる。

コングドン判事はアメリカきっての大富豪である。たとえベルがレイズしたところで、それで判事のさらなるレイズを阻止できるわけでも、わが身を破滅から守れるわけでもない。

17

「ペインさん」とアイザック・ベルが訊《き》いた。「ポットにはいくらありますか？」

「ちょっと待って……目下の総額は二十三万七千六百ドル」

ベルは頭のなかで鉄鋼労働者の賃金に換算した。四百人の労働者が丸一年かけて稼ぐ金額。少年時代から老境を迎えるまで、怪我や解雇の憂き目に遭うことなく働きつづける幸運に恵まれた労働者十人が一生かけて稼ぐ額だった。

コングドンは平然と訊《たず》ねた。「ペイン君、ベル氏が二枚の交換でできた手にコールの価値ありと信じつづけた場合、ポットの総額は？」

「ええと、四十七万五千二百ドルです」

「ほぼ五十万ドルか」と判事は言った。「これぞ金の領域にはいってきた」

ベルはコングドンのおしゃべりがすぎると思った。老獪《ろうかい》な鉄鋼王の声が神経質に響いた。手持ちはストレート、パットハンドとしては最低の役なのではないか。「ボストンの〈アメリカン・ステイツ銀行〉の小切手でもよろしいですか？」

「もちろんだよ。ここにいるみなさんは紳士だ」

「コールしたうえで、四十七万五千二百ドルをレイズします」

「お手上げだ」コングドンは手札をテーブルに投げた。

　キンケイドが笑ったのは、コングドンの脱落にほっとしたからである。

「きみは何枚換えた、ベル君？」

「二枚です」

　キンケイドはしばしベルの手札を見つめた。ベルはあえて気を散らして目を上げた。キンケイドがコールしようがフォールドしようが、関心がないというふうを装うためだった。

　速度の上昇にともない、プルマンの揺れは大きくなっていた。特別個室の豪奢《ごうしゃ》な敷物や家具調度による消音効果は、ワイオミング州の大盆地《グレートベースン》の平原を時速八十マイルで疾走しているという事実を忘れさせる。その乾いた風が吹きすさぶ高原は列車強盗団のワイルドバンチを追って数カ月、馬上の旅をしたベルには馴染《なじ》み深い土地だった。

　キンケイドが名刺を入れたベストのポケットに指を入れた。大きな手だ、とベルは思った。手首がたくましい。

「大金だな」と上院議員は言った。

「公僕にとっては大金だ」とコングドンが認めた。すでに撤退を余儀なくされた苛立《いらだ》ちにまかせ、キンケイドが所有する鉄道株について、いま一度厭味《いやみ》を口にした。「副業に株をやっているとしても」

ペインがコングドンの評価をくりかえした。「ほぼ五十万ドル」

「このところの恐慌で市場が低迷しているだけに、大きな額だ」コングドンはたたみかけた。

「ベル君」キンケイドが問いかけた。「列車から身を乗り出している探偵は、犯人に金槌《かなづち》で指を叩《たた》かれたらどうする？」

「場合によります」

「というと？」

「飛ぶ訓練をしているかどうか」

ケネス・ブルームが笑った。

キンケイドの視線はベルの顔から離れなかった。「飛ぶ訓練をした経験は？」

「いまのところはまだ」

「じゃあ、どうするんだ？」

「金槌で叩きかえします」

「きみならやりかねない」とキンケイドは言った。「フォールド」

ベルは無表情のままカードをテーブルに伏せて置くと、自分のものもふくめて金貨や小切手、借用書を掻《か》き集めた。キンケイドがベルのカードに手を伸ばした。ベルは自分のカードをしっかり手で押さえた。

「そこに何があったか気になる」とキンケイドが言った。

「同感だ」とコングドンが言った。「ふたつのスタンドパットを相手にブラフはあるまい」

「おふたりのパットハンドこそブラフじゃないかと思ったのですが、判事」

「ふたりとも？　まさか」

「私は誓ってブラフなんかじゃない」とキンケイドは言った。「きれいなハートのフラッシュだった」

キンケイドは自分のカードを表に返してさらした。

「おみごと、上院議員！」とペインが言った。「8、9、10、ジャック、キング。あと一歩でストレート・フラッシュ。その一歩があればレイズで応じていたんだろうが」

「その一歩が重要でね」とブルームが意見を口にした。「ストレート・フラッシュの確率は鶏の歯みたいに小さいってことを思い知らされる」

「ぜひともカードを見せてもらいたいね、ベル君」とキンケイドは言った。

「あなたはその代価を払わなかった」とベルは答えた。

コングドンが言った。「払おう」

「いまなんと？」

「きみが手持ちのスリーカードにワンペアを引いてフルハウスをつくったというなら、それを確かめるのに十万ドルは惜しくない。上院議員のフラッシュや、私の貧相なストレートよりも上だからな」

「残念ながら」とベルは言った。「古い友人にはよく、ブラフは謎《なぞ》のままにしておくべしと言われました」

「やはりそうか」とコングドンが言った。「図星だから乗ってこないんだな。きみにはツキがあって、ペアを引いた」

「そう信じてくだされば、判事、おたがい気分よく家路に着けるでしょう」

「くそっ！」と鉄鋼王は叫んだ。「私ならそれで二十万は稼いだ。いいから手を見せたまえ」

ベルはカードを開いた。「古い友人には、ときにはカードを見せて煙《けむ》に巻けとも言われました。スリーカードについてはご明察です」

鉄鋼王はまじまじと見た。「そんなばかな。寂しいレディが三人きりとは。ブラフだったのか。ただのスリーカード。私のストレートで勝てたじゃないか。まあ、きみのフラッシュには負けていたがね、チャーリー。もしもあそこでベル君がわれわれを締め出さなければ」

チャールズ・キンケイドが怒りを爆発させた。「卑しい女主人三人に五十万ドル賭けたのか？」

「レディが好きなんですよ」とアイザック・ベルが言った。「昔から」


キンケイドはわが目を信じられないとばかりにクイーンのカードにふれた。「ワシントンに着いたら送金を手配しなければ」と堅苦しい口調で言った。

「急ぎません」ベルは鷹揚に答えた。「私も同じお願いをしていたはずです」

「小切手の送付先は？」

「ニューヨーク市内のイェール・クラブに滞在する予定です」

「ベル君」コングドンが不足ぶんを送金せずにすむように、小切手に数字を書き入れると言った。「乗車賃の元が取れたな」

「乗車賃どころか」とブルームが言った。「列車を買える」

「落札！」と言ってベルは笑った。「展望車へ行って、私の奢《おご》りで一杯やりながら夜食にしましょう。虚勢を張ったら腹が減りました」

ベルは一同を列車後方へ導きながら考えた。キンケイドはなぜ降りたのか。いかに正しい選択であったとしても、コングドンが降りたあと、キンケイドがそれまでとはうって変わって控え目になったのが解せない。どこか愚かしい自分を演出していたようにも思える。オズグッド・ヘネシーが危ない橋を渡っているという、あの無駄話はなんだったのか。それが自分の後援者にたいする銀行家の評価を上げることにはならない。

ベルは展望車のラウンジにいたすべての乗客にシャンパンをふるまい、給仕に夜食を用意させた。キンケイドは疲れているので一杯だけで失礼すると言いながら、ベルにシャンパンのおかわりを注がせてステーキと卵料理を口にした。カードテーブルでの失意からは立ち直ったらしい。ポーカーの参加者はときにはたがいに、ときには寝酒を飲みにきたほかの旅行者たちと語らった。話の輪ができては崩れ、三人のクイーンの一件は幾度となく話題にされた。ラウンジはしだいに静かになり、客はいつしかアイザック・ベル、ケネス・ブルーム、コングドン判事、キンケイド上院議員だけになっていた。キンケイドが言った。「乗務員にお尋ね者の人相書を見せたそうだね」

「目下追跡している男の似顔絵です」とベルは答えた。

「見せてくれ！」とブルームが言った。「われわれが目撃していることだってある」

ベルは上着から似顔絵を取り出すと、皿を押しやりテーブルの上にひろげた。

ひと目見るなりブルームが言った。「例の俳優じゃないか！『大列車強盗』の」

「俳優本人なのか？」とキンケイドが訊ねた。

「いえ。でもブロンコ・ビリー・アンダーソンに似ていますね」

キンケイドはスケッチの線を指でなぞった。「私に似ている気がする」

「この男を捕まえろ！」ケネス・ブルームが笑いだした。

「言われてみれば」とコングドンが言った。「たしかに似ている。この彫りが深いところ。上院議員と同じだ。この顎《あご》のくぼみを見たまえ。きみにも同じものがあるぞ、チャールズ。ワシントンの馬鹿な女どもが、きみのことを二枚目俳優並みにもてはやして、雌鶏みたいに騒いでいるそうじゃないか」

「私の耳はこんなに大きくないでしょう？」

「そうだな」

「それを聞いて安心しました」とキンケイドが言った。「私は大耳の二枚目俳優にはなれません」

ベルは笑った。「ボスからは〝醜男は捕まえるな〟と言われています」

ベルは似顔絵から上院議員の顔へ移した視線を、もう一度似顔絵にもどした。額の広さには通じるものがある。耳はまるでちがう。似顔絵の容疑者も上院議員もくっきりした知的な顔立ちだ。ジョゼフ・ヴァン・ドーンに指摘されたとおり、そんな男は掃いて捨てるほどいる。容疑者と上院議員の違いは、耳の大きさにくわえて、その貫くような視線にあった。木樵《きこり》をバールで襲った男は、いかにも意志の強そうな厳しい表情をしている。これから攻撃しようという相手をじっと見据えているのだから、それも当然だった。しかし、キンケイドに強い信念は感じられなかった。大金が懸かった勝負の最中にも、独りよがりで自己中心的な性格を垣間見せ、権力者ではなく権力者の僕《しもべ》という印象を漂わせていたのである。だが、キンケイドが愚者を演じていたのではないかと疑ったことも、忘れるわけにはいかなかった。

「では」とキンケイドが言った。「この男を見かけたら、ベル君のために捕まえるとしよう」

「見かけたら、近づかずに応援を呼んでください」とベルは真顔で言った。「彼は危険人物です」

「さて、私は休ませてもらうよ。長い一日だった。おやすみ、ベル君」キンケイドは心をこめて言った。「きみとカードができて楽しかった」

「高くついたがね」とコングドンが言った。「今宵の賞金を何に使うつもりだ、ベル君？」

「婚約者のために家を買おうかと」

「どこに？」

「サンフランシスコのノブ・ヒルあたりに」

「あの地震で壊れなかった家がいくつある？」

「私が考えている物件は、千年耐えるように建てられています。唯一の問題は婚約者が亡霊に悩まされる可能性があることです。彼女のかつての雇い主で、その実、邪悪な強盗殺人犯だった男が所有していた家なのです」

「私の経験から言って」コングドンが笑いを嚙《か》み殺しながら言った。「昔の女の家でいまの女をよろこばせる最良の方法は、ダイナマイトを一本渡して改装を楽しませてやることだ。私はそのくりかえしさ。嘘《うそ》みたいにうまくいく。元の雇い主の家にも使えるかもしれんぞ」

チャールズ・キンケイドは立ちあがって暇乞《いとまご》いをした。それからさりげなく、ほとんどからかうような口ぶりで訊ねた。「その邪悪な強盗殺人犯はどうなったのかな？」

アイザック・ベルは上院議員の目を、むこうが視線をそらすまで見つめた。それから長身の探偵は答えた。「私が追い詰めました。もはや彼が他人を傷つけることはありません」

キンケイドは豪快に笑った。「まさに有名な〈ヴァン・ドーン〉のモットー、〝われわれはあきらめない〟だな」

「けっして」ベルは言った。

キンケイド上院議員とコングドン判事は自室に引きあげ、展望車のラウンジにはベルとケネス・ブルームだけになった。三十分ほどすると、列車は速度を落とし、夜の闇《やみ》のそこここに明かりが見えはじめた。ローリンズの街はずれに差しかかった。特急オーヴァーランド号は仄暗《ほのぐら》い灯がともる市街をゆっくりと進んでいった。

〝壊し屋〟は自分の個室があるプルマンの後部デッキで、列車の速度が落ちるのを見計らっていた。ベルが持っていた似顔絵は、ポーカーでの大敗よりもはるかに大きな衝撃だった。長い目で見ればあの金にはなんの意味もない。いずれコングドン、ブルーム、モーザーが束になってもかなわない富豪になるのだ。が、似顔絵は稀《まれ》にみる不運の象徴だった。顔を見た誰かが説明して画家に描かせたのだろう。さいわい耳がちがっていた。例の映画俳優そっくりだったことにも感謝しなければならない。しかし、そんなアイザック・ベルを惑わす類いの幸運にいつまでもすがるわけにはいかなかった。

減速中の列車から飛び降りると、暗い通りを歩きはじめた。急がなければ。予定の停車時間が三十分しかないうえ、ローリンズには土地勘がない。といっても、鉄道駅がある町には独特のパターンがあるし、この夜、遠のいていたツキの流れも変わりつつあるように思えた。ひとつには、アイザック・ベルがガードを下げている。カードテーブルで大儲けしたことで探偵は気をよくしている。また、ローリンズで彼を待つ電報には、オグデンからの悲惨な知らせがふくまれているはずで、それが彼に動揺をあたえるはずだ。

探しものは数分で見つかった。とうに真夜中をすぎているのにやかましく鳴りひびくピアノの音を追って、〝壊し屋〟は一軒の酒場の前に出た。スウィングドアを押しあけることもなく、分厚い札束を手に臆せず横手から路地裏にまわった。二階から流れる明るい光がダンスホールと賭場《とば》の存在を、すぐ隣りのみすぼらしい建物から洩《も》れる暗い灯が売春宿の存在を告げていた。賄賂《わいろ》をもらって違法な商売を見すごしている保安官が、わざわざそのあたりに足を向けることはない。したがって店は平和を守り、盗人を挫《くじ》くために用心棒を雇っている。彼らはその夜もそこにいた。

ロデオやエルクス慈善保護会のホールで、素手の殴り合いを演じる拳闘士タイプの鼻の潰《つぶ》れた男がふたり、上階へつづく厚板の階段に腰かけて煙草を吸っていた。その用心棒たちが、覚束《おぼつか》ない足取りで近づいていく〝壊し屋〟に好奇の視線を向けた。〝壊し屋〟は階段まで二十フィートのところでつまずき、バランスを取ろうと壁に手をついた。むきだしの壁板にはちょうど上階の窓から洩れる光があたって、握りしめた札束が照らし出された。用心棒たちは目配せして立ちあがり、煙草を投げ棄てた。

〝壊し屋〟の千鳥足は暗がりへ逸れ、あけ放たれた貸馬車屋の入口に吸いこまれていった。いよいよツキがまわってきたと二人組が色めきたち、あらためて目まぜをした。酔いどれが、どうぞ盗んでくださいとばかりに大金《ディネーロ》を持って迷いこんできたのだ。

先に厩にはいった"壊し屋"は、隣りのドアから窓越しに光が射す場所へとすばやく動いた。するとすばやく用心棒たちがはいってきた。先頭に立ったほうがポケットから棍棒《こんぼう》を取り出した。〝壊し屋〟はその男の脚を払った。完全に不意を突かれた男は、馬に踏みしだかれた藁《わら》の上に倒れた。相棒は男をただの酔いどれと見くびっていた過ちに気づき、たくましい拳《こぶし》を振りあげた。

〝壊し屋〟は片膝《かたひざ》をついてブーツからナイフを抜くと、手首を振った。刃が目一杯伸びて、刃先が用心棒の喉《のど》にふれた。その刹那《せつな》、〝壊し屋〟は空いた手で倒れている男のこめかみにデリンジャーを押しつけた。遠くで鳴りつづけるピアノの音と、用心棒たちが激しく息を呑《の》む音だけが聞こえた。

「諸君、落ち着いてくれ」と〝壊し屋〟は言った。「頼みたい仕事がある。オーヴァーランド号の乗客をひとり、一万ドルで始末してもらいたい。列車が駅を出るまで二十分ある」

たったひとりで一万ドル。用心棒に異存はなかった。五千ドルで雇えたのかもしれない。が、彼らは腕達者な男たちである。

「どうやってそいつを列車から降ろす？」

「彼は罪なき人々の庇護者《ひごしゃ》でね」と〝壊し屋〟は言った。「危ない目に遭う人物がいると助けにいく――たとえば困っている女とか。用意できるか？」

男たちは路地の向かいに目をやった。制動手の赤いランタンが窓辺に揺れていた。

「二ドルで呼べる」


特急オーヴァーランド号はブレーキシューを軋《きし》ませ、連結器をぶつけあいながら、ローリンズ駅の低い煉瓦《れんが》の駅舎の電灯に照らされた細長い空間に停車した。乗客の大半は寝台で眠りについていた。脚を伸ばそうとプラットフォームに降りてきた者も、石炭の煙が混じるアルカリ泉の臭いに辟易《へきえき》して車内にもどっていった。機関車の交換がおこなわれる一方で、食糧や新聞、電報が積みこまれた。

奴隷制の時代を知るポーターのジョナサンが、閑散とした展望車のラウンジにやってきた。アイザック・ベルは満足げにソファに寝そべり、ケネス・ブルームとサーカス時代の思い出話に興じていた。

「オグデンから電報が届いております、ベルさま」

ベルは老ポーターにチップとして千ドルを渡した。

「受け取ってくれ、ジョナサン」ベルはそう言って笑った。「今夜はツイていてね。私にできるのは富を分かちあうことくらいなんだ。ちょっと失礼して、ケン」ベルは電報に目を落とした。

その表情から温かみが消えると同時に、目に熱い涙があふれた。

「大丈夫か、アイザック？」

「そんな」ベルは声を詰まらせた。そして最後尾の乗降デッキに出ると、刺激臭のある空気で肺を満たした。すでに夜は更けわたっていたが、操車場では入換機関車が貨物列車を動かしていた。ベルを追ってブルームもやってきた。

「何があったんだ？」

「ウェーバーとフィールズが……」

「ボードビルの？　なんの話だ？」

アイザック・ベルはやっとのことで「古い友人なんだ」と答えた。電報を握り潰すと、ひとりごちた。「足もとに要注意と言ったのが最後になった。〝壊し屋〟は危険だと言ったのに」

「誰の話だ？」とブルームが訊ねた。

ベルに険しい目を向けられ、ブルームはラウンジに引っこんだ。

ベルは電報をひろげて読みなおした。ふたりの死体が見つかったのは支局から二ブロック離れた路地だった。〝壊し屋〟を発見して後を追ったにちがいない。ベテラン捜査員二名がたったひとりの男に殺されたと言われても、にわかには信じられなかった。だが、マックは身体の不調を抱えていた。おそらくはそれが足枷《あしかせ》になったのだろう。捜査員の安全に全責任を負う指揮官として、弱っている人間は危険な任務からはずすべきだった。

ずすべきだった。

苦悩と怒りが頭で破裂しそうだった。相当長いと感じるあいだ、なにも考えることができなかった。が、しだいに、ウォリーとマックが死んで残した事実ははっきりしてきた。ふたりがその男を追ったのは、もしやと思うほど木樵の似顔絵に似ていたからだ。そうでなければ、ふたりが路地にはいりこむはずがない。男がふたりを襲い、死にいたらしめたのは、たとえあの二枚目俳優を彷彿《ほうふつ》させるものだとしても、〝壊し屋〟の人相書が正確だったことを裏づけている。

新たに連結された機関車が発進の汽笛を鳴らした。乗降デッキの手すりを握りしめ、涙にくれていたあまり、それすら耳にはいらなかった。枕木《まくらぎ》が展望車の後方に流れだすのをぼんやり意識するうち、列車は駅構内にともる最後の電灯の横を通り過ぎた。

そのとき、女の悲鳴が聞こえた。

ベルは顔を上げた。速度を出しはじめた列車に乗ろうとしているのか、線路脇を女が走っていた。背後から浴びる遠い明かりのせいで、白いドレスが夜の闇のなかで光って見える。女は男に追われていた。体格のいい男で、女を抱えこむと手で口を塞《ふさ》いで悲鳴を封じ、のしかかるようにして路盤に組み伏せた。

ベルはすぐさま行動に出た。手すりを飛び越え、流れる枕木に着地した瞬間に足を蹴り出した。が、列車の速度についていけずにバランスをくずした。身体を丸めて、手で顔をかばいながら枕木の上に倒れてレールのあいだを転がった。列車は時速三十マイルで遠ざかっていった。

転轍機《てんてつき》を越えた先の信号柱にぶつかって止まったベルは立ちあがって女性の救助に走った。男は片手で女の喉を押さえ、反対の手でドレスをつかんでいた。

「離せ！」とベルは叫んだ。

男は弾かれたように立った。

「失《う》せな」男は女に言った。

「金をよこしなよ！」女がそう要求して突き出す手に、男は金を叩きつけた。女はうつろな目でベルを見ると、はるかむこうの駅へ引きかえしていった。男はベルの気を惹《ひ》くために、賞金稼ぎのボクサーらしいパンチを振りかざしてみせたのだ。

闇を遠ざかっていく特急オーヴァーランド号の赤い尾灯を信じられない思いで見つめながら、ベルは男がたてつづけに繰り出す強烈なブローを反射的にかわし、その拳を背後にやりすごした。そこへ、石のように硬い拳が後頭部に叩きこまれた。

〝壊し屋〟は、加速をつづけるオーヴァーランド号の最後尾の乗降デッキから後方を眺めていた。展望車の赤い尾灯がレールに反射する。小さくなる一方の三つの人影は、すでにローリンズの操車場を照らす明かりに浮かぶシルエットと化していた。影のふたつは動かず、そのあいだで三つめの影が前後した。

「ごきげんよう、ベル君。金槌で叩きかえすのを忘れないようにな」

18

相手は二人組だった。

背後からのパンチで、最初のボクサーのほうへよろめいたベルは顎《あご》を殴られた。その一撃で、ベルは独楽《こま》のように回転した。拳《こぶし》を握って待ち構えていた第二のボクサーが、鮮やかな足払いでベルを倒した。

バラストの上に肩から落ちたベルは、ささくれた枕木《まくらぎ》の上を転がり激しくレールに当たった。頭の下に冷たい鋼《はがね》を感じながら、この現実に思いを凝らした。ついさっきまで、全席個室の一等列車の最後尾にある乗降デッキにいた。そして、救う必要のない女性を救おうと走った。いまはノーグローブの拳闘で賞金を稼ぐボクサーふたりに殴られている。

ベルが逃げる気を起こさぬように、ボクサーたちは円を描くように動いていた。

四分の一マイル離れた操車場では、作業中の入換機関車が側線に停まり、前照灯の光で前方のレールを遠くまで照らしていた。光はベルとふたりの襲撃者がいるあたりにも届いてたがいの姿は見えるのだが、端《はた》で気づいて人が止めにくるほどの明るさはない。

ふたりが大男であることは、遠い前照灯の光でもわかった。上背はベルと変わらないが、体重ではどちらもベルを圧倒していた。構えからして玄人だった。フットワークが軽く、パンチの出し方やダメージの大きな場所を心得たうえで卑劣な手段を知りつくしている。その冷酷な表情を見れば慈悲も期待できない。

「立てよ、坊や。立って男らしく勝負しろ」

ふたりは後退してベルにスペースをあたえた。腕におぼえがあり、二対一と数で勝っていることで余裕綽々《しゃくしゃく》だった。

ベルは頭を振って意識をはっきりさせると、両脚を身体に引き寄せた。彼もまた訓練を受けたボクサーのはしくれだった。パンチの受け方、かわし方は身についている。電光石火のコンビネーションも出せる。だが相手はふたりで、彼らも戦い方を知っている。

最初の男が攻勢に出ようと目を光らせ、ベアナックルのチャンピオン、ジョン・L・サリヴァンばりの喧嘩《けんか》式スタンスで拳を低く構えた。第二の男はそのサリヴァンを唯一倒した〝ジェントルマン・ジム〟・コーベット風に拳を掲げた。コーベットがいわゆるファイターとは正反対の科学的なボクサーだっただけに、第二の男は注意深い人間なのかもしれない。左手と左肩で顎をガードするところはコーベットそのものだった。鳩尾《みぞおち》をガードする右手は、切り札の大槌《おおつち》として温存されている。

ベルは立ちあがった。

コーベットは一歩退いた。

サリヴァンが仕掛けた。

ふたりの戦略は単純で、しかも残酷なまでに効果的と言えそうだった。サリヴァンが正面から攻め、コーベットはベルが間合いをあけようとすればいつでも押しもどせる位置に立っている。サリヴァンが消耗するまで粘ったところで、コーベットがあとを引き継ぎ、また一からはじめるのだ。

ベルの二連発のデリンジャーは個室の壁に掛けた帽子のなかで、列車とともにシャイアンに向けてひた走っている。服は夕食とポーカーを楽しむための夜の正装――タキシード、プリーツのあるドレスシャツ、ダイアモンドのカフス、絹のボウタイ――である。靴だけはエナメル革のダンスシューズではなく、きれいに磨かれた黒いブーツで、大部分はズボンの裾《すそ》に隠れているが、目端が利く案内係なら、彼を店でいちばんのテーブルに着かせることはしないだろう。

サリヴァンは大振りの右を入れてきた。ベルはそれをかわした。頭の上で拳が唸《うな》り、サリヴァンはバランスを失ってよろめいた。ベルのパンチが二発、サリヴァンを捉えた。一発めは岩のように硬い鳩尾でなんの手応えもなく、横っ面に当たった二発めでサリヴァンが怒りの叫びをあげた。

コーベットが耳障りな声で笑い、「こいつは〝科学的〟だ」と茶化した。「どこでボクシングを習った、兄さん？　ハーヴァードか？」

「イェールだ」とベルは答えた。

「なるほど、〝ブーラ・ブーラ〟って応援されたくちか」コーベットは右を打つと見せかけて鋭い左をベルの肋《あばら》に見舞った。かろうじて逃げはしたものの、まるで蒸気機関車にぶつけられたかのような衝撃だった。脇腹に焼けるような痛みをおぼえて、ベルは地面に転がった。サリヴァンが頭を狙って蹴《け》りを入れてきた。ベルは必死で身をよじった。鋲《びょう》つきのブーツがディナージャケットの肩を引き裂いた。

二対一の勝負で、いまさらクイーンズベリー・ルールに則った正々堂々の勝負など関係ない。ベルは立ちあがりしなに、路盤から重そうなバラストを一個拾った。

「シカゴでも習ったって言ったかな？」とベルは訊《き》いた。「ウェストサイドで」

ベルはコーベットの顔をめがけ、ありったけの力をこめてバラストを投げつけた。コーベットは片目を押さえて悲鳴をあげた。戦意喪失とまではいかないまでも、揺さぶりはかけられると踏んだベルだったが、コーベットは俊敏だった。石をまともに食らわぬよう身をかわしていた。目もとから手を離し、シャツの前身ごろで血を拭《ぬぐ》うと拳を握りなおした。

「いまのは高くつくぞ、学生。死に方にはあっさりとじっくりがあるが、おまえはじっくりのほうを選んだ」

コーベットは片方の拳を高く、反対の拳を低く構えると、片目を邪悪に光らせながら円を描くように動いた。そして四回、五回、六回とジャブを出してベルの反応を測り、長所と弱点を見抜くと、唐突に左、右とすばやいワンツーを打ちこんできた。そうしてベルの動きを鈍らせておき、重いパンチを入れるのが狙いだった。

ベルはそれをかわしたが、横から放たれたサリヴァンの硬い拳を口にもらい、またもダウンを喫した。

口のなかに塩の味がひろがった。半身を起こして頭を振った。切れた唇から血が滴《したた》った。入換機関車の前照灯の光がベルの歯に反射した。

「こいつ、笑ってやがる」サリヴァンがコーベットに言った。「頭がイカれてるのか？」

「パンチドランクだ。思ったより強いパンチがはいった」

「おい、学生、何がおかしい？」

「いいから、やつを片づけるぞ」

「で、どうする？」

「線路に置き去りにする。列車に轢《ひ》かれたように見せかける」

ベルの笑みはさらにひろがった。

ついに鼻血だ、とベルは思った。ウォリー、マック、旧友たちよ、〝壊し屋〟の逮捕は思いのほか近い。

〝壊し屋〟はやはりオグデンで列車に乗った。ベルが夕食をとり、ポーカーをして、展望車で勝利の宴を催しているあいだ、どこかに隠れて機会をうかがっていた。そしてローリンズで列車を降り、ベルを殺そうとこのふたりを雇ったのだ。

「もっと笑わせてやるか」とサリヴァンが言った。

「マッチを持ってないか？」ベルは訊《たず》ねた。

サリヴァンは拳を下げて睨《にら》みつけた。「なんだと？」

「マッチだ。摩擦マッチ。ポケットにある人相書をきみたちに見てもらいたいんでね」

「なんだって？」

「さっき、何がおかしいのかと訊《き》いたな。私は殺し屋を追っている。私を殺そうと、きみたち狂犬病のスカンクを雇ったその男だ。笑えるじゃないか。狂犬病のスカンクからやつの人相を聞くことになるとは」

サリヴァンがラッシュをかけ、ベルの顔に容赦のない右パンチを繰り出した。ベルはすばやく動いた。岩を思わせる拳が頭上をかすめ、ベルは空振りでよろけたサリヴァンの頭に、左を振りおろした。その一撃でサリヴァンは杭《くい》打ち機のように地面にめりこんだ。そこにコーベットが横から詰めてきたが、今度は油断なく同じ左手の甲で、鋭く鼻面を叩《たた》いた。

コーベットは呻《うめ》き声をあげながらも華麗に身を翻し、本来ならとどめとなっていたはずのピンチを脱した。左手を上げてベルの右クロスから顎を守り、右手を低く左のボディブローを防いだ。そして世間話でもするように、「大学では教えないことがひとつある」と言うと、ベルの頭をちぎり落とさんばかりの強烈なワンツーを打ちこんだ。

それをかわしたベルに、突進したサリヴァンが強打を放った。その渾身《こんしん》の一撃はこめかみのすぐ上に命中し、ベルは昏倒した。脳味噌《のうみそ》を針で刺されるような激痛が走った。それでも、痛みを感じるのは生きている証拠で、サリヴァンとコーベットが仕上げにこようとしているのがわかった。めまいがして、立ちあがるのに手をつかなければならなかった。

「ご両人、これが最後のチャンスだ。きみたちを雇ったのはこの男か？」

サリヴァンの強烈なジャブが、ベルの手から似顔絵を叩き落とした。

ベルは肋に熱い痛みを感じながらも極力背筋を伸ばし、サリヴァンのつぎのコンビネーションを避けた。「きみは後回しだ」ベルは嘲《あざけ》るようにサリヴァンに言った。「相棒に大学で習ったことを教えてからだ」そして侮蔑《ぶべつ》のまなざしをコーベットに転じた。「きみの腕前が自分で思う半分程度なら、こんなみじめな鉄道の町で人を殴って暮らしを立てることもなかったな」

そのひと言が効いた。ポーカーテーブルでの雑談がプレイヤーの腹をあぶり出すように、格闘中の会話が無謀さを引き出した。コーベットはサリヴァンを脇へ押しやった。

「どけ！　殺《や》るまえにこの野郎を泣かせてやる」

コーベットは怒りにまかせて攻勢に出ると、砲撃さながらにパンチを出した。ベルもスピードに頼るにはすでにダメージを受けすぎていた。必殺の一撃のために力をたくわえた。疲労のせいでかわしそこねたパンチを二発食らったが、そこで踏みこみ、コーベットの顎を強打してのけぞらせた。すかさず渾身《こんしん》の右をボディに突き入れると、コーベットは激しく息を吐き、膝《ひざ》が抜けたように倒れた。倒れながらベルの喉《のど》を狙った拳はわずかに届かなかった。

ベルはよろよろとサリヴァンに近づいた。疲労で息を喘がせながらも、顔には断固たる決意がみなぎっていた——誰に雇われて殺しにきた？

サリヴァンはコーベットのかたわらに膝をつき、相棒の上着から飛び出しナイフを探り出すと、ベルに突っかかろうとした。

体格に勝る喧嘩屋に力でかなうはずはない。いまの半死の状態でナイフを奪いにいくのは危険が大きすぎる。そこでベルはブーツから自分のナイフを抜き、回転がかからぬよう滑らかな柄の上に人差し指を添え、上手から投げた。ナイフはトカゲの舌のごとくちらちらと光を反射しながら飛び、サリヴァンの喉に刺さった。喧嘩屋は倒れた。必死で傷口を塞《ふさ》ごうとする手の隙間《すきま》から血が噴き出していた。

質問には答えられそうにない。

ベルはコーベットのそばにひざまずいた。白目を剝いたまま、口から血を滴らせている。ボディブローによる内臓破裂で死ぬことはなくても、それに近い状態で、やはり今夜は話を聞くのは無理だった。ベルは時間を無駄にせず、ふらつく足で線路をローリンズ駅までもどると運行管理室に飛び込んだ。

運行管理者は、破れた夜会服を着て顔から血を流している男をまじまじと見た。

「いったいどうしたんです？」

ベルは言った。「社長から、特別列車をチャーターする権限をあたえられている者だ」

「なるほど。私もローマ法王から天国の門の通行証をもらったところです」

ベルは札入れからオズグッド・ヘネシーの書状を出し、運行管理者の面前に突きつけた。

「いちばん速い機関車を頼む」

運行管理者は手紙を二回読むと席を立った。「了解です！ といっても、機関車は一台しかないし、それは西行きの、あと二十分で到着する特急列車を牽《ひ》くことになってるんです」

「方向転換して東へ向かう」

「どちらまで？」

「オーヴァーランド号を追う」

「追いつけませんよ」

「追いつかないと、ヘネシー氏からお叱りを食うぞ。電信を使って線路を空けさせてくれ」

特急オーヴァーランド号の出発からすでに五十分が経過していたが、ベルの機関車には強みがあった。特急の機関車がプルマン式客車八輌、荷物車、食堂車、展望車を牽引《けんいん》するのにたいして、こちらはは炭水車のみ。機関士と機関助士に渡した百ドルの心付けがその速度に影を落とすこともない。夜通し坂を登りつづけたベルの一行は、メディシンボー山脈で雪に遭遇した。それは冬のまえぶれだった。〝壊し屋〟によって蒔《ま》かれる死と破壊の種と同様、オズグッド・ヘネシーの鉄道工事関係者がなんとしても打ち勝たなければならない冬は、すぐそこにやってきていた。

　雪景色をあとにしてララミー渓谷へ下り、町で給水だけすると、ふたたび登坂がはじまった。ついに特急オーヴァーランド号に追いついたのは、ララミーの東に位置するビュフォード駅だった。夜明けの太陽が、シャーマン・ヒルの頂の桃色花崗岩《かこうがん》を輝かせている。特急は給水用の側線に停車中で、機関助士が背の高い木製のタンクの栓をあけ、炭水車に注水しようと鎖を引っぱっていた。

「いま残っている水でシャイアンまで停まらずに行けるか？」とベルは機関助士に訊ねた。

「行けるはずだよ、ベルさん」

「追い越せ！」ベルは機関士に命じた。「シャイアン駅までこのまま連れていってくれ。できるだけ速く」

　ビュフォードからシャイアンまでは、三十マイルで二千フィートを下る道程である。東行きの線路にベルの先を行く列車はなく、彼らは時速九十マイルでシャイアンをめざした。

19

列車が停まると同時に、〝壊し屋〟は目を覚ました。日除けを細くあけ、シャーマン・ヒルの桃色花崗岩《かこうがん》に反射する陽光を見た。鉄道会社が線路のバラスト用に切り出している石だった。朝食はシャイアンで供される。もう一時間眠れることに満足して、〝壊し屋〟は目をつぶった。

停車中の特急の隣りの線路を機関車が一台、猛スピードで通過していった。〝壊し屋〟は目をあけ、ベルを鳴らしてポーターを呼んだ。

「ジョージ」彼はジョナサンに訊《たず》ねた。「なぜ停まっているんだ?」

「給水です」

「さっきの列車はなぜ追い越していった?」

「わかりません」

「こちらは特急だ」

「さようで」

「特急より速いとは、いったいどんな列車なんだ？」

ポーターはたじろいだ。キンケイド上院議員の顔が突如として怒りにくずれたのである。その目がぎらつき、口もとが歪《ゆが》んでいる。ジョナサンは怯《おび》えた。上院議員ともなれば、息ひとつでポーターの首を飛ばすことができる。つぎの駅で列車から放り出されるかもしれない。このロッキーの山上で――ということまである。「追い越していったのは列車ではないです。機関車だけです」

「機関車だけ？」

「そうです！　機関車と炭水車だけで」

「となると、誰かがチャーターしたわけだ」

「おそらく。おおせのとおりで。全速力で通過していきました」

〝壊し屋〟は両手を頭の後ろで組み、ベッドに横たわって考えこんだ。

「ほかに御用はありませんでしょうか？」ジョナサンはこわごわ訊ねた。

「コーヒーを」

ベルが仕立てた機関車がシャイアンの家畜置場を過ぎ、ユニオン駅に到着したとき、時刻は午前九時をすこしまわっていた。ベルは駅から見える三階建てのなかでもいちばん立派な〈インターオーシャン・ホテル〉に直行した。破れた夜会服に血まみれのシャツを着た長身の男に気づいた警備員が、猛然とロビーを走ってきた。

「困ります、そんな恰好《かっこう》ではいってこられては」

「私はベル。〈ヴァン・ドーン探偵社〉の者だ。仕立屋へ案内してくれ。それと紳士物の服飾雑貨商、靴磨きに理髪師を集めてもらいたい」

「どうぞこちらへ……医者も呼びましょうか？」

「時間がない」

四十分後、ユニオン駅に特急オーヴァーランド号が入線した。

見た目を取りつくろったアイザック・ベルは、プラットフォームのなかほどでそれを待ち受けた。全身が痛み、息をするたびに肋骨《ろっこつ》が悲鳴をあげている。それでも身だしなみは隙《すき》なく、ひげをきれいに剃《そ》り、ポーカーのときと変わらない黒の夜会服、雪のように白いシャツ、絹のボウタイにカマーバンド、鏡面さながらに磨きあげたブーツでめかしこんでいた。

ベルは腫《は》れあがった唇に笑みを浮かべた。これで車内にいる何者かが大層驚くことになる。問題は〝壊し屋〟にとって、己《おの》れの正体をさらすほどの衝撃になるかどうかだった。

列車が完全に停まらないうちに食堂車の一輛《りょう》前のプルマンに足を掛け、痛々しい足取りでステップを昇った。食堂車に移り、ふらりとなかへはいった。観察に徹するため、常と変わらぬ姿勢で歩くことを自分に強いながら、給仕長にどちらの側も見渡せるなかほどのテーブルを所望した。

前夜、展望車のラウンジで千ドルのチップが渡された一件は、すべての乗務員に知れ渡っていた。ベルはすぐ席に案内され、熱いコーヒーと温めた朝食用ロールパンを出された。さらにはワイオミング産の新鮮なクビキリマスはいかがでしょう、と愛想良く勧められた。

食堂車に足を踏み入れるとき、ベルは全員の顔を見て、自分にたいする反応を確かめていた。夜会服を着ていることに気づいて、訳知り顔に頰笑《ほほえ》みかけてくる者が何人かいた。洗面所で話をした身なりのいいセールスマンと、シカゴの食肉加工業者が親しげに手を振ってよこした。

コングドン判事は現われるなり言った。「同席できないことをお許しいただけるかな、ベル君。若いご婦人もいないようだし、けさはひとりにさせてもらう」

二日酔いに目を曇らせたケネス・ブルームがやってきて、ベルの隣りに腰をおろした。

「おはよう」とベルは言った。

「おいおい、おはようはいいが……いったいどうしたんだ、その顔は？」

「ひげ剃《そ》りで切った」

「ジョージ！　ジョージ！　死人が出るまえにコーヒーを持ってきてくれ」

石油関連企業の弁護士、ブルース・ペインがふたりのテーブルに寄ってきて、シャイアンの新聞で読んだ話を早口でまくしたてた。ケネス・ブルームは両目を覆った。ジャック・トーマスが最後の一席を占めると言った。「みごとな痣《あざ》だ」

「ひげ剃りで」

「上院議員の登場だ！　ジョージ！　ジョージ！　キンケイド上院議員のために椅子《いす》をもうひとつ頼む。大金を失った人間を、ひとりで食卓につかせてはいかん」

食堂車にいる知り合いに会釈しながらゆっくり近づいてくるキンケイドを、ベルはじっくり観察した。キンケイドははっと顔をこわばらせた。身なりのいいセールスマンが朝食を中断して席を立ち、握手を求めた。キンケイドはセールスマンを冷ややかに一瞥《いちべつ》するとすげなく通り過ぎ、ベルのテーブルまで来た。

「おはよう、みなさん。ご満悦かね、ベル君？」

「何の話でしょう」

「何の話？　ゆうべの百万ドルになろうかという勝利の話さ。相当巻きあげられたな」

「そういえばそうでしたね」ベルはドアを見つめたまま言った。「ちょっと考えごとをしていました。どうにも引っかかることがあって」

のか？」
「引っかかるのはご自分の顔だろう。どうしたんだね？　走っている列車から落ちた

「危ないところで」ベルはドアから目を離さずに答えた。最後の客が席を立つまでテーブルに残っていたが、ベルの存在に気づいて動揺を見せる者はいなかった。驚きはないが、しょせんは見込みの薄い賭けだったのだ。が、尻尾を出すほどの動揺はあたえられなかったとしても、この先、〝壊し屋〟は背後を気にするようになる。〈ヴァン・ドーン〉の探偵は飛べないと言ったのは誰だ？

20

ニュージャージー州ジャージーシティのウォン・リーは、顔の左右がちぐはぐなうえ、片目が見えない小男だった。二十年まえ、たくましいアイルランド系の煉瓦《れんが》運び職人がウォンの帽子を歩道にはたき落とした。なぜ侮辱するのかと食ってかかったウォンは、煉瓦運びとその仲間ふたりからしたたかに殴られ、病院に見舞いにきた友人に別人と見まがわれるほどの傷を負った。当時、二十八歳のウォンは希望に満ちあふれていた。洗濯店で働きながら英語に磨きをかけ、故郷の九龍《クーロン》の村にいる妻を呼び寄せようと金を貯めていた。

そのウォンも五十に近い。妻の船賃を稼ぎたい一心で金を貯め、一時はハドソン川を渡ったマンハッタン島に店を構えたこともある。流暢《りゅうちょう》な英語をあやつる彼の店には大勢の客がついたが、それも一八九三年の金融恐慌で唐突に夢が潰《つい》えるまでのことだった。一八九〇年代には何十万という数の店が倒産に追いこまれたが、〈ウォン・リーの洗濯店〉もそのひとつである。やがて景気が上向いたころには、ウォンは長きにわたる過酷な生活に疲れ、新たに商売をはじめる気力をなくしていた。それでも夢は捨てきれず、いまは倹約のため、昔働いていたジャージーシティの洗濯店の床で寝起きしている。収入の大半は、一九〇二年に改正された中国人排斥法をふくむ新条例にしたがい、居住権を手に入れる算段に消えていった。弁護士の説明では、それも入院したころから、わが身を暴力から守る努力を怠ってきたせいだという。つまり、賄賂《わいろ》は必要。弁護士はそう断言した。

その年の二月は、冬がぐずぐずと居座っていた。雇われている洗濯店にひとりでいるところに、見知らぬ男が近づいてきた。白人のアメリカ人だが、川風をしのぐためか中折れ帽を目深にかぶり、インバネスの襟を立て、顔は目しか見えない。

「ウォン・リー」と男は言った。「共通の友人のピーター・ボアから、よろしくと言《こと》づかった」

ピーター・ボアとはかれこれ二十五年会っていない。当時はともにセントラル・パシフィック鉄道に雇われ移動しながら、山で発破作業をやっていた。若さと度胸と、金持ちになって故郷に帰るという野心を力に岩壁を這《は》いおり、ダイナマイトを仕掛け、線路の邪魔になる岩を競うように爆破していた。

ボアが達者で何よりだとウォンは言った。最後に会ったシエラネヴァダで、ボアはダイナマイトの暴発で片手を失った。腕に壊疽《えそ》がひろがるような状態で、中国系移民を襲う暴徒を避けてカリフォルニアへ逃げることができなかった。

「ピーター・ボアから、ジャージーシティにいるあんたの様子を見てこいと言われてね。困っているときには、あんたが助けてくれるという話だった」

「その服装《なり》からすると」ウォンは見知らぬ男を見た。「貧乏人に助けを求めるほど困っちゃいないようだが」

「金ならある」見知らぬ男はそう言って木製のカウンターに札束を滑らせ、「これは前金だ。残りはあんたが必要なだけ払う」とつけくわえた。

「何をお望みで?」とウォンは訊《き》きかえした。

「ピーター・ボアの話だと、あんたは発破の名人らしい。並みの男がダイナマイトを五本使うところを、あんたは一本しか使わない。仲間からドラゴン・ウォンと呼ばれていた。あんたがドラゴンを名乗れるのは皇帝だけだと言うと、あんたこそダイナマイトの皇帝だと讃《たた》えられた」

ウォンは自尊心をくすぐられた。それは事実だった。ダイナマイトに関する詳細な知識をもつ者がいない時代にあって、彼はその新しい爆発物を本能で理解していた。才能はいまも錆《さ》びついていない。電力を使ってより安全に、より強力な爆発を起こす方法をふくめて最新の知識も仕入れていた。中国系労働者の雇用に二の足を踏んでいる砕石業者や建築業者も、いずれは考えなおすことになると、かすかな期待を捨てられずにいたのだ。

ウォンは手にした金で、ただちに雇用主の会社の株を半分買い取った。しかし、ひと月後の三月、またしてもウォール街を金融不安が襲った。全国各地で工場が閉鎖され、ジャージーシティも例外ではなかった。列車の貨車の数が減り、川を渡る艀《はしけ》の上の貨車も減った。その結果、埠頭《ふとう》での仕事が減り、衣類を洗濯店に持ちこむ働き手も減った。春から夏にかけて、景気は悪化の一途をたどった。そして秋、ウォンは妻との再会を果たす希望を失った。

いまは十一月。また冬が近づいてきたその日はひどい寒さだった。

例の見知らぬ男がジャージーシティにもどってきた。ハドソンの川風に顔を隠していた。

男はウォンに、前金を受け取り、仕事を引き受けたことを思いださせた。

ウォンは見知らぬ男に、金は必要なだけ払うと約束したことを思いださせた。

「やり遂げたら五千ドル。それでどうだろう?」

「たいへんけっこうで」見知らぬ男が本気で自分を必要としているとわかり、ウォンはいつになく気が大きくなっていた。「あんたは無政府主義者か?」

「なぜそんなことを訊く?」男は冷たく言った。

「無政府主義者はダイナマイトが好きだ」とウォンは答えた。

「ストを打つ労働者もね」男はどうしてもウォン・リーが必要であることを説こうと辛抱強く答えた。「〝プロレタリアートの大砲〟という言葉を知っているだろう？」

「でも、あんたの服は労働者のものじゃない」

〝壊し屋〟はウォンの崩壊した顔を、傷痕《きずあと》の一個一個を記憶にとどめようとするかのように見つめた。

あいだに洗濯店のカウンターをはさんでも、ウォンは男との距離が近すぎると思いはじめた。

「べつにいい」ウォンは引き下がり、「ちょっと気になっただけだから」と不安になって言い足した。

「もう一度訊いたら」と男は言った。「残ってる目をくりぬく」

ウォン・リーは後ずさった。男はウォンの能力を量るように、くずれた顔を見ながら問いを発した。

「二十五トンで最大限の爆発を起こすのに必要なものは？」

「二十五トンのダイナマイト？　二十五トンとはすごい量だな」

「貨車一台ぶんだ。どうすれば最大の破壊力を引き出せる？」

ウォンが必要なものを正確に挙げると、男は言った。「用意しよう」

マンハッタン島に引きかえすフェリー上で、チャールズ・キンケイドは吹きさらしの甲板にたたずんだ。ふだんは港に立ちこめる石炭の煙をちらす寒風に、顔は隠したままである。彼は微笑せずにはいられなかった。

闘う労働者か、無政府主義者か。

たしかに、人々の心に恐怖を植えつける〝証拠〟を残すことに腐心してきたが、実のところ、彼はそのいずれでもなかった。過激な会話も、民衆を煽動《せんどう》するチラシも、悪魔のごとき外国人も、いずれウォン・リーの死体がもたらすことになる黄禍論《こうかろん》も、〝壊し屋〟という呼び名さえも、すべて敵の目を欺く煙幕だった。私は急進主義者でも破壊者でもない。建設者なのだ。

笑顔が朗らかになるにつれ、彼のまなざしは冷たくなった。

〝ひと握りの特権階級〟への反感などあろうはずがない。これを片づけたら、その特権階級の頂点に立つことになるのだから。

21

アイザック・ベルとアーチー・アボットは、ダイナマイトが満載された有蓋《ゆうがい》貨車の屋根に上がり、ジャージーシティのコミュニポウ地区にある国際貨物ターミナルを調べていた。そこは西部や南部からの路線の終点で、アメリカ大陸を二千マイル、三千マイルと走ってきた貨車は、最終目的地の一マイル手前にあたるこの埠頭《ふとう》に留め置かれる。その先には、船乗りにはノースリヴァー、一般にハドソンの名で知られる流れが横たわっていた。

有蓋貨車は、爆発物の荷下ろしに使われる火薬桟橋に一本だけ敷かれた線路に停まっていた。とはいえ、長さ六百フィートの桟橋数本がハドソン川に指のように突き出す、メインのターミナルは目と鼻の先にある。それぞれの埠頭に貨物列車四本が停車して、木製の艀《はしけ》で川を渡ろうと待機している。積荷はセメント、材木、鋼材、硫黄、小麦、トウモロコシ、灯油、冷蔵された野菜、牛肉、豚肉など、ニューヨークで消費される品物だった。

一マイル先の対岸、煙る港の奥に浮かびあがるのがマンハッタン島で、教会の尖塔《せんとう》や船のマストが林立する。その上方に建設中のブルックリン橋の橋塔や、前回ベルが滞在してからわずか一年のあいだに建てられた高層ビルがそびえていた。ニューヨーク・タイムズ・ビルは、すでに二十二階建てのフラットアイアン・ビルに抜かれていた。が、それもはや〈シンガー〉が建設中の本社ビルの鉄骨――高さ六百フィート――に見下ろされている。

「じつにニューヨークらしい」とアーチー・アボットが得々として言った。

まるで商工会議所の一員のような言いぐさだが、この街の裏まで知悉《ちしつ》したアボットは、ベルには欠かせないガイドなのである。

「あの船を見ろよ。サザン・パシフィック鉄道の旗が、本拠地から三千マイルを隔てたこの街ではためいている。誰も彼もがニューヨークをめざす。いまや世界の中心だな」

「いまや〝壊し屋〟の標的になった」とベルは言った。「ニュージャージー・セントラルがオズグッド・ヘネシーの傘下にはいったとたん、〝壊し屋〟はニューヨークを視野に入れた」

アボットのニューヨーカーの誇りに火をつけた船舶は喫水の深い、蒸気機関をもつ長い平台船で、タグボートよりもかなり大きな資材運搬用の作業船だった。所有するのはサザン・パシフィック鉄道が新たに開設した東部海運事業所で、ニューヨークの港を往来する地元の作業船にくらべて意気揚々としていた。真新しい朱色の旗を微風にはためかせ、煤《すす》けた大煙突に描かれた四本の赤いリングは封蠟《ふうろう》のような艶《つや》を放っている。

〈オックスフォード〉というかつての船名は塗りつぶされ、いまは船尾いっぱいに〈リリアンⅠ〉と上書きされていた。ヘネシーは東部海運事業所の艀やタグボートに、〈リリアンⅠ〉から〈リリアンⅫ〉と名を冠し、船尾の横材と操舵室に真っ白なペンキで〈サザン・パシフィック鉄道〉の文字を入れさせた。

「もしかすると」とアーチーが言った。「〝壊し屋〟はヘネシーがここまで来たことを知らないかもしれないな」

「知ってる」とベルは厳かに言った。

休みなくあたりの様子をうかがうベルの青い目は、懸念に曇っていた。《ハーパーズ・ウィークリー》が指摘したように、ニューヨークは鉄道人なら誰しも詣《もう》でたい聖地である。オズグッド・ヘネシーはその夢を実現した。アイザック・ベルは、鉄道会社の社長を風刺する漫画に添えられた〝壊し屋〟のメッセージがただの脅しでないことを身に染みて理解していた。残忍な破壊工作人は一般市民への攻撃を決意していて、つぎなる闘いはここが舞台になる。

石のように表情を消したまま、ベルは無数に浮かぶタグボートの一隻《いっせき》に目を凝らした。鉄道車輛《しゃりょう》を運ぶレール付きの艀を曳《ひ》く船が、火薬桟橋の前を通り過ぎていった。甲板員たちが解き放った艀は自らの推進力だけでなめらかに進み、ビリヤードの球さながらの正確さで静かに接岸した。港が艀の索を確保するわずかな時間に、そのタグボートはすでに一ダースもの貨車を積んだ別の艀を捕まえ、川の流れに乗せてマンハッタンへと向かわせる。そんな作業が、よく手入れされた巨大機械の部品のように、くりかえし展開されていた。ぬかりなく警備している操車場、埠頭、鉄道車輛運搬用の艀が、〝壊し屋〟の遊び場にしか見えない。

ターミナルには〈ヴァン・ドーン〉の捜査員二十名が配されていた。鉄道警察のジエスロ・ワット隊長は、サザン・パシフィック鉄道の百名からなる特別部隊を組織し、かれこれ一週間にわたって、ターミナルを出入りする列車の検問をおこなっていた。査察を免れる列車はひとつとしてない。とくにダイナマイトを運搬する列車については一輛ごと、一箱ごとに検査が徹底された。これまで州最大の都市で、人口密度は川むこうのマンハッタンやブルックリンにひけをとらないジャージーシティでは、驚くほど簡単に爆薬に近づけていたことがわかった。

ベルの指揮下では、ダイナマイトを積んだ列車が接近すると、操車場の数マイル手前で武装警官が乗りこんだ。列車の進入が認められたあとも、荷下ろし――積載量二十五トンの有蓋貨車に積まれた危険貨物を平台船や艀、より小さな二トン積みの荷馬車に積み換える作業は、その全工程を警官の監視下でおこなわせた。〈ヴァン・ドーン〉の探偵も、直接業者に引き渡す荷を除いて立ち会った。

それでもベルは、〝壊し屋〟が高性能爆薬の調達に手こずるとは思っていなかった。引く手あまたのダイナマイトは、貨車に積まれて昼夜を問わず火薬桟橋に運ばれてくる。ニューヨークでは地下鉄や地下貯蔵庫を掘るのにマンハッタン、ブルックリン、クイーンズ、ブロンクスの雲母片《うんもへん》の岩盤でダイナマイトを使用するし、ニュージャージーではコンクリート生産のために丘陵のトラップを爆破している。パリセイズからウェストポイントにいたるハドソン川の断崖《だんがい》では建築用石材の切り出しに、鉄道建設の現場でいうと、川の下をくぐるハドソン・トンネルの進入路掘削にダイナマイトが使われている。

「来年、ニューヨークとニュージャージーを結ぶトンネルが開通すれば」アーチーが得意げに言った。「オズグッド・ヘネシーはタイムズスクウェアから八ブロックの場所に特別列車を停められるよ」

「トンネルが開通していないことを神に感謝しよう」とベルは言った。「もし開通してたら、〝壊し屋〟はサザン・パシフィックの特急を川の下で爆破しようとしただろう」

アーチー・アボットは、ニューヨーカーにありがちなハドソン川以西、とりわけニュージャージーにたいする蔑視《べっし》を露わにしながら、ジャージーシティ全域と隣接するホーボーケンでたびたび――最近では一九〇四年に――ダイナマイトの爆発事故が起きていることを引き合いに出した。

それは聞かされるまでもなかった。鉄道警察の部隊が新たに配備されるという噂《うわさ》がかけめぐると、怯《おび》えた市民からさまざまな情報が寄せられた。つい昨日も、〈ニューヨーク＆ニュージャージー・トラップロック〉の依頼でダイナマイト半トンを荷馬車で運んでいた間抜けを、ニューアーク・アヴェニューで逮捕した。路面電車を避けそびれたら、ジャージーシティの繁華街で大爆発を起こしかねなかった。会社側は、ハッケンサック川を使ってセコーカス鉱山へダイナマイトを運ぶには経費がかかると執拗な抗議がおこなわれた。が、ジャージーシティの消防総監は全市民が注目するなか、しぶしぶながら強硬な姿勢を貫いた。

「ジャージーの軽はずみな連中は、〝壊し屋〟の力を借りるまでもなく、いずれ自分たちを空高く吹っ飛ばすことになるのさ」アーチー・アボットが口にした。「それも完全な不注意で」

「こっちが目を光らせているうちは大丈夫」とベルは言った。

「そうはいっても」アボットは言い張った。「爆発が起きて、それが〝壊し屋〟の仕業で、ジャージーの連中のせいじゃないってわかるか？」

「わかるさ。やつに裏をかかれたら、いまだかつてない大爆発がニューヨークで起きる」

だからこそ、ベルはサザン・パシフィックが所有する全列車、船舶、無蓋貨車に鉄道警官を置いた。〈ヴァン・ドーン〉の捜査員と、ダイナマイト、火薬およびＴＮＴの安全輸送の推進を目的に鉄道会社が設立した、爆発物取締局の検査員をその援護にあたらせた。

木樵《きこり》が描いた似顔絵は全員に持たせた。似顔絵に寄せるベルの期待は、傲慢《ごうまん》なデンヴァー支局長ニコラス・アレグザンダー――欠点はあるが有能な捜査員だった――から届いた、オグデンの悲劇に関する捜査報告によって増していた。〝壊し屋〟は〈ヴァン・ドーン〉の捜査員であるウォリー・キズリーとマック・フルトンを狙《ねら》ったと考える者もいたが、アレグザンダーの調査は、ウォリーとマックが〝壊し屋〟を追って路地にはいったというベルの推理を裏づけるものだった。つまり、ふたりは似顔絵をもとに〝壊し屋〟を発見したのである。そして、いまやすっかりお馴染《なじ》みになった剣による刺し傷から見ても、ふたりが〝壊し屋〟の手にかかったことに疑いの余地はなかった。

「友よ」とアーチーが言った。「きみは心配のしすぎだ。警備に抜かりはない。すでに一週間になるが、〝壊し屋〟の影も形もない。ボスは大よろこびだ」

〝壊し屋〟を逮捕もしくは射殺するまで、ヴァン・ドーンが手放しでよろこぶことはありえない。だが、〈ヴァン・ドーン探偵社〉の強烈な存在感が、多種多様な犯罪者や逃亡者の拘束という副次的な成果を生んでいるのもまた事実で、これまでにニュージャージー・セントラルの鉄道警官になりすましたジャージーシティのギャングと、三人組の銀行強盗、厳寒期の凍結防止のため、ダイナマイトを蒸気放熱器の上で保管するという危険行為を看過してきた消防委員会の汚職査察官が逮捕された。

多数の警官を配置しているとはいえ、ベルがもっとも大きな不安を感じているのは火薬桟橋だった。中心部の埠頭からなるべく離して設けられてはいるが、それでもベルの考えでは近すぎた。火薬桟橋に接岸中の艀に、ダイナマイトの積み込みをおこなう貨車は一度に六輛にもなる。ベルは操車場やドック、それに地元のギャングに詳しい〈ヴァン・ドーン〉のベテラン捜査員、エディ・エドワーズに鉄道警察の指揮を執らせた。

ウォン・リーはコミュニポウの桟橋に向かって歩いた。その矮軀《わいく》が大きな洗濯物袋の重みでほとんどふたつ折りになっている。そこに鉄道警官が彼の前に立ちはだかり、中国人が何の用だと誰何《すいか》した。

「早く早く！　船長の洗濯物」ウォンは警官の期待に応えてピジン英語で答えた。

「どの船だ？」

ウォンはLとRの発音をわざと混同して、〈ジュリア・レイドヘッド〉という、肥料用の骨を積んだ三本マストの小型帆船の名を答えた。

〈ジュリア・レイドヘッド〉号では、ポーランド系の日雇い労務者が悪臭を放つ積荷を降ろしていた。ウォンはその横を通り過ぎると、材木の取引所に停泊する二本マストのくたびれたスクーナーの渡り板を登りはじめた。

「おい、中国人？」と航海士が大声で呼んだ。「どこへ行く？」

「ヤトコウスキ船長のとこ、早く早く、洗濯物」

「船長室だ」

ヨンカーズ生まれのヤトコウスキは、密造酒や中国のアヘン、また法規制のゆるやかな土地へ逃げようという者を秘密裏に運ぶ、それはしたたかな船乗りだった。安全な対岸への渡し賃を出し渋った犯罪者は、ロワー湾に俯《うつぶ》せで浮かぶことになり、闇《やみ》社会では、ポール・ヤトコウスキ船長と手下の〝ビッグ・ベン〟・ワイツマンを出し抜くなと言われている。

「何を持ってきた、中国人？」

ウォン・リーは袋を降ろし、その口を縛っていた紐《ひも》をそっとほどくと、きれいに洗濯されたシャツとシーツのあいだをまさぐり、丸いクッキーの缶を取り出した。もはやピジン英語を使うこともなかった。

「必要なものはこれで全部だ」とウォンは答えた。缶の内側は、銅製のカプセルの大きさに合わせて金属板に穴をあけたラックになっていた。持ち歩く際にカプセル同士がふれないようにするためである。穴は三十個あり、それぞれに鉛筆ほどの直径、鉛筆の半分ほどの長さのカプセルがはいっていて、先端の硫黄プラグからは二股《ふたまた》に分かれた絶縁〝レッグワイヤー〟が伸びている。それは高純度の雷酸水銀が使われた、六号と言われる感度の高い雷管だった。

西部の線路工事で岩盤を爆破していた若き〝ドラゴン・ウォン〟・リーの成功の秘訣は、勘と度胸の組み合わせにあった。ウォンは並外れて鋭い観察眼を光らせながら週の七日を断崖で働き、油紙に包まれたダイナマイトの一本一本には、想定以上の破壊力があることを知るにいたった。要はいかにすばやく起爆させるかにかかっている。そこで雷管を並列につないで同時に点火させ、起爆速度を速くするという技を磨いた。

起爆が速ければエネルギーも大きくなり、破壊力が増す。ダイナマイトが比較的新しいものだった三十年まえ、それを理解する土木技師は少なかったし、無教養な中国系の農民に多かろうはずがない。が、電気による点火で安全性が高まる以前、あてにならない導火線を燃やすほか起爆の方法がないという時代に、そこまで大胆なことをする人間はいなかった。

「電池は？」とウォンは訊いた。

「ある」とスクーナーの船長は答えた。

「針金は？」

「全部そろっている。あとは？」

ウォンはその瞬間をじっくり味わった。街中なら、出会い頭にこっちの帽子をはたき落としそうな、情け知らずの乱暴者がウォンの裏の技能に感じ入っている。

「あとは？」ウォンはおうむ返しに言った。「あとはこっちが忙しいんだ。あんたは船を出してくれ」


火薬桟橋に並んだ六輛の有蓋貨車では、ライフルを携えた十二人の鉄道警官が警備にあたっていた。うち三人は、貨車の一輛からデラウェア州ウィルミントンの〈デュポン〉で製造された六インチのダイナマイト六十ポンドがはいった箱八百五十六個を次々に運び出している日雇い労務者の一団に目を光らせていた。四人は平台船、〈リリアンⅠ〉の広々とした甲板にダイナマイトを積みこむ船員を監視していた。ひとりは訓練を受けた銀行の監査人で、送り状に何度も目を通して平台船の船長をうるさがらせていた。

〈リリアンＩ〉の船長、ウィット・ピートリーは苛立《いらだ》ちを募らせていた。すでに満潮を逃し、高速での遡上《そじょう》は望めなくなっていた。さらに時間がかかれば、サットンポイントの黒色火成岩の採石場までの六十マイルを流れに逆らって航行するはめになる。何が腹立たしいといって、それはサザン・パシフィック鉄道のお偉方が、以前の雇い主であるニュージャージー・セントラル鉄道のボス以上に吝嗇《りんしょく》で、彼が愛してやまない〈オックスフォード〉号の修理に金をかけたがらないことだった。彼らは風習を完全に無視して船名を〈リリアン〉に変更した。運命に逆らって船の名前を変えると悪運がつくことは、脳味噌《のうみそ》が半分しかない人間でも知っている。が、もっと悪いのは、新しい船名――〈リリアンＩ〉――にふくまれる数字に、二から十二まであるほかの平台船より劣る印象があることだった。

「じゃあ、こうしよう」業を煮やした船長が言った。「おれは家に帰ってかみさんと飯にする。船はおたくらで動かしてくれ」

歯を見せる警官はひとりもいなかった。川上りはかれこれ八年やっていることだと船長はくりかえし訴えたが、出航が認められたのは、ハドソン渓谷の断崖で黒色火成岩の爆破作業を合法的に請け負っている業者のもとに、合法的に入手した二十五トンのダイナマイトを運搬している確認がすっかりとれてからだった。

まだだ！

舫《もや》い索を解こうとしたまさにそのとき、高価なコートを身にまとい、厳しい顔をした黄色い髪ののっぽが、額を横切る白いボクシングの傷痕《きずあと》をのぞけば五番街の伊達男《だておとこ》にしか見えない仲間とともに火薬栈橋を歩いてきた。軽業師のように易々と船に飛び移ると、黄色い髪の男がバッジを出して〈ヴァン・ドーン〉の捜査員であることを示した。彼は捜査責任者のアイザック・ベルと名乗り、連れを捜査員のアーチボルド・アボットと紹介して、ピートリーに書類を見せるよう命じた。ベルの目の冷たさを目の当たりにした船長は、家に飯を食いに帰るなどと駄々をこねることなく、その日十回めとなる入念な送り状の確認が終わるのを辛抱強く待った。

ようやく口を開いた仲間のアボットが、ヘルズ・キッチン風の口調でこう言った。

「いいぞ、船長、出してくれ。引き留めて悪かったが、運任せにはできないんでね」

アボットはゴリラのような腕をしたサザン・パシフィック鉄道の警官を手招きした。

「マコリーン、ピートリー船長に同行してくれ。行き先はサットンポイントの〈アッパーハドソン粉末スレート会社〉。積み荷はダイナマイト二十五トン。行き先を変えようとする者がいたら射殺しろ！」

その後、アボットはアイザック・ベルの肩に腕をまわして渡り板を登らせながら、それまでとはまるでちがう五番街の伊達男風の口調で言った。「これくらいにしよう。きみは一週間休むことなくみっちりやってきた。あとは優秀な連中に任せて、われわれは一晩の休暇だ」

「だめだ」ベルはダイナマイトを積載した有蓋貨車五輌に鬱々《うつうつ》としたまなざしを投じて唸《うな》った。夕暮れが近づいていた。三人の鉄道警官が、中心部の操車場と桟橋を隔てるゲートに向けて三脚に据えた弾帯つき水冷式ヴィッカース自動機関銃を構えていた。

「これはヴァン・ドーン氏からの命令だ」とアボットが言った。「今夜休まないなら、ぼくらをこの事件からはずすと言っている。ふざけているわけじゃないんだ、アイザック。彼は全員の頭をはっきりさせておきたいのさ。わざわざ『フォリーズ』のチケットまで用意してくれてる」

「あれはすでに終演になったはずだ」

「巡業の準備期間中に、特別公演を打ってるんだ。ぼくの友人の批評家が新聞に〝ここ何年かでもっともレベルの高い、笑いと音楽と美女の組み合わせ〟と書いていたぞ。街じゅうの人間が手に入れようと躍起になってる、そのチケットがあるんだ！　さあ、服を着換えて、まずはぼくのクラブで軽く何か食べよう」

「とりあえず」とベルは硬い声で言った。「石炭を満載した炭水車を三輌、制動輪をロックした状態でゲートの外に停めるのが先だ。誰かが機関車で突っ込むという名案を思いついたときの用心に」

22

アーチー・アボットは、名門の家族に俳優になることを禁じられた男で、グラマシーパークの〈プレイヤーズ〉という会員制演劇クラブに所属していた。十八世紀最高のハムレット役者にしてリンカーン大統領を暗殺した男の兄でもある舞台俳優、エドウィン・ブースが十九年前に創設したクラブで、この旗揚げにはマーク・トウェインや、南北戦争の終結を早めたことで知られるジョージア州焦土進撃作戦を指揮したウィリアム・テクムセ・シャーマン将軍も尽力している。ブースが譲渡した自宅をクラブハウスに改装したのは、著名な建築家のスタンフォード・ホワイトだが、ホワイトは後にマディソン・スクウェア・ガーデンでハリー・ソーに撃ち殺された。

ベルとアボットはクラブの一階にある〈グリル〉で簡単な夕食をとった。明け方、ジャージーシティの酒場で朝食を口にして以来の食事だった。ふたりはアップタウンのブロードウェイ四十四丁目で『一九〇七年のフォリーズ』を観劇するまえにコーヒーを飲もうと大階段を昇った。

　ベルは書斎を飾るエドウィン・ブースの等身大の肖像画に感服して足を止めた。それを描いた画家の独自の表現方法――明敏な写実主義と浪漫に満ちた印象主義の力強い融合には、ベルの気持ちを昂《たか》ぶらせるものがあった。

「これは〈プレイヤーズ〉の先輩が描いたものだ」とアボットが説明した。「悪くないだろう?」

「ジョン・シンガー・サージェント」とベルは言った。

「なるほど、きみに彼の作品がわからないはずはないな」とアボット。「ボストンの父上の書斎に飾られた、母上の肖像の作者だ」

「あれは死ぬ直前の母なんだ。ああいう若く美しい女性の絵だと、そんなことは思わないだろうが」ベルは記憶をたどって頬笑《ほほえ》んだ。「たまに階段に腰かけると、絵に向かって話しかけたものさ。じれったそうな顔をして、たぶんサージェントに〝さっさと仕上げてちょうだい、花を持ってじっとしているのはうんざり〟って話しかけてるんだろう」

「正直」とアボットが冗談を口にした。「ぼくも実物より絵の母親と話したいね」

「さあ出かけよう!　支局に寄って、われわれの居場所を言っておかないと」ほかの大都市にある支局同様、タイムズスクウェアにある〈ヴァン・ドーン探偵社〉のニューヨーク支局は二十四時間稼働していた。

ふたりは燕尾服《えんびふく》に白タイ、オペラケープにシルクハットという出立ちでパーク・アヴェニューに急いだ。そこはダウンタウンへ向かうふたり乗りの馬車やタクシー、乗用車でごったがえしていた。「この混みようだと地下鉄のほうが早いな」

二十三丁目にある地下鉄駅には明るい電灯がともり、白いタイルが輝きを放っていた。夜遊びに出かける男女から帰宅を急ぐ商売人、労働者、家政婦まで、雑多な乗客がプラットフォームを歩いていた。猛スピードで駅を通過していった急行が満員の乗客を乗せているのを見て、アボットが鼻を高くして言った。「この地下鉄で、何百万というニューヨーカーが摩天楼へ働きにいける」

「この地下鉄で」ベルは乾いた声で言った。「犯罪者はダウンタウンの銀行を襲い、警官が現場に到着するころには、アップタウンで祝杯を挙げられる」

ふたりは地下鉄に運ばれ、あっという間にアップタウンからブロードウェイの四十二丁目まで行った。階段を昇った先には、夜はどこへ追いやられたのかと思うような世界が待っていた。タイムズスクウェアは〝電飾〟──劇場、ホテル、ロブスターパレスの看板に使われている無数の電球の光で真昼の明るさだった。通りには自家用車、タクシー、バスが音高く行き交い、広い歩道には人々がごった返している。

ベルはマックスフィールド・パリッシュ描くオールド・キング・コールの壁画がロビーを飾る一流の宿、ニッカーボッカー・ホテルにはいった。〈ヴァン・ドーン探偵社〉の支局はこのホテルの二階、大階段からすこし離れたところにひっそりと存在した。銀色のボウタイを締めて、髪を後ろに撫《な》でつけた有能そうな若者が、趣味良く飾りつけられた受付で顧客を迎えていた。彼の仕立てのいい上着には使い馴れたピストルが、デスクのいちばん下の引出しの手近なところには銃身の短いライフルが隠されている。そして、支局内にはいるドアは膝《ひざ》の横にあるスイッチで彼が開閉していた。

奥の部屋には広告代理店のオフィスのように、タイプライター、緑色のガラスがはいった照明器具、スチールのファイルキャビネット、カレンダー、電信機が備えつけられ、当直の捜査員のデスクには蠟燭《ろうそく》型電話機が並んでいた。デスクでタイプライターを叩《たた》く白いブラウスの女性事務員の姿はないが、六人の捜査員が書類をつくったり、捜査方針を話し合ったり、タイムズスクウェアにあるホテルの警備からもどって休憩をとったりしていた。〈ニッカーボッカー〉のロビーで門前払いを食らいそうな、あるいは裏道の探偵事務所の出入りにふさわしい身なりの来訪者には、別の入口も用意されていた。

正装したベルとアボットに野次が飛んだ。

「道をあけろ！　オペラ歌手の御成りだ！」

「きみたち貧乏人は、紳士を見たことがないのか？」とアボットが言った。

「そのペンギンみたいな服装《なり》で、いったいどこへ行くつもりだ？」

「ハマースタイン劇場の屋上にある〈ジャルダン・ド・パリ〉だ」アボットはシルクハットを傾け、杖《つえ》を振りまわしながら答えた。「『一九〇七年のフォリーズ』を観る」

「なんだって？　『フォリーズ』のチケットを持ってるのか？」全員が驚いて騒ぎだした。「どんな手を使って手に入れた？」

「ボスの厚意だ」とアボットが言った。「プロデューサーのジーグフェルド氏はヴァン・ドーン氏に借りがあるのさ。ほかの男の奥さんとのことで。行こう、アイザック。幕があくぞ！」

しかし、ベルは兵隊のように整列している電話を見つめて考えこんでいた。何か引っかかるものがある。忘れているもの、見すごしているもの、あるいは勘違いしているものが。

ベルの心の目にジャージーシティの火薬桟橋が映し出された。彼には見たものを写真のように正確に記憶する能力があった。川に向かって腕のように突き出した桟橋を陸から川へ、一フィートごと、一ヤードごとになぞっていく。中心部の操車場と桟橋を隔てるゲートに狙《ねら》いを定めるヴィッカース自動機関銃。ゲートを守るために彼が移動を命じた三輛《りょう》の炭水車。荷を積んだ有蓋《ゆうがい》貨車の列、煙、潮が渦を巻く水面、彼方にはフェリー用の桟橋が併設された赤煉瓦《れんが》のコミュニポウ旅客ターミナル……

何が足りないのか。

電話が鳴った。当直の捜査員がなかほどの一台の受話器を取った。その電話には、最重要の回線であることを示すために、誰かがショウガールの口紅であわてて引いた斜線があった。「はい、ヴァン・ドーンさん！……はい！　彼はいまここに……はい！　お伝えします。ごきげんよう、ヴァン・ドーンさん」

当直の捜査員は受話器を架台にもどしながら、ベルに言った。「ヴァン・ドーン氏からの伝言で、いますぐ支局を出ないと馘《くび》にする、とのことです」

ベルとアボットは大急ぎで〈ニッカーボッカー〉を出た。

ブロードウェイへの道すがら、アーチー・アボットは誇り高きニューヨークの案内人として〈レクターズ〉という二階建てレストランの黄色いファサードを指し示した。彼がとりわけ気になっているのは正面に鎮座する巨大な彫像だった。「あのグリフィンを見ろよ」

「見逃しようがない」

「街でいちばんのロブスターパレスの守り神だ」

リリアン・ヘネシーは〈レクターズ〉のエントランスに足を踏み入れる瞬間をこよなく愛していた。歩道のグリフィンを置き去りに、巨大なシャンデリアに照らされた、水晶と黄金が織りなす緑と黄色のワンダーランドに案内されると、偉大な人気女優もこんな気持ちを味わっているにちがいない、と思うのだった。すばらしいのは床から天井までつづく鏡のおかげで、回転ドアを抜けてきた客が店内にいるすべての客から見えることだった。

この夜、人々はリリアンの美しい金色のロングドレスに見とれ、胸もとを飾るダイアモンドに溜息《ためいき》をつき、彼女をエスコートするとびきり端整な顔立ちの男性について耳打ちを交わした。マリオン・モーガンの言葉を借りれば〝息を呑《の》むほど端整な〟ということになるのだろうか。残念なことに、男性はリリアンの財産をわがものにしようと粘り強く求婚をつづけているキンケイド上院議員だった。もしも同伴者がアイザック・ベルのように、ハンサムだが女々しいところがなく、腕力はあるが暴力的ではなく、たくましいが粗野でない男性だったらどんなに心ときめくだろう。

「何を考えているのかな？」とキンケイドが言った。

「そろそろロブスターをいただいて、ショウに行ったほうがいいんじゃないかと……まあ、楽団の演奏が……アンナ・ヘルドが来たんだわ！」

楽団はブロードウェイの女優が来店すると、話題の新作から一曲奏でるのをならわしにしていて、そのとき流れてきたのは《アイ・ジャスト・キャント・メイク・マイ・アイズ・ビヘイヴ》だった。

リリアンは甘い声と完璧《かんぺき》な音程で、楽団の演奏に合わせてそれを口ずさんだ。

わたしの顔の北東の隅に
そして同じ場所の北西の隅には……

登場したのはフランス人の女優、アンナ・ヘルドだった。舞台で着ているものよりもずっと丈の長い、壮麗な緑のドレスで細い腰のくびれを強調し、にこやかな笑みを浮かべて目を輝かせていた。

「ああ、チャールズ。すごいわ。来てよかった」

チャールズ・キンケイドは、テーブルクロスの上に身を乗り出すリリアンを見てにんまりした。この信じられないほど裕福な女が、じつは無邪気な小娘にすぎないことに思いあたったのだ。リリアンがヘルドの一挙一動を観察し、自分の美しい目をあやつる技巧を磨いたことに、キンケイドは金を賭《か》けてもいいと思った。しかも、練習を積んだ薄いブルーの目を輝かせながらの上目遣いに絶大な効果があることは認めざるをえない。

キンケイドは言った。「電話をもらって、とてもうれしかった」

「『フォリーズ』の再演が決まったんだもの」リリアンは快活に答えた。「是が非でも行かなくちゃ。ショウをひとりで観にいく手はある?」

キンケイドにたいする彼女の姿勢は、そのひと言にほぼ要約されていた。彼はリリアンの素気なさを不快に思っていた。それでも、彼女の父親がくたばれば、その手もとには二十五セントと残らず、こちらはリリアンをふくめたすべてを手中におさめた資産家になる。リリアンのご機嫌とりは、やむを得ずの偽装でしかない。鉄道会社の利益に一票を投じる子飼いの上院議員という役割以上にオズグッド・ヘネシーに付きまとわなくてはならないのだ。リリアン・ヘネシーには、家具調度のように地味で冴《さ》えない中年、またはいささか滑稽《こっけい》なところがある金目当ての求婚者として邪険にさせておけばいい。いずれ彼女はおれのものになる——妻としてでなく、美しい彫刻作品さながらに、欲したときに楽しめる〝物〟として。

「私にとっても見逃せない舞台だ」キンケイドはリリアンにそう答えながら、心の内でベルを殺しそこねたローリンズの賞金稼ぎを呪《のろ》った。

すぐれて今夜は多くの人の目にふれる必要があった。ベルにはいまのところ疑われてはいないようだが、それも時間の問題だった。どこか平仄《ひょうそく》が合わないという感覚が、そろそろあの探偵の意識に芽生えているにちがいない。ベルがつくった人相書が、いつ目撃者の記憶を呼び覚ますことになるか。スケッチの男の耳が大きすぎるからといって、それで永遠のお守りにはならない。

ハマースタイン劇場の〈ジャルダン・ド・パリ〉で上演される『一九〇七年のフォ

リーズ』に勝るアリバイがあるだろうか。

ニューヨークでもっとも注目を浴びる女相続人と、〈レクターズ〉で食事をするチャールズ・キンケイド上院議員の姿は何百という人々の記憶に残る。きわめて印象的な若い女性をエスコートし、ブロードウェイ最大のショウを楽しむ〝英雄技師〟の姿が何千という人々に目撃される――一マイル半離れた場所では、『フォリーズ』をかすませるほどの〝ショウ〟が繰りひろげられる。

「何を笑っているの、チャールズ？」とリリアンが訊《たず》ねた。

「今夜のショウが楽しみでね」

23

二十世紀初頭のハドソン川で、海賊行為などそうあるものではない。雨のむこうに舳先《へさき》の傾く船影を認めたウィット・ピートリー船長も、〈リリアンⅠ〉の警笛を鳴らして接近を警告する以外、とくに何もしなかった。堂々たる汽笛の音で、操舵《そうだ》室の裏のベンチで居眠りをしていた鉄道警官のマコリーンが目を覚ました。〈リリアンⅠ〉は引き潮や強い川の流れに抗いながら、ヨンカーズを過ぎて北上していた。

「あれはなんだ?」

「スクーナーのようだが……あの間抜けは耳が聞こえんらしい」

船影はなおも接近をつづけ、暗い空にシルエットのように浮かびあがる帆がスクーナーのものとわかるところまで迫っていた。ウィット・ピートリーは操舵室の窓からよくよく見ようと頭を下げ、激しく回転する補助のガソリンエンジンの音に耳をすました。そして、いま一度警笛を鳴らしてから衝突を回避すべく操舵輪を回した。帆船も同じ方向へ針路を変えた。

「何のつもりだ？」

いまやマコリーンも立ちあがって上着からリヴォルヴァーを抜き、完全に職務にもどっていた。

ショットガンの銃声とともに窓ガラスが割れ、飛び散ったガラスの破片でマコリーンは目が見えなくなった。鉄道警官は痛みに悲鳴をあげて顔を押さえ、闇雲《やみくも》に発砲しながら後ずさった。ピートリー船長は骨の髄まで沁《し》みこんだジャージーシティの無頼の本能にしたがい、襲撃者の船に自分の船をぶつけようと乱暴に舵《かじ》を切った。

正しい戦術だった。重い荷を積んだ平台船なら、木造のスクーナーを真っぷたつにできる。だが〈リリアンⅠ〉の操舵用リンケージは、かつてのニュージャージー・セントラル鉄道の時代から現在のサザン・パシフィックまで、長らく放置されてきたためにガタがきて、その粗い操作に耐えられなかった。操舵装置がはずれて舵板が動かなくなり、ダイナマイトを満載した船は旋回にはいった状態で立ち往生した。舷側《げんそく》をぶつけたスクーナーからなだれこんできた男たちは、妖精バンシーのように叫びながら、相手かまわず発砲した。

〈ジャルダン・ド・パリ〉は、ハマースタインが建てたオリンピア劇場の屋上に仮設された小屋である。冷えこみの強い雨の晩のことで、帆布のカーテンによって風はさえぎられていたが、下のブロードウェイを通行するガソリンエンジンのバスの騒音はほぼそのままはいりこんでくる。それでも、チケットを手にした人々は一様に幸せそうだった。

テーブルと椅子《いす》が傾斜のない床に並べられているさまには、劇場というよりダンスホールの趣きがあった。しかし、興行主はアーチー・アボット言うところの〝上流の観客〟の歓心を買おうと華やかなボックス席を増設していた。ボックス席が設けられているのは、仏塔のような建物の最上部にあるエレベーター乗り場にわたされた馬蹄《ばてい》形のプラットフォーム上で、『フォリーズ』のプロデューサー、フローレンス・ジーグフェルドは〈ヴァン・ドーン探偵社〉の捜査員たちに、そのなかでも最高の席をあてがっていた。そこからは舞台を間近に望めるだけでなく、舞踏会さながらに白いボウタイと燕尾服《えんびふく》で正装した男性、ガウンで着飾った女性で埋まるほかのボックス席を眺め渡すことができる。

到着した観客を確かめていたベルの視線が、反対側の席に着いたリリアン・ヘネシーの上で止まった。金色のロングドレスを身にまとい、ブロンドの髪を高く結いあげたリリアンはこれまでになく美しかった。ベルが笑いかけると、愛車のパッカード・グレイウルフを壊した罪を許すことにしたのか、心からうれしそうに顔を輝かせた。それどころか、のぼせあがった少女のように笑みくずれる様子を見て、ベルは不安になった。それはおたがいにとって不要なものなのだ。

「あの娘を見ろ！」アボットが思わず声を出した。

「アーチー、そんなに乗り出したら、安い席に落ちるぞ」

「ぼくの死体を見てあの娘が嘆き悲しんでくれるなら、それも悪くない――ぼくの最期を話してやってくれ。おい、彼女はきみに笑いかけてるぞ」

「彼女の名はリリアン」とベルは言った。「きょうの午後、きみが歩きまわった蒸気船の名前は彼女にちなんでつけられたものだ。サザン・パシフィックが所有するほかの船もそう。ヘネシー老の令嬢だ」

「金持ちか。なるほどな。いっしょにいる気取った男は？　どこかで見た気がする」

「チャールズ・キンケイド上院議員」

「ああ、そうだ。あの英雄技師か」

ベルはキンケイドの挨拶《あいさつ》につれない会釈を返した。ポーカーで負けたキンケイドの小切手はいまだイェール・クラブに届いていないが、それは別段驚きでもなかった。いかさまをやる人間は、払わずにすむと思っている借金を返したりはしない。

「上院議員は幸運をつかんだのか」

「それはどうだろう」とベルは言った。「あの男に騙《だま》されるには裕福すぎるし、自立心も旺盛《おうせい》だ」

「どうしてわかる？」

「本人が言っていたんだ」

「きみにそんな話を打ち明けたのか、アイザック？」

「ミュムを三本空けていたからね」

「で、きみに幸運がめぐってきた」

「ぼくの幸運はマリオンと出会えたことだし、これからもマリオンとともにある」

「愛は」客席の明かりが消えはじめたところで、アーチーが悲しげな声をつくって嘆いてみせた。「死や税金のようにわれわれに付きまとう」

　絹の布地をたっぷり使ったドレスに羽根飾りのある帽子をかぶり、ダイアモンドをぶら下げた年配の貴婦人が、隣りのボックス席から身を乗り出すと柄付き眼鏡《ローネット》で横柄にアボットの肩を叩《たた》いた。

「お静かにね。ショウがはじまりますよ……あらまあ、アーチーじゃない。お母さまはお元気？」

「大層元気にしています、ヴァンダービルト夫人。お言葉は母に伝えます」

「是非ともお願いね。それと、アーチー？　聞こえてしまったの。お連れの方の言うとおりよ。あの若いお嬢さんは隣りの不快きわまりない議員に好意をもっていないわ。それに彼女なら、お宅の傾いた身代をあっさり立てなおせてよ」

「それを聞いたら、母もさぞよろこぶことでしょう」アボットは調子を合わせてから、ベルにだけ聞こえる低声で言い添えた。「きみなら察しがつくと思うが、母はヴァンダービルト家を卑しい成金とみなしているし、叩き上げの鉄道員の娘を嫁に迎えるなど言語道断とつっぱねる」

「それは残念だな」

「わかってる。でも、母ははっきり、あの成金のアスター一族に劣る人間はいないと言ってる」

ベルは離れたボックス席のリリアンを見て、ふと名案を思いついた。自分に向けられたリリアンの熱をよそへそらし、同時にアーチーを気の毒な母親の呪縛《じゅばく》から解き放つというものだった。だが、そこには外交官の自制と宝石商の軽妙な話術が求められる。そこでとりあえずこう言うにとどめた。「静粛に！　ショウがはじまる」


ブロードウェイの一マイル西を流れるハドソン川のなかほどを、海賊に襲われたサザン・パシフィック鉄道の蒸気船〈リリアンⅠ〉が猛スピードで川を下っていた。引き潮と重なったために流速は二倍となり、操舵装置の修理で無駄にした時間は相殺された。〈リリアンⅠ〉を襲った木製スクーナーも同航していた。南東の風が吹き、激しく雨が降っている。スクーナーは〈リリアンⅠ〉を追走して帆を詰め開きに、ガソリンエンジンは全開にしていた。

スクーナーのヤトコウスキ船長はヨンカーズ生まれの密輸商人で、昔から馴染《なじ》みのある〈リリアンI〉が木端微塵《こっぱみじん》にされようとしていることに胸の疼《うず》きをおぼえた。しかし、彼女の最後の航海に際して乗組員を溺死《できし》させ、中国人を救出するのにスクーナー二隻ぶんの報酬を受け取ったことを思えば、それは些細《ささい》な感傷だった。仕事が終わるまで中国人に目を光らせ、生かして連れ帰ること。ボスは発破の名人を雇ったのだ。

〈アンナ・ヘルド・ガールズ〉――これほどの美女たちがひとつの劇場に集うのは初めてというふれこみだった――が丈の短い白いドレス、カウボーイハット、赤いサッシュという姿で《アイ・ジャスト・キャント・メイク・マイ・アイズ・ビヘイヴ》を歌いながら激しく踊っていた。

「パリから連れてきたばかりの娘も何人かいる」とアボットが耳打ちした。

「アンナ・ヘルドの姿が見えないな」とベルはささやきかえした。九十歳未満のアメリカ人男性の例に洩《も》れず、ベルもそのフランス人女優の表情豊かな目、十八インチのウエスト、その結果として生じる曲線的なヒップラインをよく知っている。彼女は毎日、牛乳風呂にはいって肌の手入れをしていると言われていた。舞台に夢中になっているリリアン・ヘネシーを見て、ベルははたと気づいた。彼女の家庭教師だったカムデン夫人は、身体つきがアンナ・ヘルドにそっくりだった。ヘネシー社長は夫人を牛乳風呂に入れているのだろうか。

　アボットが大きな歓声を送ると、ほかの観客もそれにつづいた。「ジーグフェルドのみぞ知る事情があって」周囲の声にかき消されまいと、アボットはベルに言った。「アンナ・ヘルドは〈アンナ・ヘルド・ガールズ〉から去ったんだ。いまも内縁の妻のままだが」

「〈ヴァン・ドーン探偵社〉が総力をあげても、ジーグフェルドを窮地から救うことはできないな」

『一九〇七年のフォリーズ』はつづいた。バーレスクのコメディアンが、ウェーバーとフィールズばりのドイツ訛《なま》りの英語で酒場の勘定について議論する場面で、ベルはマックとウォリーを思いだしてしんみりとなった。アナベル・ウィットフォードが〈ギブソン・ベイジング・ガール〉の黒い水着姿でステージに現われると、アボットはベルを軽くつついてささやいた。「ぼくらがガキのころのニッケルオデオンを憶えてるか？　彼女、バタフライダンスを踊ってた」

　ベルはアボットの声をぼんやり聞きながら、〝壊し屋〟の計画について考えていた。ありとあらゆる場所に厳戒態勢が敷かれたいま、彼はどこを襲うつもりだろうか。その恐ろしい答えは、〝壊し屋〟には見えていて、自分が見すごしているもののなかにある。

オーケストラが《アイヴ・ビーン・ワーキング・オン・レイルロード》というにぎやかな曲を奏ではじめると、アボットがまたベルをこづいた。

「見ろよ。うちの依頼人が芝居に使われてるぞ」

コメディアンたちが、サザン・パシフィックの蒸気機関車が描かれた背景幕の前で、いまにも轢《ひ》かれそうな演技をしていた。うわの空で観ているだけでも、植民地時代の服装で木馬にまたがり飛び跳ねている男が、独立戦争中に伝令として活躍したポール・リヴィアであることはすぐにわかる。共演するストライプの帽子につなぎ服の機関士は、サザン・パシフィック鉄道の社長、オズグッド・ヘネシーだった。

ポール・リヴィアが電報をひらひらさせながらヘネシーに近づいていく。

「ヘネシー社長、合衆国上院議会から電報だよ」

「よこせ、ポール・リヴィア！」ヘネシーは馬上の男から電報をひったくると、それを読みあげた。「電報で指示願います。投票先を聞きそびれました」

「上院議員たちになんと指示を、ヘネシー社長？」

「鉄道がやってくる。鉄道がやってくる」

「投票は？」

「陸路なら一本」

「鉄道が陸から来たら、塔にランタンを一本吊《つ》るす？」

「賄賂《わいろ》だ、たわけ！　ランタンではない。賄賂だ！」

「海路だったら何本？」

「二本——」

アイザック・ベルは勢いよく席を離れた。

24

平台船〈リリアンⅠ〉の暗い船倉で、ウォン・リーは単一乾電池三本につないだエヴァレディ製の自転車用ランタンを灯し、複雑な配線の仕上げに取り組んでいた。裸火の光でダイナマイトの導火線をつないできた昔を思うと、なんともありがたい。作業に必要な明かりを灯し、このうえなく正確に点火してくれる電力に感謝しなければ。

アイザック・ベルは、帆布の雨除けをくぐって〈ジャルダン・ド・パリ〉を出ると、ハマースタイン劇場の外階段を駆け降りた。路地に降り立つとブロードウェイへ走った。ニッカーボッカー・ホテルまでは二ブロックの距離だった。歩道は人であふれていた。ベルは車道に飛び出し、車をかわしながら南へ急ぐと、ホテルのロビーを突っ切り、階段を駆けあがって〈ヴァン・ドーン〉の支局にはいった。そして呆気《あっけ》にとられる受付係のデスクの下に手を伸ばし、ドアの隠し錠を解除して奥の部屋へ飛び込んだ。

「火薬桟橋にいるエディ・エドワーズと話がしたい。ジャージーシティにつながる回線は？」

「一番です、指示どおりに」

ベルは受話器を取り、たてつづけにフックを押した。

「エディ・エドワーズを呼んでくれ」

「アイザック？　おれたちを『フォリーズ』の女の子の家にでも連れてってくれるのか？」

「いいか、エドワーズ。ヴィッカース機関銃を移動して、ゲートと川の両方を撃てるようにしろ」

「無理だ」

「どうして？」

「例の火薬用の貨車五輛《りょう》が射界をさえぎることになる。どっちかを撃つことはできるが、ゲートと川の両方は無理だ」

「ならば機関銃をもう一挺《ちょう》手配しろ。川から襲撃を受けたときにそなえるんだ」

「陸軍に頼んでみるが、今夜は難しい。すまないな、アイザック。桟橋の突端に何人かライフルを持って立たせるか？」

「火薬運搬用の貨車が射界をさえぎるって？　だったらその上に機関銃を置け」

「聞こえただろう。機関銃を火薬用の貨車の屋根に設置すれば、ゲートと川の両方を撃てるようになる。急げ、エディ。すぐにとりかかるんだ！」

ベルは大いなる安堵《あんど》とともに受話器を架台に掛けた。それこそが彼の忘れものだった。川。船による襲撃。ベルはまわりで熱心に耳を傾けていた捜査員たちに笑顔を見せた。

「ダイナマイト用の貨車の屋根に自動機関銃を据えれば、睡魔を吹き飛ばすことにもなる」とベルは言った。

気懸かりはかなり解消したと感じながら劇場へ引きかえし、座席にすべりこむと、ちょうど『フォリーズ』の第一幕が終わるところだった。

「いったいどうしたんだ？」アボットが訊《たず》ねた。

「〝壊し屋〟が川からの襲撃をたくらむようなら、ヴィッカース自動機関銃に迎え撃たれる」

「いい思いつきだ、アイザック。それじゃあ、ぼくに友人を紹介してから、くつろいでくれ」

「キンケイド上院議員を？」ベルは白々しく問いかえした。「彼は友人とはいえない。ポーカーをやった仲だが……」

「貨車の屋根に？」

「しらばっくれるな。こっちが言ってるのは、十二隻《せき》の蒸気船を動かす絶世の美女、サザン・パシフィックのヘレネーさ」

「彼女は頭がよすぎて、プリンストンの卒業生にはなびかない気がするな」

「エレベーターに乗ろうとしてる！　行くぞ、アイザック！」

エレベーターは人だかりができていた。ベルはアボットを従えて雨除けのカーテンを通り抜けると、外階段から一階に降り、建物内の三劇場が共用する洞窟《どうくつ》風のロビーにはいった。

「あそこだ！」

リリアン・ヘネシーとキンケイド上院議員は賛美者たちに取り囲まれていた。女性たちが先を争ってキンケイドに握手を求める一方、その夫たちは張りあうようにしてリリアンの近づきになろうとしている。そんな夫の行動に気づいたり目くじらを立てる妻はいそうにない。ベルはふたりの女性がキンケイドのポケットにそっと名刺をすべりこませる瞬間を見逃さなかった。

大半の男たちより背が高く、酒場の喧嘩《けんか》の仲裁や暴動の取り締まりを経験している〈ヴァン・ドーン探偵社〉の捜査員二名が艦隊さながらに分け入っていくと、リリアンはベルを見て頰笑《ほほえ》んだ。

ベルがキンケイドに視線を定めると、キンケイドは親しげに手を振ってよこした。

「すばらしいショウだね」近づくベルにキンケイドは言った。「私はこの劇場が大好きなんだ。きみはたしかケネス・ブルームと、家出をしてサーカスにはいったと話していたな。私の場合は、サーカスではなく舞台だった。ずっと役者になりたくてね。旅まわりの一座にはいっていたこともある。目が覚めるまで」

「ここにいる友人のアーチー・アボットもそうです。アーチー、役者くずれの同志、チャールズ・キンケイド上院議員だ」

「こんばんは、上院議員」アボットはそう言って礼儀正しく手を差し出したが、リリアンに見とれてキンケイドの手を握りそこねた。

「やあ、リリアン」ベルはさりげなく言った。「私の旧友、アーチボルド・エンジェル・アボットを紹介してもいいかな？」

リリアンはアンナ・ヘルドよろしく目をしばたたいた。それでもアボットの顔に気になるところを見出したらしい。人を惹《ひ》きつけてやまないグレイの瞳《ひとみ》を持つアボットが、その目力を総動員してリリアンの注目を離すまいとしているのがわかった。リリアンの視線は額の傷を素通りして、赤毛とはじけるような笑顔をとらえた。キンケイドが話しかけても、アボットの顔をじっと見つめるばかりで耳にはいらないようだった。リリアンは言った。「お目にかかれてうれしいわ、アボットさん。あなたのことはアイザックからすっかりうかがっています」

「すっかりということはないでしょう、ヘネシーさん。すっかり聞いたら部屋から逃げ出しているはずだ」

リリアンが笑い、アーチーは気を良くしたが、上院議員は不機嫌そのものの顔を見せた。

ベルはポーカーの貸しを口実に、キンケイドをアーチーとリリアンから引き離した。

「あの晩は楽しませてもらいました。名刺をいただき光栄ですが、あの金額を入れた小切手があれば、思い出はよりよいものになりそうです」

「小切手はあした、こちらに届くことになっている」キンケイドは如才なく言った。

「まだイェール・クラブにいるのかね？」

「追ってお知らせするまでは。あなたのほうは、上院議員？　しばらくニューヨークですか？　それともワシントンへ？」

「じつは明朝、サンフランシスコへ出発する」

「上院の会期中では？」

「中国人の問題を扱う小委員会がサンフランシスコで公聴会を開いて、その議長を務めるんだ」キンケイドは彼の目を惹こうという演劇愛好家の一団を見まわすとベルの腕を取り、声を落として言った。「ベル君、ポーカー仲間のよしみでお話しするが、公聴会はサンフランシスコへ行く真の目的の隠れ蓑《みの》でね」

「では、真の目的というのは？」

「カリフォルニアを代表する実業家の面々から、大統領選への出馬を要請されている」キンケイドは思わせぶりに片目をつぶってみせた。「セコイアの森でキャンプ旅行はどうかと言われてね。想像してみたまえ、かつて屋外で寝泊まりしていた橋の建設工事人にどんな楽しみがあったというのか。だから噂《うわさ》に名高い西部の観光山荘のほうがいいと言っておいた。雄鹿《おじか》の角、ハイイログマの剝製《はくせい》、松の丸太……そして屋内の水道設備」

「説得に応じるつもりですか？」とベルは訊ねた。

「ここだけの話、気のないふりをしている。とはいえ、大統領選に出るというのは、それは非常に名誉なことでね」とキンケイドは言った。「そうでない人間がいるか？民衆のために働くすべての政治家の夢だからね」

「カリフォルニアの実業家のなかには、プレストン・ホワイトウェイもいるんですか？」

キンケイドはじろりとベルを見た。

「鋭い質問だな、ベル君」

ふたりの睨《にら》み合いはしばらくつづいた。ここが多くの人でにぎわう〝グレート・ホワイト・ウェイ〟ことブロードウェイの劇場のロビーではなく、人っ子ひとりいないオレゴンの断崖《だんがい》絶壁でもおかしくない空気が流れた。

「お答えは？」ベルは訊《き》いた。

「立場上、お答えしかねる。しかし、いろいろなことがルーズヴェルト大統領の来年の動向にかかっている。いずれにしろ、この話は君の胸にしまっておいてもらいたい」

ベルはそうすると答えながら、この合衆国上院議員は、なぜ一度会ったきりの人間に秘密を打ち明けるのかと訝《いぶか》った。「ヘネシー氏には話されたのですか？」

「オズグッド・ヘネシーにはしかるべき時機が来たら話すつもりだ。準備がととのってから話すのが筋だろう」

「なぜ待つのですか？　社長はあなたの目的達成に力を貸してくれるのでは？」

「こんなに早い段階で、ホワイトハウスに友人ができると期待させたくない。関係者に迷惑をかけるだけだ」

ロビーの明かりが点滅して休憩時間の終了を告げた。観客は屋上の劇場に引きかえしていった。

アボットがベルに言った。「すばらしいお嬢さんだ」

「あの上院議員をどう思う？」

「どの上院議員？」アボットは向かいのボックス席にいるリリアンに手を振りながら

訊ねた。

「やっぱり〝気取った男〟だと思うか？」

ベルを見て、軽口を叩《たた》いているわけではないと気づいたアボットは真顔で答えた。

「あの物腰はまさしくそんな感じだった。なぜそんなことを訊く、アイザック？」

「キンケイドには、見た目以上の何かがあるように思えてね」

「リリアン嬢と話しているぼくを睨《にら》みつけていたあの顔からして、彼女とその財産を手に入れたくてたまらないようだな」

「彼はプレジデントの座も手に入れたがっている」

「鉄道会社の社長か？」とアーチーは訊ねた。「それとも、合衆国の？」

「合衆国の。カリフォルニアの実業家たちと内密に会うと言っていた。テディ・ルーズヴェルトが来年の立候補をとりやめた場合、彼に出馬させたがっている連中だ」

「内密なら、なぜきみに話した？」

「そこが不思議でね。そんなことをぺらぺらしゃべるのは正真正銘のお馬鹿さんだ」

「彼を信用しているのか？」

「いい質問だ、アーチー。おかしなことに、彼はウィリアム・ハワード・タフトについては何も言わなかった」

「それは書斎に象がいるのに見て見ぬふりをするみたいなものだな。ルーズヴェルトが三度めの出馬を断念するにしても、後継者には盟友のタフト陸軍長官を指名するはずだ。キンケイドが隠したがるのも無理はない。党に歯向かうことになるわけだから」

「それも打ち明けるべきでない理由になる」とアイザック・ベルは言った。「いったいどういうつもりなんだ？」

向かいのボックス席で、リリアン・ヘネシーが問いを発した。「アボットさんをどう思う、チャールズ？」

「アボットは、オランダ人を別にすれば、古くからニューヨークに住む家でね。家系図をさかのぼるとオランダ人だらけだ。あいにく一八九三年の恐慌で全財産を失っている」キンケイドはにっこり笑ってつけくわえた。

「その話なら直接伺ったわ」とリリアンは言った。「困っているようには見えなかったけど」

「彼が求婚する若い女性の父親には困った話だろう」とキンケイドは当てこすった。

「それなら、アイザック・ベルのことはどう思う？」とリリアンは切りかえした。

「アーチーの話では、あなたとアイザックはポーカーを楽しんだとか。ロビーで話しこんでいたでしょう」

ベルとの会話に大いなる満足を得たキンケイドの顔から、笑みが消えることはなかった。仮にあの探偵が疑念をいだきはじめているにしても、合衆国大統領を夢みる上院議員を演じておけば、それが列車の破壊犯ではないという確たる証拠になるはずだ。ベルがさらなる調査に乗り出せば、プレストン・ホワイトウェイをはじめとするカリフォルニアの実業家集団が独自の大統領候補を探している事実に行き当たる。しかも彼らのリストの筆頭にはチャールズ・キンケイドの名前がある。〝壊し屋〟は目端が利くサンフランシスコの新聞王をおだてて巧妙に利用していた。上院入りに力を貸した〝英雄技師〟に、ホワイトハウスで厚遇されると信じこませたのである。

「なんの話をしていたの？」とリリアンがせっついた。

キンケイドの笑顔が冷酷なものに変わった。

「ベルには婚約者がいる。なんでも未来の妻……その幸運なお嬢さんのために豪邸を購入するんだとか」

リリアンの顔に射した影は悲しみによるものなのだろうか。それとも、第二幕の開演で落とされた照明のせいだったのか。

「ジャージーシティはすぐそこだぞ、中国人！」ヤトコウスキ船長が平台船〈リリアンI〉の乗組員を川に放りこんだのち、その操舵《そうだ》を任せた相棒、〝ビッグ・ベン〟・ワイツマンが叫んだ。「ぐずぐずするな！」

ウォン・リーは、二十五トンぶんのダイナマイトにたいして、それ相応の敬意を払いながら自分のペースで仕事をつづけた。シャツに重いアイロンをかけてきた数十年の歳月が、彼の手に厚みをあたえ、指を器用に操るのを難しくさせていた。

作業が終わり、雷管がひとつあまった。倹約という昔からの習慣を守り、ウォンはそれをポケットに滑りこませた。そして、舳先《へさき》からダイナマイトの箱が詰まった容器まで伸びる二本の電線をつかんだ。すでに絶縁素材が二インチぶんはがされ、なかの銅線がむきだしになっている。ウォンは電線の一本をひとつめの雷管の片方の脚線に接続した。さらに、二本めの電線に手を伸ばして動きを止めた。

「ワイツマン！　いるか？」

「なんだ？」

「舳先の切換器がまだ閉じていないことを確かめてくれ」

「開いてる。さっき確認した」

「閉じてると、ここで線をつないだとたん、おれもあんたも吹っ飛ばされる」

「待て！　つなぐな。もう一度、確かめてくる」

ワイツマンは平台船が方向を変えることのないよう操舵輪を環状のロープで固定すると、降りつける雨に悪態をつきながら舳先へ急いだ。ヤトコウスキに渡された円筒形の懐中電灯の明かりで、中国人が舳先に取り付けた切換器のあごが開いたままで、火薬桟橋に突っ込むまでは閉じない状態になっていることを確認した。突入の衝撃であごがしまると、電池と雷管をつなぐ電気回路が閉じて二十五トンのダイナマイトが爆発する。その火が火薬桟橋にある百トンを超えるダイナマイトを誘爆させれば、ニューヨークにとって未曾有《みぞう》の大爆発となる。

ワイツマンは操舵輪の前へ駆けもどり、床のハッチに向かって怒鳴った。「開いていたぞ。言ったとおりだ」

ウォンは大きくひとつ息をして、正極の電線を雷管のもう片方の脚線に接続した。何事も起きなかった。あたりまえだ、とウォンは心のなかで苦々しくつぶやいた。しくじれば、それと気づく暇もなく命をなくしている。梯子《はしご》を昇ってハッチから操舵室に出てきたウォンは、舵《かじ》を握るワイツマンにスクーナーへの合図を送らせた。スクーナーは雨に濡《ぬ》れた帆をはためかせながら近づいてきて、平台船と激しく接触した。

「気をつけろ！」ワイツマンがわめいた。「おれたちを殺す気か？」

「中国人！」ヤトコウスキ船長が言った。「昇ってこい」

ウォンは中年期を迎えて動きの悪くなった四肢を縄梯子にかけた。もっときつい山を登った経験もあるが、それはいまより三十も若いころのこと。

「ワイツマン！」船長が叫んだ。「桟橋が見えるか？」

「見逃すわけがない」

四分の一マイル前方に電灯が煌々《こうこう》と輝いていた。栈橋は鉄道警察によってブロードウェイさながらに明るく照らされていて、操車場側から侵入することはできない。が、川から近づく者のことは考慮されていなかった。

「舳先を向けたら、急いで飛び移れ」

ワイツマンは〈リリアンI〉の針路が火薬栈橋の明かりにぴたりと合うまで操舵輪を回した。船は栈橋にたいして垂直に進んでいるし、栈橋の長さは六百フィートある。多少コースをはずれても、ダイナマイトを積んだ貨車五輌《りょう》の近辺に突っ込んでいくだろう。

「急げ！」船長が吼《ほ》えた。

ワイツマンを急かす必要はなかった。彼はスクーナーの木製の甲板に這《は》いあがってきた。

「早く！」とウォンは叫んだ。「ずらかれ」鉄道の操車場と港周辺の街を吹き飛ばす爆発力を把握することにかけては、ウォン・リーにまさる人材はいなかった。

ウォンとスクーナーの乗組員は目標に向かって進んでいく平台船を顧みた。ニュージャージー・セントラル鉄道のフェリーが、コミュニポウの旅客ターミナルを出航するのが見えた。列車が着いたのか、フェリーには死出の旅に出る乗客が多数乗船していた。

「ようこそ、ニューヨークへ」と船長がつぶやいた。平台船に積まれた二十五トンのダイナマイトによって、火薬桟橋にある百トンのダイナマイトが爆発すれば、フェリーは火の玉となって消滅する。

25

マリオン・モーガンはジャージー・セントラル・フェリーの屋根のない甲板にたたずみ、降りしきる雨をものともせず、手すりから身を乗り出していた。歓喜と興奮に胸がときめいている。ニューヨークに来たのは幼いころ、父親の東部への帰省に同行して以来のことだった。いまや川を渡ってすぐのあたりには、窓に明かりの灯る高層ビルが数十はそびえている。そして、その伝説の島のどこかに、愛しのアイザック・ベルがいるのだ。

まえもって電報で知らせるか、彼を驚かせるかでマリオンは大いに迷ったすえ、結局、驚かせるほうを選んだ。今回の旅は多忙なプレストン・ホワイトウェイのスケジュール調整のなかで、何度も計画と中止がくりかえされてきたが、最終的にホワイトウェイはカリフォルニアに残り、マリオンが単身ニューヨークの銀行家のもとへ出向いてニュース映画を製作する〈ピクチャー・ワールド〉への融資話をまとめることになった。血気盛んな若き新聞出版人が、そんな重要な商談をマリオンに任せる気になったのは、銀行業務に関する彼女の知識に目を瞠《みは》るものがあったからである。だがマリオンは内心、社主が部下をひとりで送りだしたのは、彼女を口説くのには、その自立心をくすぐるのが近道と考えたからではないかと疑っていた。そこでしつこいホワイトウェイにアイザックとの交際を印象づけようと、こんな言葉をひねりだした。

わたしの心は売約済み。

マリオンはすでに二度、このフレーズを使っていた。それ以上言うべきことはないし、必要なら十回でも言うつもりだった。

雨が弱まり、街の明かりがまぶしく輝きだした。ホテルに着いたら、何をおいてもイェール・クラブのアイザックに電話を入れるつもりだった。〈アスター〉のように格式の高いホテルは、未婚の女性が男性の来訪者を部屋に通すことを快く思わない。しかし、アメリカのホテルに〈ヴァン・ドーン探偵社〉の捜査員を見咎《みとが》める警備員はいない。アイザックは頬笑《ほほえ》みをたたえて、その道のプロとしての礼節を示すのだろう。

警笛が鳴らされた。マリオンは足にプロペラの振動を感じた。フェリーがニュージャージーの岸壁を離れると、明るい照明が灯る桟橋近くに、昔ながらに帆を張ったスクーナーのシルエットが浮かんだ。

ずっしり重い自動機関銃は四人がかりで貨車の上に引き揚げられた。アイザック・

ベルが予測したとおり、三脚に据え付けられた水冷式のヴィッカース機関銃ともども、ダイナマイトの貨車の屋根に配された鉄道警官の眠気はどこかに吹き飛んでいた。それでも四十歳にしてすでに髪が真っ白という〈ヴァン・ドーン〉の捜査員エディ・エドワーズは、警官の仕事ぶりを監視すべく何度となく貨車の梯子《はしご》を昇っていた。

頼もしさにかけてはエドワーズに引けをとらないヴィッカースは、アフリカの軍隊を圧倒してその威力を証明したマキシムガンに改良をくわえたものだった。警官のひとりは、ここ十年の植民地戦争で起きた、マキシムガンによる〝先住民〟の大量虐殺を語り草にしているイギリス移民だった。エドワーズは、ジャージーシティの住民には、何か仕掛けてこないかぎりぜったい手を出すなと釘《くぎ》を刺していた。かつてエドワーズが〈ヴァン・ドーン〉の捜査員を率いて操車場から一掃したころの荒っぽさはなくても、旧勢力のギャングはいまも厄介な存在だった。

貨車の屋根に立ち、踵《かかと》に体重をかけてゆっくり身体を回しながら、いまや三百六十度となった機関銃の射界を確かめるエドワーズの脳裏を、金塊の輸送を警護した昔日の記憶がよぎっていった。むろん当時のラヴァ・ベッド・ギャングは、たまに銃身を詰めたショットガンをぶっぱなすくらいで、鉛管とブラスナックル以外の武器はまず使わなかった。エドワーズは、明るく灯をともしてコミュニポウのターミナルを出航するフェリーに目を向けた。そして三輛《りょう》の炭水車で往来を遮断し、ライフルを携えた鉄道警官を見張りに立たせたゲートを振りかえり、その先にひろがる操車場がこれまでどおり平穏であるのを確かめた。入換機関車がちょこまかと動いて列車を編成しているが、いずれの機関車にも武装した捜査員を乗車させてある。エドワーズは視線を川にもどした。雨があがり、ニューヨークの街の灯がくっきり見えるようになっていた。

「あのスクーナーは平台船にぶつかる気か？」

「いや、近くにいますが、だんだん離れていきます。見えますか？　スクーナーはむこうに、平台船はこっちに向きを変えています」

「なるほど」とエドワーズは言い、口を真一文字に結んだ。「で、平台船はどこへ向かってる？」

「こちらに向かっていますね」

監視をつづけるうち、エドワーズにはその状況がどんどん好ましくないものに思えてきた。

「あの赤いブイまではどれくらいある？」とエドワーズは訊《き》いた。

「赤い光の？　四分の一マイルでしょう」

「ブイを超えたら、舳先《へさき》の手前を四回撃て」

「本気ですか？」警官は訝《いぶか》しげに訊きかえした。

「ああ、本気だ。位置につけ」

「ブイを超えました、エドワーズさん」

「撃て！　いまだ！」

水冷式ヴィッカース機関銃は奇妙にくぐもった音をたてた。どこに着弾したか、暗《くら》闇《やみ》で確認するには距離がありすぎた。平台船は火薬桟橋のほうへまっすぐ進んでいた。

「操《そう》舵《だ》室《しつ》の屋根に十発ぶちこめ」

「さすがに目を覚ますでしょう」とイギリス人は言った。「頭上で雷が鳴っているみたいに聞こえます」

「背後に何もないことだけは確かめろよ。運の悪いタグボートへの機銃掃射はごめんだ」

「何もいません」

「撃て！　ためらうな！」

帆布製の弾帯が小刻みに動き、銃口から十個の弾丸が吐き出された。水冷器から一筋の蒸気があがった。

平台船はなおも接近をつづけていた。

エディ・エドワーズは舌で唇を濡《ぬ》らした。いったい誰が乗っている？　酔っ払いか。居眠りする船長に代わってこわごわ舵《かじ》を握る子どもか。どこから撃たれているか見当もつかずに怯《おび》える老人か。

「明かりの下に立て。手を振って針路を変えさせるんだ……おまえじゃない！　おまえは銃のそばにいろ」

弾帯係と水冷器係は弾かれたように立ちあがると、必死に両腕を振って貨車の屋根の上を走っていった。船はさらに近づいてくる。

「どけ！」エドワーズは前方のふたりに言った。「操舵室を撃て」エドワーズは弾帯をつかみ、機関銃がけたたましく連射と給弾をはじめた。

射出された二百発の銃弾は川を四分の一マイル渡り、平台船の操舵室をずたずたにした。あたりに木片とガラス片が散乱した。二発が操舵輪上部のスポークに当たり、別の一発が掛かっていたロープを切断すると、船はにわかに転回可能となった。だが舵をすり抜ける水勢が強く、船はそのまま火薬桟橋をめざして前進をつづけた。やがて操舵室の枠が倒壊した。屋根が操舵輪の上に落ちてスポークを押し、ようやく操舵輪が回って舵が切れた。

『フォリーズ』の第二幕がさらにスケールを増してはじまった。〝日本から直輸入〟というふれこみのプリンス・トキオ演じる《柔術ワルツ》が終わると、今度は《アイ・シンク・アイ・オウトゥント・オート・エニー・モア》というコミカルな歌が披露された。

……彼女の車の下にもぐり一服してたら、
漏れたガソリンが葉巻に落ちて、
コーラスガールったら吹っ飛んだ、星になるほど高々と……

歌が終わると、スネアドラムがひとつ鳴りはじめた。青いブラウス、丈の短い白いスカート、赤いタイツという衣裳のコーラスガールがひとりきりの舞台を行進していった。そこにもう一台スネアドラムがくわわり、ふたりめのコーラスガールが最初のひとりと並んで行進していく。またドラムとコーラスガールが参加して、鳴りわたるスネアドラムは六台に、行進するコーラスガールは六人になった。さらに一台、ひとりとくわわり、バスドラムが座席を揺るがすほどの大音量でそのビートを受け継いだ。と、不意にブロードウェイきっての美人コーラスガール五十人がダンスをやめ、舞台袖《そで》に積んであった太鼓を思い思い手に取り、舞台左右の階段を駆け降りると五十の太鼓を打ち鳴らし、赤いタイツに包んだ脚を蹴《け》りあげながら客席の通路へなだれこんでいった。

「来てよかっただろう?」アボットが大声で言った。

ベルは上方を見た。天窓のむこうに閃光《せんこう》が見えた。すでに舞台上に設置してある照明にくわえて屋根からも光をあてたかのようだった。建物を揺さぶる不快な地鳴りがして一瞬、地震の衝撃波を思わせた。そこへ雷鳴に似た爆発音が轟《とどろ》いた。

26

『フォリーズ』の楽団は唐突に演奏を中止した。不穏な静寂が劇場を支配した。そして何千ものスネアドラムを打ち鳴らすかのように、破片が屋根を叩《たた》いた。天窓のガラスが割れて、劇場に居合わせた観客、裏方、コーラスガールから一斉に悲鳴があがった。

アイザック・ベルとアーチー・アボットは通路を進み、帆布製の雨除けカーテンを抜けて屋上を横切り、建物の外階段をめざした。ジャージーシティがある南西の空が赤く燃えているのが見えた。

「火薬桟橋だ」ベルは意気消沈して言った。「行かなくては」

「見ろ」階段を降りながら、アーチーが言った。「どこもかしこも、窓ガラスが割れている」

その街区の建物の窓からはガラスがすっかりなくなり、その破片が四十四丁目の路上を覆っていた。ふたりはブロードウェイ方面へ殺到する群衆に背を向け、四十四丁目をハドソン川方面へ走った。八番街、九番街をわたり、酒場や安アパートからあふれ出した市民をかわしながらヘルズ・キッチンの貧民街を通り抜けた。人々は口々に叫んでいた。「なんだったんだ?」

ベルとアボットは消防車や興奮する馬をかわしながら十番街、ニューヨーク・セントラル鉄道の軌道、十一番街と渡った。川に近づくほど、窓ガラスの破損は激しくなっていった。埠頭《ふとう》へはいろうとして警官に止められた。ふたりは身分証を見せながらその横を通り過ぎた。

「消防艇へ!」とベルは叫んだ。

放水栓が並ぶニューヨーク市の消防艇が、煙を吐きながら八十四番埠頭を離れようとしていた。ベルは走って飛び乗った。アボットもベルの隣りに着地した。

「〈ヴァン・ドーン〉だ」ふたりはぎょっとしている甲板員に身分を告げた。「ジャージーシティに渡る必要がある」

「この船はだめだ。おれたちはダウンタウンに放水に行くように言われている」

そんな指令が下された理由はすぐに明らかになった。対岸のジャージーシティの埠頭から、空に向かって勢いよく炎があがっていた。雨がやんで風が西に変わり、火の粉は川を渡ってマンハッタンの埠頭へ飛んできている。そこでジャージーシティの消火活動を手伝うのではなく、マンハッタンの埠頭にある建物の屋根や停泊中の木造船に放水して引火を防ごうというのである。

「首謀者はあの男だ」とベルが言った。「まんまとやられた」

「犯罪界のナポレオンだな」とアーチーも認めた。「コナン・ドイルがモリアーティ教授の標的として、シャーロック・ホームズではなくわれわれを選んだかのようだ」

ベルは三十二丁目のラッカワナ・フェリーターミナルに停泊しているニューヨーク市警の水上警備艇に気づいた。「あそこで降ろしてくれ！」

ニューヨーク市警の警官は、ふたりを川の対岸へ渡すことに同意した。すれちがう船はいずれも帆が破れたり、爆風で煙突が倒れたりしていた。漂流している船もあった。それ以外の船上では、なんとか岸へたどり着こうと乗組員が応急修理にかかっている。のろのろとマンハッタンに向かうニュージャージー・セントラル鉄道のフェリーは窓ガラスが割れ、上部構造が煤《すす》けていた。

「エディ・エドワーズだ！」

白髪は黒焦げに、顔は煤だらけで目ばかりが目立つが、ほかに怪我はなさそうだった。

「アイザック、きみの電話で助かったよ。すぐに機関銃を移動したおかげで、くそったれどもを止めることができた」

「止めた？　どういうことだ？」

「火薬桟橋の爆破を食い止めた」エドワーズは立ちこめる煙の先を指さした。「ダイナマイトを積んだ貨車は無事だ」

ベルが黒煙のむこうを覗《のぞ》き見ると、そこに貨車が並んでいた。五輌《りょう》の貨車はいずれも前夜、『フォリーズ』でつかの間の休息をとるためにジャージーシティを出たときのままだった。

「いったい何が爆発したんだ？　マンハッタンにいてもわかった。市内の窓ガラスはすっかり割れている」

「自爆さ。ヴィッカースに礼を言ってくれ」

エドワーズは、機関銃の掃射がサザン・パシフィック鉄道の平台船の針路を変えるにいたった経緯を説明した。

「船は向きを変えてスクーナーを追った。そのまえには、二隻は並走していたんだ。平台船の乗組員はスクーナーに乗り移ってたんだろう。人殺しのクズどもは、平台船の操舵輪《そうだりん》を固定して桟橋に向かわせようとした」

「機関銃の掃射で平台船のダイナマイトが爆発したのか？」

「そうは思わない。操舵室が粉々になるまで撃ちまくったが、爆発はしなかった。そのまま百八十度向きを変えて離れていったんだ。ダイナマイトが炸裂《さくれつ》したのは、その三、四分後のことだ。ヴィッカースを操作するひとりが、スクーナーにぶつかるのを見たと言ってる。その後、全員が閃光《せんこう》のなかにスクーナーのマストが浮かびあがるのを目撃した」

「追突の衝撃でダイナマイトが爆発することはまずありえない」とベルは口にした。

「なんらかの起爆装置が設置されていたはずだが……どう思う、エディ？　連中はサザン・パシフィックの平台船をどうやって手に入れたんだ？」

「これはおれの推測だが」とエドワーズは言った。「連中は上流で待ち伏せしてマコリーンを撃ち、乗務員を川に投げこんだ」

「遺体を見つけないと」ベルは悲哀のこもった低い声で命令を発した。「アーチー、川の両岸のジャージーシティ、ホーボーケン、ウィーホーケン、ニューヨーク、ブルックリン、スタテンアイランドの警察に連絡してくれ。〈ヴァン・ドーン〉が川を漂流する死体を探していると。うちの捜査員や罪のない平台船の乗組員についてはきちんと埋葬費用を支払う。〝壊し屋〟に雇われた犯罪者については身元を割り出す」

黎明《れいめい》が港の両側にひろがる破壊の傷痕《きずあと》を照らしはじめた。コミュニポウのターミナルから川に突き出していた六つの桟橋も、いまは五つしかない。六つめの桟橋は焼けて水中に没し、残っているのは、川面に見える真っ黒な杭《くい》と多数の壊れた有蓋貨車《ゆうがいかしゃ》だけだった。ニュージャージー・セントラルの旅客ターミナルの川に面した窓ガラスはすべて割れ、屋根も半分は吹き飛んでいた。桟橋に停泊中のフェリーは、船体に穴があいて制御不能となったタグボートに衝突され、酔っ払いさながらに傾いていた。タグボートは乳を飲む子羊のように、いまもフェリーに寄り添っている。桟橋に横付けした帆船のマストは粉砕され、桟橋にあった掘っ立て小屋のブリキの屋根とトタン板があたりに散乱し、有蓋貨車の側面に穿《うが》たれた穴から積み荷がこぼれていた。廃墟《はいきょ》と化した操車場を、飛んできたガラスの破片や瓦礫《がれき》で怪我して包帯を巻いた鉄道員が歩いていた。また、怯《おび》えきった近隣の貧民街の住人が所持品を背負い、重い足取りで避難する姿も見られた。

薄ぼんやりした夜明けの光の下、ベルの目に何より奇異に映ったのは、川のなかほどから吹き飛ばされて、線路が三本敷かれた鉄道車輌用の艀《はしけ》の上に落下した木造スクーナーの船尾だった。ハドソン川の対岸からは、ロワー・マンハッタンで大量の窓ガラスが割れ、その破片が通りを埋め尽くしているとの報告も届いていた。

アボットがベルをつついた。

「ボスだ」

天井の低いキャビンと短い煙突を持つ、ニューヨーク市警の小ぎれいな警備艇が近づいてきた。その前甲板に外套《がいとう》を着て、脇に新聞をはさんだジョゼフ・ヴァン・ドーンの姿があった。

ベルはまっすぐ彼のもとに向かった。

「これをもって私は辞任します」

（上巻終わり）

◉訳者紹介　**土屋 晃（つちや　あきら）**
1959年東京生まれ。慶應義塾大学文学部卒業。訳書にカッスラー『大追跡』（扶桑社ミステリー）、『フェニキアの至宝を奪え』（新潮文庫）、トイン『ザ・キー』『サンクトゥス』（共にアルファポリス）、ディーヴァー『追撃の森』『青い虚空』（共に文春文庫）など多数。

大破壊（上）

発行日　2014年11月10日　初版第1刷発行

著　者　クライブ・カッスラー&ジャスティン・スコット
訳　者　土屋 晃

発行者　久保田榮一
発行所　株式会社 扶桑社
〒105-8070　東京都港区海岸1-15-1
TEL.03-5403-8870（編集）　TEL.03-5403-8859（販売）
http://www.fusosha.co.jp/

印刷・製本　図書印刷株式会社

定価はカバーに表示してあります。

ISBN 978-4-594-07103-5 C0197
Printed in Japan